◎邱 平 主编
◎唐小玲 副主编

XINBIAN

YINGYONGWEN

XIEZUO

新编
应用文写作

（第二版）

中山大学出版社
·广州·

图书在版编目（CIP）数据

新编应用文写作/邱平主编；唐小玲副主编．—2 版．—广州：中山大学出版社，2010.6

ISBN 978 – 7 – 306 – 03652 – 0

Ⅰ．新…　Ⅱ．① 邱…　② 唐…　Ⅲ．汉语—应用文—写作　Ⅳ. H152.3

中国版本图书馆 CIP 数据核字（2010）第 068212 号

出 版 人：祁　军
策划编辑：邹岚萍
责任编辑：邹岚萍
封面设计：罗春兰
责任校对：陈　霞
责任技编：黄少伟
出版发行：中山大学出版社
电　　话：编辑部 020 – 84111996，84113349
　　　　　发行部 020 – 84111998，84111981，84111160
地　　址：广州市新港西路 135 号
邮　　编：510275　传　真：020 – 84036565
网　　址：http://www.zsup.com.cn　E-mail: zdcbs@mail.sysu.edu.cn
印 刷 者：广州市新明光印刷有限公司
规　　格：787mm×1092mm　　1/16　　16.625 印张　　334 千字
版次印次：2002 年 8 月第 1 版　2010 年 6 月第 2 版　2010 年 6 月第 8 次印刷
印　　数：33001～36000 册　　定　价：29.90 元

目　录

新编应用文写作

XINBIANYINGYONGWEN XIEZUO

2

新编应用文写作

XINBIANYINGYONGWEN XIEZUO

4

第一章 绪 论

【学习目的】本着"理论够用，重在实践"的原则，培养学生的应用写作能力，进而提高他们的综合素质。因此，应用文教材内容以必需、够用为度。本章着重了解应用文的起源、性质、特点、作用与分类体系，以讲清概念、强化应用能力为教学重点，同时加强针对性和实用性。

应用文是人类在社会生活中为处理日常公私事务而使用的文章的统称，一切记录和传达一定写作意图的文字材料都可以成为文章。文章的范围很广，一般说来，根据性质划分，文章分为欣赏类和实用类，应用文则属于实用类文章。

什么是文章呢？《周礼·考工记》中说："青与白谓之文，赤与白谓之章。"这两个字合起来，就是"文采斑斓"的意思。《辞海》给文章下的定义是："今通称独立成篇的、有组织的文字为文章。"

由于社会的发展、文字的逐步完善，人们开始广泛地借助文字来表现思想、倾诉感情，这样，大量的文章也就诞生了。因为文章写多了，"写作"也就诞生了。

应用文写作起源于人类的社会活动，是人类社会走向文明的一个重要标志，它是人际交往须臾不可离开的重要文体。美国著名的未来学家约翰·奈斯比特在《大趋势——改变我们生活的十个新方法》一书中指出：在工业社会向信息社会过渡中，有五件"最重事"的事情应该记住，而其中之一就是，在这个文字密集的社会里，我们比以往任何时候都需要具备最基本的"读写技能"，就是指应用文的写作能力。这种能力，已成为现代人必备的能力之一，这是因为，人们在日常工作和生活中，相互之间会形成各种关系，产生种种交往，这其中就必须使用文字中介来进行。

第一节 应用文的产生和发展

应用文的产生是一种社会现象。

应用文的产生可追溯到3000多年前文字产生之时，最早的甲骨文、商朝时期的青铜铭文都属于应用文。如甲骨卜辞"戊辰卜，及今夕雨？弗及今夕雨？"就是一次占卜的记录，也是我国最早的应用文。可以说，在中国文字产生之时，应用文就已萌芽。"应用文"这一名称最早出自宋朝张侃的《拙轩集·跋陈后山再任校官谢启》："骈四俪六，特应用文耳。"意为：应用文是大众的文字，不应太苛求。当时社会流行的骈体文也就是应用文了。

应用文不仅随文字的产生而产生，而且随社会的发展而发展变化。

商周是我国应用文的初创时期。我国商周时期的《尚书》就是中国第一部以应用文为主体的文章集，如其中的《汤诰》、《盘庚》、《多士》分别是商代帝王汤、盘庚、周代周公向王公大臣及公民发布的训诫、勉励的文告。《周礼·秋官·司盟》记载："掌盟载之法，邦国有疑会同，则掌其盟约之载。"说明当时的盟书作为一种外交应用文，已广泛运用于军事和外交。《尚书·尧典》则是春秋时期的司法文书。《周礼》"以质剂结信而止讼"，其中所称"质剂"就是较早的经济契券（或合同），也可说是中国最早的经济应用文。

春秋战国是我国应用文发展的基础时期。应用文发展至战国，出现了有各种用途的"书"。如用于公务的下行的"玺书"（用印章封记的文书）、"策书"（周天子和诸侯的"命"和"令"编集为"册"），上行的"上书"（臣子言事于主），平行的"书"（可用于公务，又用于私事，主要在大夫之间往来），还有公私均用的其他文书，如檄（军用文告）、祝、颂、铭、箴、诔、吊、赋等。可以说，春秋战国时期，众多应用文体裁已基本形成。

秦汉是我国应用文的发展时期。秦朝文字的统一、工农业的繁荣加速了公文的运转，应用文种类随之增多。公务应用文趋于规范，专用应用文种类亦扩大，私人应用文开始有了重要发展。公务应用文有上行文、下行文、平行文的分工。秦代下行公文改"命"为"制"（用于颁布重大制度），改"令"为"诏"（用于重大行政命令）。汉高祖的《求贤诏》比较典型。汉承秦制，下行文又增加了"策"（用于任免或封赏官吏）、"戒"（用于训诫），共四种文体；汉代上行文除沿用秦代的上书、疏（起于秦末，行于汉代，臣子用于陈述自己的观点）外，还确定了章（用于大臣受恩表感激之情）、奏（用于弹劾）、表（大臣用于陈情）、议（议事时陈述己见）四种体裁。流传至今的有不少好作品，如邹阳的《狱中上梁王书》、晁错的《论贵粟疏》、司马迁的《报任安书》等。专用应用文有檄、颂（祭祀时为帝王歌功颂德并告知神明）、诔（为官员盖棺定论）、铭等。私人应用文有书信、吊、约。正如刘师培《中国中古文学史》中所言："文章各体，至东汉而大备。"

魏晋是我国应用文发展的成熟时期。下行文有七种，用"册"代"策"，恢复了"命"、"令"，曹操的《求贤令》、《述志令》均很有名；上行文基本沿汉制，增加"启"（用于陈政言事）和"笺"（致皇后或太子、王侯，以别于皇帝）。魏晋的上行文可谓名篇繁多，如东晋刘琨的《劝进表》、诸葛亮的《出师表》。其他应用文除铭（石刻的颂文或自儆自戒）、诔、碑、颂、书信外，平行应用文有檄移、铭箴（箴：用于鉴诫）。

唐宋是我国应用文发展的繁荣时期，其特点是名家辈出，名篇如云。唐代公文下达上的有六种：表、状（陈也）、笺、启、辞（庶人用于上行）、牒（九品以上用于上行）；上达下的亦有六种：制（用于颁布重大制度和重大行政命令)、敕(圣旨和训诫)、册(同策)、令、教、符(州县官府下行公文);平行文有关(朝廷部门之间相互咨询时使用)、刺(刺举之用)、移(见《唐六典》卷一)。宋代沿用现象较为突出和复杂,除沿用唐代的公文体制外,还沿用前代的上书、疏、策、表等。魏徵的《上十思疏》、司马光的《进〈资治通鉴〉表》均为当时的名篇。唐宋的军事文书、司法文书和私人文书的发展也达到了高峰。

元明清是我国应用文发展的稳定时期。元代应用文基本沿袭汉制。明代上行文增加了"奏本",清代改称为"奏折"。例如,1839年林则徐在虎门销毁英国等鸦片贩子的2万多箱鸦片时,上奏道光皇帝的《会奏销化烟土一律完峻折》就是关于鸦片战争的重要历史文件。还有明初宋濂的《上大明律表》、杨继盛的《弹严嵩疏》均为名篇。元明清时期私人应用文中书信的发展显得尤为突出,留下不少名篇。1991年辛亥革命后,南京政府规定公文有10种:令、训令、指令、布告、委任状、呈、咨呈、公函、批答、咨。

新中国成立以来,对行政公文先后作出了一系列重大的改革,几经改革后,根据国务院2000年8月24日发布,并于2001年1月1日开始正式施行的《国家行政机关公文处理办法》(以下简称《办法》)规定,国家行政机关公文有13种,分别是:命令(令)、决定、公告、通告、通知、通报、议案、报告、请示、批复、意见、函、会议纪要。随着我国经济建设的繁荣发展,除国家行政机关公文外,其他应用文如经济应用文、生活应用文、事务应用文、军事应用文、司法应用文、外交应用文种类亦日益繁多。可以说,新中国建设时期,特别是1978年国家改革开放以来,我国应用文的发展进入了全面总结时期。

【思考与练习】

简答题

1. 什么是应用文?
2. 应用文的形成、发展与政治、经济的发展有何关系?
3. 我国现行的《国家行政机关公文处理办法》是何时发布的?

第二节　应用文的范围和分类

应用文是人们在公务活动以及日常工作、学习、生活中经常使用、有较为固定格式的文体。香港大学高级讲师陈耀南先生认为:应用文就是"应付生活,用于实务的文章"(《应用文概说》,香港波文书局出版,下同)。凡个人、团体机关相互往来、用约定俗成的术语写作,以资交际和信守的文字,都称为应用文。

应用文的范围有多大?外延有多宽?至今看法不一。各类应用文书籍所囊括的应用文范围也各有不同。对于传统应用文,陈耀南先生按作用将其分为 11 类：书信类、序跋类、符命类、王言类、奏议类、公牍类、哀祭碑志类、颂赞祝盟类、军事类、铭箴规诫类、释道类。香港容心先生所著《现代应用文》，按格式将现代应用文分为八大类：书信、便条和收据、名片和请柬、启事和广告、契约、规章和会议文件、公函、公文。

随着科学技术、市场经济的发展，一些工业技术较先进的国家首先扩大了应用文的外延。例如，早在 20 世纪 30 年代，演讲学的应用在美国已成热门，演讲稿自然成为应用文的一种。20 世纪 40 年代，美国大学就把学术论文的写作当做应用写作的重要内容。日本 1963 年版的《文章构成法》也把学术性调查报告列入应用文范畴。

随着我国改革开放的深入，社会主义经济建设的不断发展，以及民主法制的建立和完善，除国家行政公文外，经济类、新闻类、军事类、司法类、科技类、学术类、外贸类、外交类、公关礼仪类的文章，均显示了重大的实用价值，因此应用文的外延也有了广义的解释。

本教材针对高等教育的需求，按实用范围建立教学体系，将应用文分为下列几大类。

一、行政公文

行政公文包括：① 命令（令）；② 决定；③ 公告；④ 通告；⑤ 通知；⑥ 通报；⑦ 议案；⑧ 报告；⑨ 请示；⑩ 批复；⑪意见；⑫函；⑬会议纪要。

二、其他通用公文

其他通用公文包括：① 计划；② 总结；③ 述职报告；④ 竞聘报告；⑤ 调查报告。

三、财经应用文

财经应用文包括：① 市场调查报告；② 经济预测报告；③ 可行性研究报告；④ 市场策划书；⑤ 经济合同；⑥ 劳动合同。

四、公关应用文

公关应用文包括：① 求职信；② 请柬与邀请书；③ 申请书；④ 演说词。

五、学术类应用文

学术类应用文包括：① 学术论文；② 毕业论文；③ 工作研究；④ 实习报告。

【思考与练习】

简答题

1. 应用文大致可分为哪些种类？

2. 试列举你见过的应用文和平常使用的应用文。

3. 现代社会发展条件下有哪些新的应用文种应运而生？

第三节　应用文的特点和作用

与大家熟悉的文学作品相比较，应用文表现出的独特性和差异性，可以用以下几个特点来概括。

一、实用性

各种文章都是为了某种需要而产生的，都是实用的，但毕竟有直接应用和间接应用之分，文学作品如诗歌、小说、散文、戏剧等，借助优美的艺术形象陶冶人们的情操，启迪人们的思想，给人以美的享受。中国古典小说《红楼梦》是通过对林黛玉、薛宝钗、王熙凤、紫鹃、袭人等封建大家族中的女性形象的塑造，来揭露封建制度对妇女的精神摧残，其作用于客观事物的方式是间接的。

应用文与其他文体的区别关键在"应用"，它的实用性是直接的，人们不仅经常接触它，而且要运用它。上级机关用"通知"传达要求下级机关办理和需要有关单位周知或者执行的事项；经济合同可促使合作双方达成协议和利益共享；商品广告可传播商品信息，加速商品流通，促进商品盈利的实现。应用文因为实用性强，也被称为实用文。

二、针对性

应用文的目的性很强，它的实用范围和对象是固定、确指的。如"请示"是写给上级机关的，不能交给下级单位审查批准；"商务函件"适用于有业务往来的商业企业之间交流信息、联系业务，其对象也是特指的。写作行政公文、经济合同，都有明确的内容和具体的对象。写作应用文时还要考虑受文对象一定要看得懂，要让应用文产生效果，要有一定的约束力。一则通告、一则规章，往往要成千上万的干部、群众遵照执行，甚至制约着几亿人民的行动；一份报告、一份会议纪要，也常常成为上级领导处理问题的依据，或作为制定方针、政策的重要参考。

三、时效性

应用文是为处理公事和私事而写的，因而有较强的时间性。应用文不仅要求写得快、办得快，而且它的实用价值也受到时间的限制，事情办完了，该应用文的实用价值即告结束。应用文撰写的实效性也体现了行政机关的工作能力、工作作风以及领导与各机关之间的关系是否紧密。基层出现的问题必须迅速地反映至领导，领导决定解决的办法和措施后，必须迅速地形成应用文书，传递至有关部门，付诸行动。如果慢条斯理，就会错失良机。

相比较而言，文学作品既可以写历史题材，也可以写现实题材，创作活动不受时间的局限，其审美价值也不为时间所限制，古今优秀的作品往往具有永恒的魅力。

四、规范性

无论是公务应用文还是私人应用文，在行文上一般都有相对固定、规范的格式。就公务应用文而言，行文的规范性，既表现了行政公文的严肃性，又从根本上体现出其实用、高效的性质。其他专用应用文也各有约定俗成、相对稳定的格式。这正如金人王若虚所说："定体则无，大体需有。"［王若虚：《漘南遗老·文辨（四）》］

随着经济发展的全球化、储存与传递信息手段的现代化，应用文写作的规范化要求越来越具有国际意义。

【思考与练习】

简答题

1. 应用文有何特点？
2. 与文学作品相比较，应用文有哪些作用？

第四节　应用文作者的素养

应用文写作是一门科学，是从一般基础写作学中分流出来的，它有自身的特点和规律。应用文写作是一项复杂的系统工程，是由若干子系统组成的大系统。其子系统包括"各学科专业知识网络系统"、"文章体裁系统"、"文章写作过程系统"、"文章结构系统"、"应用语提醒系统"等，所以应用文作者必须具备多方面的素养，其素养包括政治理论素养、业务道德素养、工作能力素养、写作基本能力等。要具备这些素养，就要求应用文作者熟悉方针政策，扩大信息储存量，坚持理论联系实际，加强写作训练，这也是学习应用写作的基本要求。

一、熟悉方针政策

应用文具有领导与指导各项工作、处理相互之间的关系、确定各岗位职责等功能，其每一项决策、每一篇行文都与党和国家方针政策的制定和贯彻落实有着密切的关系。因此，应用文作者必须熟悉党和国家的各项方针、政策，熟悉国家有关的法律、规定，钻研党和国家在建设社会主义过程中提出的新理论、新思想，不断提高自身的政策水平，这样才能以正确的立场、观点、方法分析问题，写成适合实际、解决问题的应用文。

例如，拟写一份商品广告词，就必须熟悉国务院有关部门发布的《中华人民共和国广告法》、《中华人民共和国广告管理条例细则》、《中华人民共和国商标法》、《企业广告费用开支问题的若干规定》、《关于文化、卫生、社会广告管理的通知》、《关于报纸、书刊、电台、电视台经营、刊播广告有关问题的通知》、《关于加强对轻工产品广告宣传管理的通知》、《关于对赞助广告加强管理的几项规定》等一系列法律和法规，才不至于在广告写作中和制作中，给国家和企业带来不必要的损失。

二、扩大信息储存

21世纪是信息化高速发展的时代，接收、储存、分析、搜索信息的设备和科学技术越来越先进。应用文的写作过程是作者收集、处理信息的过程。作者收集、储藏的信息越多，其筛选信息、提出新观点、制作文章就越得心应手。

应用文写作具有很强的综合性，它要求应用文作者勤奋学习、博览群书，有多方面的信息储存。应用文写作的信息包括社会信息、经济信息、自然信息、语言信息以及各行各业的专业知识，信息储存量愈大，就愈能透过表象正确认识客观规律，撰写出符合实际、解决问题的应用文。

对于应用文作者来说，扩大信息储存必须具有相关的操作技能。如利用微型计算机处理文件，用传真机、打印机和互联网收集资料、发送信息等各种办公自动化的技能。掌握这些技能，是扩大信息储存、加速应用文的运转、提高办事效率的有效保证。

三、坚持理论与实践相结合

应用文写作是实践性很强的劳动，既要注重学习理解基本理论原则，知其所以然，同时需要结合本单位的工作实际，深入调查研究，掌握第一手资料，自己动手写，才能提高写作技能。

我们提倡的理论与实践相结合，一是要学习应用文写作的理论知识，了解应用文写作的改革变化，区别各种应用文的定义、特点、适用范围、写法结构、语言特点，主要观点的确立和材料的选择，找出其共同点和差异性。这样学习，便于掌握应用文的规律，为动笔写作打下坚实的写作基础。二是要遵循应用文写作的理论，多写多练，勤于动笔。多写多练是学习应用文写作的最好方法。应用文的写作与其他文学作品的写作一样，其写作能力是练出来的。鲁迅先生说过："文章应该怎样做，我说不出来，因为自己的作文，是由于多看和练习，此外并无心得和方法。"（《鲁迅全集》13卷，第162页）经常练习，细心揣摩，写作能力一定会提高。

应用文写作实践中要注意以下几个问题。

（一）确立应用文的主旨

应用文的主旨是指全文的基本精神或基本观点。应用文的作者通过观察客观事物，分析具体情况和材料，从一个或多个角度进行剖析或判断，表明自己处理问题的意见和态度，这就是一篇应用文的主旨。应用文的主旨要求鲜明、单一，要符合党和国家的政策、法令，并能反映领导者的意图，针对性强。

（二）选择应用文的材料

应用文的材料就是撰写者在表现应用文主旨时所选用的具体事实、基本情况以及数据、引语、措施、方法等。材料是应用文主旨形成的基础，也是应用文主旨的支柱。没有材料，撰写者无法开展分析研究，应用文主旨就没有形成基本的格局。

应用文材料来自于社会实践，其具体形态有两种：一是党和政府颁布的各项法规、法律、文件，上级的指示、指标，有关单位的介绍、简报、报表、计划、总结，以及人民来信等书面材料；二是经过调查访问尽一切可能收集起来的有关的各种信息，现实中的人、事、情况和问题。

选择材料要做到材料与主旨相一致，"情况确实"，"人名、地名、数字、引文准确"（引自《办法》第二十五条）。

（三）合理安排应用文的结构

结构是指文章内部的构造，是对内容恰当的组织和安排。应用文从产生之日起就表现出其特有的、固定的文体结构，几乎每一种应用文都有其相应的格式和材料的组织安排。与一般文章的结构相比较，应用文的结构有以下特点：

1. 开门见山，收束有力　所谓开门见山，就是应用文一开头应道出主要内容。《中央对于纠正电报、报告、请示、决定等文字缺点的指示》一文特别强调："一切较长的文电均应开门见山，先用极简要的文句，说明全文的目的或结论……"

应用文的开头可用以下方式：

（1）概述式。直接写出对象的基本情况、基本问题和基本过程。例如通报、报告、总结、调查报告、企业经济活动分析等应用文的开头常用此方式。

（2）引用式。直接引述下级来文、上级指示精神或有关的法令，作为撰写文章的根据。例如通知、条例、批复、意见、函、市场预测报告、工作研究等文种的开头多属此类。

（3）目的式。例如用"为了"、"为"、"现将……如下"、"兹因……"、"根据……"等词语作为文章的开端。也有的不加开头语，直接写出应用文的成文原因或目的，如通知、通告、批复、办法、计划、合同、会议纪要、议案等应用文多见于这类开头。

还有说明式、结论式的开头方式。以上这些开头方式尽管形式不同，但都是一开头就将主要内容或基本情况或行文目的明白晓畅地告诉受文对象。

应用文的结尾要收束有力，也就是说要干净利落，不拖泥带水。应用文的结尾方式也可以多种多样。

（1）期请式。即在文章结尾写几句期望或请求的话。如"以上……望遵照执行"、"以上意见，如无不妥，请批转有关单位执行"、"本办法自公布之日起执行"、"以上请示妥否，请批复"等等。请示、报告、通知及法规性的应用文多用此结尾。

（2）总结式。即对全文主旨的意义给予强调，以引起读者的重视，以利于贯彻执行。总结、意见、议案、调查报告采用此种结尾的居多。

（3）说明式。即将需要补充说明的问题写在应用文末尾，其内容一般是补充说明文章内容的施行日期和解释权限，或对发行范围特别界定。公告、通告、命令、通报、章程、聘书、办法等应用文常用这种结尾。

（4）号召式。即于应用文结尾处向有关单位或群体发出号召或要求。命令、决定、通报、调查报告等文种一般使用这种结尾。

应用文无论采用何种开头、结尾方式，都要为突出主旨服务。

2. 层次清楚，段落分明　所谓层次，就是应用文内容的组成次序，它体现了作者思考问题、展开说明的步骤。段落则是层次的具体表现形式。层次清楚、段落分明是应用文结构的突出特征，在应用文的写作当中，每一种文种应分为几个层次，每一层次应有几个段落，各层次应安排哪些内容，一般是相对固定的。如行政公文的正文部分一般分为缘由、事项、结尾三个层次，其次序不应随意颠倒。

层次安排的表现形式有以下几种：

（1）并列式。即将能反映文章主旨的性质相同的材料整理、归类，用平行、并列的方法来安排成几个层次，在内容上共同为说明主题服务的方式。各层次之间要注意内在的联系，不能重复和相互矛盾。

（2）递进式。即按照事情发展的先后次序，或者按照事理的深浅关系，逐层深入地安排层次的方法。这种方法的各个层次之间的关系可以是时间先后关系，也可以是内容的先后次序。按递进法安排的先后次序，必须是事态发展确实存在的、有明显的因果关系或逻辑的严密性。

（3）总分式。应用文主旨和材料的关系是总体和部分的关系。在组织材料为主旨服务时，先由"总叙"提出作者的观点，再"分叙"存在问题的原因、解决办法和具体要求，最后还可以加个"总结"，归纳全文。例如，法规性文本常按总分式分为总则、分则、附则三个层次，章程分为总纲、细则等部分。

应用文主体的层次安排常常采用以上三种正文结构。

为使应用文结构清晰，应用文行文中普遍习惯使用序数和连接、转折的词语，以显示应用文层次和结构内容的变化。

应用文结构层次序数的使用，可参照《办法》第25条第（六）款规定：

结构层次序数，第一层为"一、"，第二层为"（一）"，第三层为"1."，第四层为"（1）"。

应用文常用于表示衔接、转接、过渡的词语可见表1－1：

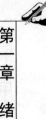

表 1-1　应用文常用结构用语简表

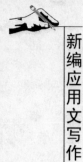

用语名称	作　用	常用结构用语
开端用语	用于开头，表示行文的目的、依据、原因	为了、为、根据、据、按照、依照、遵照、兹因、兹、兹定于、随着、随、关于、鉴于、由于、今、查、奉、接……以来、自……以来、目今、目前
综结用语	用于从分叙到总叙，或从分析到综合的转接	鉴于、鉴此、有鉴于此、为此、据此、对此、综上所述、一言以蔽之、总之
引述用语	用于引用来文，避免重复，使下文有针对性	……收悉、悉、据、据悉、惊悉、欣悉、前接、近接、现接、顷接……收悉
过渡用语	用于承上启下、行文缘由与具体事项的衔接	为了……特此通告如下；经……讨论作出如下决定；现将有关事项通知如下；现通报如下；为此，特提出如下意见；为了……拟采取以下措施；经……协商，订立以下合同；先将检查情况通报如下；现将……报告如下；现就……请示如下
祈请用语	用于结尾部分，引出期望和请求	请、拟请、特请、务请、切请、提请、恳请、报请、希望、希、望、切望、切盼
结尾用语	用于收束全文	为荷、为感、为谢、是荷、特此通报、特此报告、特此通知、特此证明、特此通告、希遵照执行、望共同遵守、此致、此令、此复、此据、专此、为要、为宜、为妥
祈复用语	用于要求上级或者对方给予答复	以上……妥否（当否、如无不妥），请批复（批示、指示、批准、批转、审核）；请复；请复函

【思考与练习】

简答题

1. 应用文作者应具有哪些基本素养？
2. 学好应用文写作需要哪些方面的积累？
3. 确立应用文的主旨有何要求？
4. 如何选择应用文的材料？
5. 如何表现应用文的结构层次？

第二章　行政公文基础知识

第一节　行政公文概述

【学习目的】国务院于 2000 年 8 月 24 日发布了新中国成立以来第五次修订的《国家行政机关机关公文处理办法》，国家质量监督局批准修改的GB/T9704—1999《国家行政机关公文格式》（以下简称"99 国标"），亦于2000 年 1 月 1 日起实施。为使国家行政机关的公文处理规范化、制度化、科学化，本章以《办法》为依据，结合"99 国标"的要求，介绍行政公文写作的知识。通过学习了解行政公文的含义、种类、适用范围，掌握行政公文的规范写法。

一、行政公文的概念

公文是公务文书的简称。广义的公文是指党政军机关、社会团体、企事业单位以及个人在公务活动中所形成的有一定格式、内容完备、具有现行效用的应用文。如机关日常工作中收发的来往文件、电报、会议记录、领导者的发言、工作简报等，可统称为公文。狭义的公文特指行政公文（以下简称公文）。《办法》规定："行政机关的公文（包括电报，下同）是行政机关在行政管理过程中形成的具有法定效力和规范体式的文书，是依法行政和进行公务活动的重要工具。"

二、行政公文的特点

（一）内容的公务性

行政公文是在阶级、国家出现后产生的，是国家行使行政管理和监督职能不可缺少的重要工具之一。斯大林在《马克思主义与语言学问题》一文中说过："生产往前发展，出现了阶级，出现了文字，出现了国家的萌芽，国家进行管理工作需要比较有条理的文书……"文中所说的"文书"，指的就是公文。

《办法》规定：公文是国家行政机关在管理国家过程中，"依法行政和进行公务活动的重要工具"。国家领导机关制定的各项方针、政策、法规和规章，一般都要通过公文的形式传达到基层；基层部门中出现的问题、情况和意见也要通过公文的形式一层层反映到上级机关；各平行机关、社会团体、企事业单位之间亦需要通过公文互相交往、商洽工作、交流经验、询问和答复问题。

这就表明公文是办理公务的工具，它作为管理国家、组织和发展生产力的重要手段，必然体现统治阶级的意志和愿望，直接或间接地反映国家政权的性质和根本利益。

（二）法定的权威性

公文是法定作者在法定范围内行使职权制作和发布的，因而具有其法定的权威性和行政约束力。

公文是由特定的作者制发的。其含义有二：一是公文是由依法成立并能以自己的名义行使职权和承担义务的组织、机关或其领导人制发的；二是公文是依法成立的特定组织或其领导人依照法定职责权限、进行各项工作的必然结果。

公文的法定权威性，其含义也有几个方面的内容：一是所制发的公文只有在自己职权范围之内才具有权威效力；二是所制发的公文必须体现国家的方针、政策，体现领导机关的意图，代表人民群众的意志和利益，否则这种权威性也会失效；三是所制发的公文必须切合实际，否则也会失去其权威性。

《办法》规定：国家行政机关的"行文关系根据隶属关系和职权范围确定"。国家政府的领导通过制发各种公文，传达党和国家的方针、政策，各级行政机关亦是通过制发各种公文，使下级各个机构按照党和国家的方针、政策去办事。上级主管部门对下级部门所发出的通知、通报、意见、批复等公文，充分体现了公文的法定的权威性。

（三）体式的规范性

公文有国家统一规定的种类、规范化的体式和处理程序，每种公文有其特定的适用范围，表达一定的内容，使用规范的格式。1999 年 12 月 27 日国家技术监督局发布了重新修订的"99 国标"，并于 2000 年 1 月 1 日开始施行，这标志着我国行政公文在规范化管理上开始与国际接轨。

三、行政公文的种类

公文种类可作如下区分。

（一）按公文的作者性质分类

1. 党的机关公文　《中国共产党机关公文处理条例》规定，党的机关公文常用的种类有 13 种：决议、决定、指示、意见、通知、通报、公报、报告、请示、条例、规定、函、会议纪要。

2. 国家行政机关公文　《办法》规定：国家行政机关公文的种类有 13 种：命令（令）、决定、公告、通告、通知、通报、议案、报告、请示、批复、意见、函、会议纪要。

3. 其他通用公文　通用公文指在党政机关、军队、人民团体、企事业单位普遍使用的文种。除通知、通报、决定、报告、请示等常用公文外，还包括计划、总结、规划、讲话稿、调查报告、会议记录、简报等。

（二）按行文方向分类

行文方向是指公文根据内容的需要，以发文机关为中心，向不同级别的机关流动、传递的方向。行政公文按行文方向分，可分为上行文、下行文、平行文三种。

1. 上行文　上行文是指具有隶属关系的下级机关向上级机关的行文。有请示、报告和意见等。

2. 下行文　下行文是指具有隶属关系的上级机关向下级机关的行文。主要文种有命令、决定、通知、通报、通告、批复等。

3. 平行文　平行文是指平行机关和不相隶属机关单位之间的行文。作为平行文行文比较多的文种是函、议案、通知、意见等。

（三）按公文来源分类

公文来源可分为收进公文、外发公文、内部公文三种。收进公文即本机关收到的外单位发来的公文；外发公文即本机关制作，向外单位（上级、平级、下级机关单位）发送的所有公文；内部公文指本机关制作并在内部使用的公文，广义的内部公文只是不对国外公布的公文。

（四）按秘密程度分类

秘密公文指公文内容涉及党和国家机密、在一定时期内需要限制阅读范围的公文。《办法》规定："涉及国家秘密的公文应当标明密级和保密期限。"公文的秘密程度按其密级要求划分为绝密公文、机密公文、一般公文三种。

（五）按紧急程度分类

可分为特急公文、急办公文、常规公文。《办法》中还要求："其中电报应当分别标明'特提'、'特急'、'加急'、'平急'"。

【思考与练习】

简答题

1. 公文有哪些种类？现行的行政公文有哪些种类？

2. 试述什么是行政机关的公文。

3. 行政机关的公文有哪些特点？

4. 行政机关公文的上行文、下行文、平行文各有哪些文种？

第二节　行政公文的格式

公文格式即公文的表现形式，包括公文用字、用纸、排版、制版、印刷、装订及文面结构。

一、公文的制版和装订

（一）公文用字

公文"文字从左至右横写、横排。在民族自治地方，可以并用汉字和通用的少数民族文字（按其习惯书写、排版）"。正文用 3 号仿宋体字，文中小标题可用 3 号小标宋体字或黑体字。一般每面 22 行，每行 28 个字。

（二）公文用纸

公文用纸"采用国际标准 A4 型（210mm×297mm），左侧装订。张贴的公文用纸大小，根据实际需要确定"。公文纸质要求克重为 60～80g/（m×m），白度为 85%～90%，横向耐折度≥15 次，不透明度≥85%，pH 值为 7.5～9.5，版心尺寸为 156mm×225mm（不含页码）（见第 22 页图 2－1）。

（三）公文制版、印刷、装订

公文制版要求版面干净，版心不斜。采用双面印刷，黑色油墨色谱应达到 BL100%，红色油墨色谱要达到 Y80%、M80%，印品着墨实、均匀。装订采用左侧装订，平装和骑马订装均要求无坏订、漏订、重订。

（四）公文页码

公文页码分别置于公文左下角或右下角，位于版心下边缘 7mm 处，用 4 号半码阿拉伯数字标识。页码左右各放一条 4 号一字线。单页码居右空 1 字，双页码居左空 1 字。空白页（包括印有版记的那一面）不标识页码（见第 22 页图 2－1）。

二、公文的文面结构

公文的文面结构是指公文各要素在公文文面上所处的位置和书写的形式。"99 国标"规定："公文各要素划分为眉首、主体、版记三部分。置于公文首页红色反线以上的各要素统称为眉首；置于红色反线（不含）以下至主题词（不含）之间的各要素统称主体；置于主题词以下的各要素统称版记。"

（一）眉首部分

公文的眉首部分包括公文份数序号、秘密等级、保密期限、紧急程度、发文机关标识、发文字号、签发人等项。

1. 公文份数序号　公文份数序号简称为份号，指印刷同一公文文稿时每份公文的份数顺序编号。绝密、机密的公文应当标注份号。普发性公文可不编号。公文份数序号的编注是为了便于登记、分发和清退。公文份数序号用阿拉伯数字顶格标识在版心左上角第一行。

2. 秘密等级和保密期限　秘密等级简称为密级，分绝密、机密、秘密三种。根据《办法》的规定，"涉及国家秘密的公文应当标明密级和保密期限"。标识秘密等级和保密期限用 3 号黑体字，顶格标识在版心右上角第一行。秘密等级和保密期限间用"★"隔开。如："机密★一年"（见第 23 页

图 2 - 2)。

3. 紧急程度 紧急程度简称急度,是指对公文送达时限的要求。《办法》规定:"紧急公文应当根据紧急程度分别标明'特急'、'急件'。"标识紧急程度用 3 号黑体字,顶格标识在版心右上角第二行,两字之间空 1 字。

4. 发文机关标识 发文机关标识由发文机关全称或规范化的简称后加"文件"组成。发文机关标识使用小标宋体字,用红色标识。其字号以醒目、美观为原则,但应小于 22mm × 15mm(高×宽)。发文机关标识的位置有几种:第一种限于下行文,发文机关标识上边缘至版心上边缘为 25mm(见第 23 页图 2 - 2);第二种限于上行文,发文机关标识上边缘至版心上边缘为 80mm(见第 24 页图 2 - 3),即发文机关上边缘距页边要留出 80mm + 37mm;另有三种公文(命令、函、会议纪要)具有特定格式。如为联合行文,则主办机关标识在前。

5. 发文字号 发文字号又简称文号,是发文机关公文编排顺序的代号。发文字号由机关代字、年份、序号组成。机关代字是用 1 ~ 3 个汉字表示发文的机关。年份要用六角号"〔〕"括起,序号是发文机关该年发文的流水号。如"国发〔2001〕23 号"。发文字号于发文机关标识下空 2 行,用 3 号仿宋体字居中排布。年份、序号用阿拉伯数码标注。发文字号下 4mm 处印一条与版心等宽的红色反线(见第 23 页图 2 - 2)。

6. 签发人 上行文应当注明签发人、会签人的姓名。签发人指批准发出公文的机关领导人;会签人指联合发文的协办机关负责人。公文如要注明签发人,发文字号居左空 1 字,签发人居右空 1 字,用 3 号仿宋体字,标冒号后用 3 号楷体字标识签发人姓名(见第 24 页图 2 - 3)。联合发文的主办单位签发人姓名置于第一行,最后一个签发人姓名与红色反线距离为 4mm。

(二)主体部分

公文主体部分有标题、主送机关、正文、附件、成文日期、公文生效标识、附注七个部分。

1. 公文标题 公文标题一般由发文机关、发文事由和文种三部分组成。发文机关名称用全称或规范化的简称。发文事由用"关于……的"介词结构,表达公文的基本内容,并修饰和限制中心词文种。公文标题在红色反线之下空 2 行标识,用 2 号小标宋体字居中分一行或多行排布。

公文标题的三个组成部分又称"三要素"。一般情况下,公文标题要求"三要素"完整,如《全国人民代表大会常务委员会关于迅速审判严重危害社会治安的犯罪分子的程序决定》,这种标题明确而庄重,称完全式标题。公文标题也有省略式的,即省略其中一两部分的标题。如《关于召开全省社会主义精神文明建设工作会议的通知》省略了事由。也有只写文种的,如《通告》、《公告》等。

2. 主送机关 主送机关指公文的主要受理机关,即需要办理或答复这一公文的机关。主送机关名称要用规范化的简称或同类型机关的统称。主送机关标注在公文标题下空1行、正文之上，左侧顶格用3号仿宋体字标识。主送机关如果一行写不完，回行时仍顶格书写，最后一个主送机关名称后标全角冒号。

上行文，应当只写一个主送机关，如需其他相关的上级机关阅知，可以抄送；下行文，有的只有一个主送机关，有的有几个主送机关；普发性公文的主送机关，一般按系统内的单位之间加顿号。如果主送机关名称过多，而使公文首页不能显示正文时，应将主送机关移至版记中抄送位置。公告、通告、决定和会议纪要等一般不写主送机关。

3. 正文　公文的正文是公文的主体部分，用来表达公文的主要内容。公文的正文一般包括缘由、事项和结语三个部分。

（1）缘由，主要说明发文的原因、依据和目的。

（2）事项，是公文正文的主体部分，必须围绕行文的基本意向展开内容、叙述情况、分析问题、布置工作、说明做法、提出要求。

（3）结尾，是正文的收束部分。有的公文事项完了就结束，有的公文有个结尾部分，这部分的书写常用习惯用语，如"特此通告"、"以上请示妥否，请批复"、"以上报告如无不妥，请批转执行"等等。

正文层次段落安排的方法有并列法和递进法。

并列法即说明主旨的各个层次的内容是一种平等的、并列的关系。例如，通知中的几个事项、决定中的几项内容、报告中的几方面情况，相互之间必须有内在的联系，不相互矛盾、重复。

递进法是根据说明主旨的各个层次的内容，或是按事情发展过程的先后次序，或者按事理的层次，用逐层深入的关系展开文章内容的方法。

正文用3号仿宋字体，每段开头，不论是文字还是序码，均要空两格，回行顶格书写。结构层次的序数，第一层为"一、"，第二层为"（一）"，第三层为"1."，第四层为"（1）"。

如果正文之后空白处容不下生效标识，必须加宽行距，至少将一行正文文字移至下一页，或缩小行距，留出生效标识的空间。总之，不可标识"此页无正文"。

4. 附件　附件是随公文发送的附属文件或材料。公文中有些内容，如图表、名单、规定等可以作为附件处理。于正文下空1行、空2格标识"附件"，后加全角冒号，并注明附件顺序和名称。

5. 成文日期　成文日期即公文生效的时间。《办法》规定："成文日期以负责人签发的日期为准，联合行文以最后签发机关负责人的签发日期为准。电报以发出的日期为准。经会议讨论的文件以会议通过的日期为准。"

成文日期用中文小写汉字将年月日标全；"零"写为"〇"；成文日期的标注位置一般在正文或附件的下方空4行，靠右留4格位置标注（见第27页图2-6）。

6. 公文生效标识　印章是公文的生效标识。一般情况下，除了会议纪要外，不加盖公章的公文应视为无效。只有一个发文机关的公文，在公文落款处不署发文机关名称，只标识成文日期，然后加盖公章，公章的下沿需"骑年盖月"，上沿距正文为1行的空白；两个单位联合行文，成文日期应居中，左右各空7格，主办单位印章在前，两个印章不相交地压在成文日期上（见第28页图2-7）。印章最多每排3个，主办单位印章在前（见第29页图2-8）。以国家领导人名义发布的公文，还须有领导人的签名章。

7. 附注　附注一般是对公文的发放范围、使用时应注意的事项加以说明。请示应当在附注处注明联系人的姓名和电话。公文如有附注，用3号仿宋体字，居左空2格加圆括号标识在成文日期下一行（见第28页图2-7）。

（三）版记部分

公文版记部分包括主题词、抄送机关、印发机关和印发日期等。按规定，公文应双面印刷，版记应置于公文的最后一面（见第28页图2-7）。为确保公文的完整性，公文主体部分之后的空白如果容不下版记的位置，就须另起一页，在最下端的位置标识版记。

1. 主题词　公文应标注主题词。主题词是一组经过规范化处理的反映公文主题内容、文件类别的名词或名词性词组。标引主题词要注意从公文制发机关的主管部门编制的主题词表中选，如国家行政机关公文是从《国务院主题词表》中选词。一份文件选用2~3个主题词，最多不超过5个。主题词用3号黑体字，词目之间空1字。

2. 抄送机关　抄送机关指除主送机关之外需要执行或知晓公文的其他机关。在主题词下居左空1字用3号仿宋体字标识"抄送"，后加全角冒号。抄送机关应当使用全称或规范化的简称、统称。抄送机关之间用逗号隔开，回行时与冒号后的抄送机关对齐，写完最后一个抄送机关标句号（见第29页图2-8）。

3. 印发机关和印发日期　印发机关指公文的印刷主管部门，一般应是各行政机关的办公厅（室）或文秘部门。印发日期指公文交付印刷的时间。公文界定公文生效时间与印发时间有利于掌握制发公文的效率和公文的办理。

印发机关与印发日期同居于抄送机关之下（无抄送机关在主题词之下），用3号仿宋体字。印发机关左空1字；印发日期右空1字，用阿拉伯数字标识。

版记中各要素之间加一条反线隔开，反线的宽度同版心。版记的位置应于公文的最后一页。

三、公文的特定格式

公文的特定格式是对公文通常格式的补充。在公文实际运用当中，信函式公文、命令（令）以及会议纪要的格式是普遍存在的特殊格式。

（一）信函式格式

信函式公文往往用于处理日常事务的平行文或下行文。发文机关名称紧贴版心下沿，用红色小标宋体标识，上边缘距页边缘30mm，下边缘4mm处印一条上粗下细的红色武文线，距页下边缘20mm处印一条下粗上细的文武线，线长170mm，此页不显示页码。发文字号置于文武线下一行右边顶格标识（见第30页图2-9），发文字号下空1行标识公文标题。

（二）命令（令）格式

命令（令）标识由发文机关名称＋"命令"或"令"组成，用红色小标宋体字，在距版心20mm处标识；命令（令）标识下空2行居中用黑体字标注令号；令号下空2行标识正文；正文下空1行标识签发人红色签名章，右空4字，签名章左空2字标识领导人职务；签名章下空1行右空2字标识成文日期；命令（令）的版记与其他公文相比，只有一点不同，即命令（令）没有"主送"、"抄送"，而用"分送"这一特定格式（见第31页图2-10）。

（三）会议纪要格式

会议纪要格式主要用于国家行政机关的办公会议纪要。

会议纪要发文机关标识由发文机关名称＋"会议纪要"组成，用红色小标宋体在距版心上边缘25mm处标识，下空2行标识发文字号。发文字号与红色反线之间距离4mm，下再空2行写正文。会议纪要不加盖印章（见第32页图2-11）。

【思考与练习】

一、填空题

1. 一份完整的公文格式，是由_____、_____、_____三大部分组成的。

2. 眉首是由紧急程度、发文机关标识、发文字号、_____、_____、_____等项目组成。

3. 发文字号由_____、_____、_____三部分组成。广东省人民政府2007年15号函，文号应写为_____。

4. 秘密等级分为_____、_____、_____三级，密级的位置在文件名称的_____。

5. 紧急程度分_____、_____两种，位置在"秘密等级"的_____。

6. 签发人指_____；会签人指联合发文的协办机关负责人。签发人一般只用于_____文。

7. 主体部分是公文的主要部分，由标题、主送机关、正文、_____、_____、_____、_____等项目组成。

8. 完整的公文标题是由_____、_____、_____三要素组成的。

9. 标题中除_____、_____名称加书号外，一般不加标点符号。

10. 一般情况下，除了会议纪要外，不加盖公章的公文应视为_____。

11. 附件是随公文发送的附属文件或材料，其书写位置在正文下_____、空2格标识"附件"，后加冒号，并注明附件_____。

12. 主送机关指公文的主要受理机关，即需要_____或这一公文的机关；抄送机关指除主送机关之外需要_____或公文的其他机关。

13. 主题词是一组经过规范化处理的反映_____、_____的名词或名词性词组。标引主题词要注意从公文制发机关的主管部门编制的_____中选词。

二、简答题

1. 在公文实际运用当中，公文有哪几种特定格式？

2. 主送机关有时只写一个，有时有几个主送机关，为什么？普发性公文如果主送机关名称过多，其标点符号怎么区别使用？

3. 成文日期即公文生效的时间。《办法》规定，成文日期在四种情况下生效，请叙述之。

第三节　行政公文的行文规则

《办法》第四章第十二至二十三条规定了国家行政机关公文的行文规则。《办法》第十三条强调："行文应当确有必要，注重效用。"具体行文规则如下。

一、行文根据的规则

《办法》第十四条规定："行文关系根据隶属关系和职权范围确定。"《办法》第二十五条第（三）款也强调："公文的文种应当根据行文目的、发文机关的职权和与主送机关的行文关系确定。"

所谓行文关系，是指发文机关与主送机关之间的组织关系在行文中的体现。确定行文关系的根据有二。

（一）隶属关系

隶属关系是指同一垂直系统中存在直接职能往来的上下级机关之间的关系。具体可分为下列几种情况：

1. 上下级关系　上下级关系即上级机关对下级机关的领导和指导关系。如我国行政管理系统的国务院—省政府—市政府—县政府—乡（镇）政府之间，省政府机关的厅—处—科之间是领导和被领导的关系；政府业务主管部门的省农业厅—市农业局—县农业局之间是指导和被指导的关系。上级对下级可下命令、决定，发通知、通报、公告、通告，写批复或提出指导性的意见；下级对上级可写请示、报告或提出建议性的意见。

2. 平级关系 平级关系即同等级别的关系。如省政府之间、市政府之间、省政府下属的各个厅之间、市政府下属的各个局之间、省政府与省人大之间的关系是平级关系。

3. 非隶属关系 非隶属关系是指不同垂直系统且不发生直接职能往来的机关之间的关系。这些机关包括平级机关或不同级别的机关。如市财政局、市农业局、市教育局之间各有自己的上级，相互之间是协作关系。又如广州市政府与上海市政府驻广州办事处之间、当地政府与驻外机构之间是统管关系。

不相隶属机关（包括平级机关）之间，一般行文用函，或用通知以及联合行文的方式处理问题。

（二）职权范围

政府的权力机构和业务部门各有不同的职权范围，在自己的职责权力范围内行文就有效，否则就是越权。因此要求做到两点：一是党政分开。党和政府各有不同的职权范围，党务和政务要分别行文。二是各司其职。各级政府、政府机关各个部门，都有明确的职权范围。"属于主管部门职权范围内的事务，应当由部门自行行文或联合行文"（《办法》第十七条），"属于部门职权范围内的具体问题，应当直接报送主管部门处理"（《办法》第十八条）。

二、部门行文规则

《办法》第十五条规定："政府各部门依据部门职权可以相互行文。此种情况指的是同级政府下的部门与部门之间的平行文；除以函的形式商洽工作、询问和答复问题、审批事项外，一般不得向下一级政府正式行文。"此规则说明了部门行文的三种情况：

一是各部门之间可以在自己职权范围内相互行文；二是政府各部门可以向下一级政府的相关业务部门行文；三是政府的业务部门一般只能用函的形式向下一级政府正式行文。

对部门行文，《办法》还强调："部门之间对有关问题未经协商一致，不得各自向下行文。如擅自行文，上级机关应当责令纠正或撤销。"

三、联合行文规则

平行机关之间或部门之间不仅可以通过公文往来加强联系，而且可以联合行文。联合行文对共同贯彻执行有关方针、政策，加快公文运转的速度是十分有利的。联合行文的公文多系通知、决定、报告等文种。《办法》规定，在以下情况下可以联合行文：

（1）"同级政府、同级政府各部门、上级政府部门与下级政府可以联合行文。"（《办法》第十六条）例如，广东省人民政府与湖南省人民政府可以联合行文；韶关市农业局与南雄县人民政府可以联合行文。

（2）"政府与同级党委和军队机关可以联合行文。"（《办法》第十六条）例如，广州市人民政府与广州警备区可以联合行文（见图2-4）。

（3）"政府部门与同级人民团体和具有行政职能的事业单位也可以联合行文。"（《办法》第十六条）例如，广州市组织部与广州市总工会、广州市卫生局与广州市妇联可以联合行文。

上述情况可以归结为一条基本原则，即联合行文的机关必须是同级机关。《办法》还规定："联合行文应当明确主办部门"，"主办部门应当主动与有关部门协商；如有分歧，主办部门主要负责人要出面协调，如仍不能取得一致，可以报请上级机关协调或裁定。"（《办法》第十七、三十五条）联合行文应当确有必要，且单位不宜太多。

四、上行文规则

《办法》第二十一、二十二、二十三条对上行文分别作了如下规定：

（1）请示应当一文一事；一般只写一个主送机关，需要同时送其他机关的，应当用抄送形式，但不得抄送其下级机关。

（2）报告不得夹带请示事项。

（3）除上级机关负责人直接交办的事情外，不得以机关名义向上级机关负责人报送请示、意见和报告。

【思考与练习】

一、填空题

1. 各级行政机关的行文关系，应当根据＿＿＿＿＿＿＿＿＿和＿＿＿＿＿＿＿＿＿确定。

2. 政府各部门＿＿＿＿＿＿＿＿＿可以相互行文和向下一级政府的有关业务部门行文，＿＿＿＿＿＿＿＿＿向下一级政府正式行文。

3. 向下级机关的＿＿＿＿＿＿＿＿＿，应当同时抄送直接上级机关。

4. 经＿＿＿＿＿＿＿＿＿在报刊上全文发布的行政法规和规章，应当视为正式公文依照执行。

5. 报告中＿＿＿＿＿＿＿＿＿夹带请示事项。

6. 同级政府、同级政府各部门、上级政府部门与下级政府＿＿＿＿＿＿联合行文；政府部门与同级人民团体＿＿＿＿＿＿联合行文。

7. 政府机构和业务部门在自己的职责权力范围内行文要求做到两点：一是＿＿＿＿＿＿＿＿＿，党务和政务要分别行文；二是＿＿＿＿＿＿＿＿。

8. 不相隶属机关（包括平级机关）之间，一般行文用＿＿＿＿＿＿＿，或用通知以及＿＿＿＿＿＿＿＿＿的方式处理问题。

二、简答题

1. 联合行文规则有哪些具体规定？

2. 请示规则包括哪些具体内容？

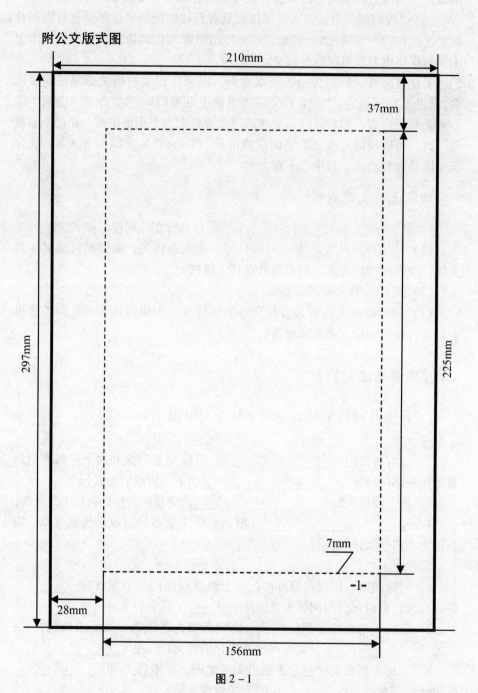

附公文版式图

图 2－1

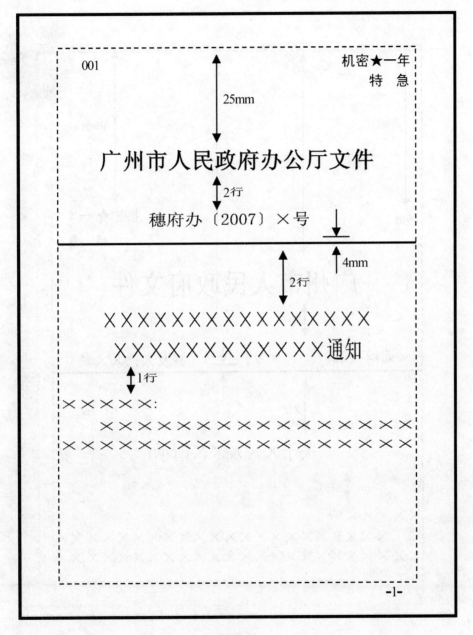

图 2-2

Inside the figure:

001

机密★一年
特　急

25mm

广州市人民政府办公厅文件

2行

穗府办〔2007〕×号

4mm

2行

××××××××××××××
××××××××××通知

1行

×××××:
　××××××××××××××××
××××××××××××××××××

-1-

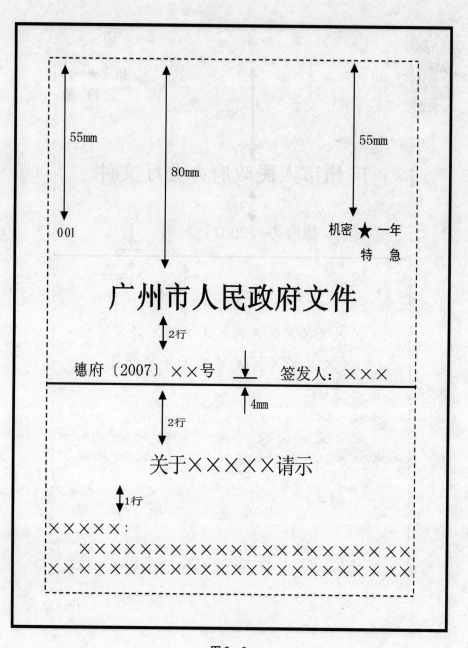

55mm

80mm

55mm

001

机密 ★ 一年

特　急

广州市人民政府文件

2行

穗府〔2007〕××号　　签发人：×××

4mm

2行

关于××××请示

1行

×××××：

×××××××××××××××××××××××××××××
×××××××××××××××××××××××××××××

图2－3

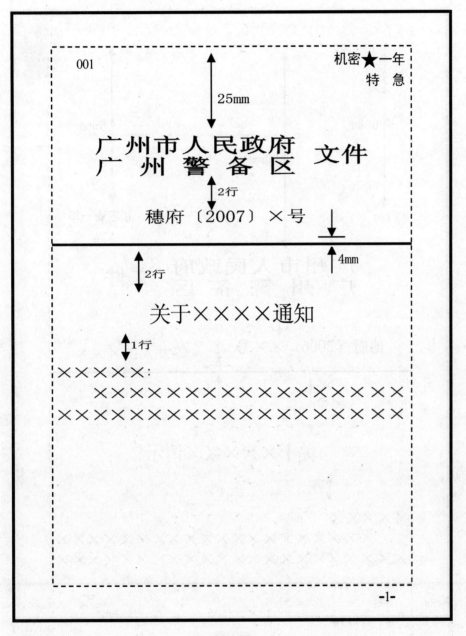

图 2-4

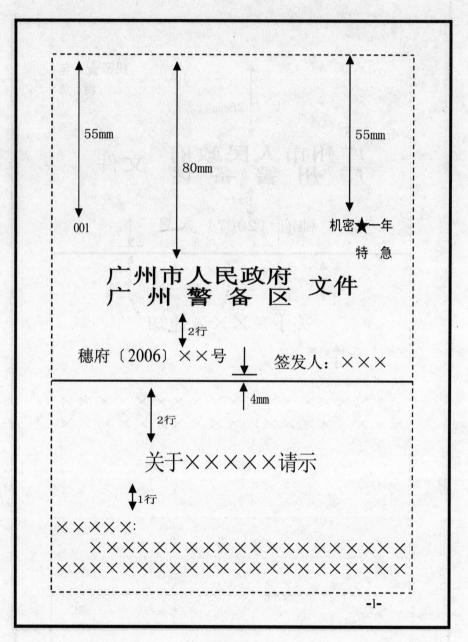

图 2 - 5

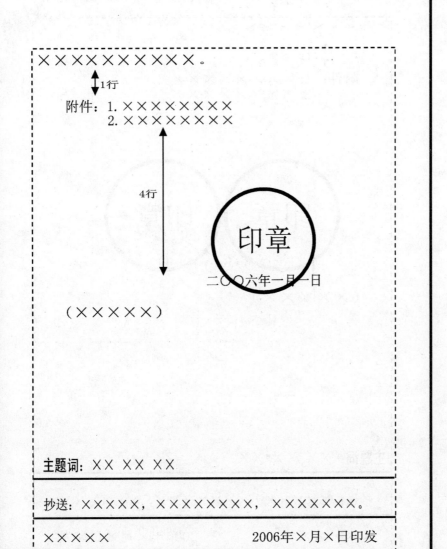

图 2－6

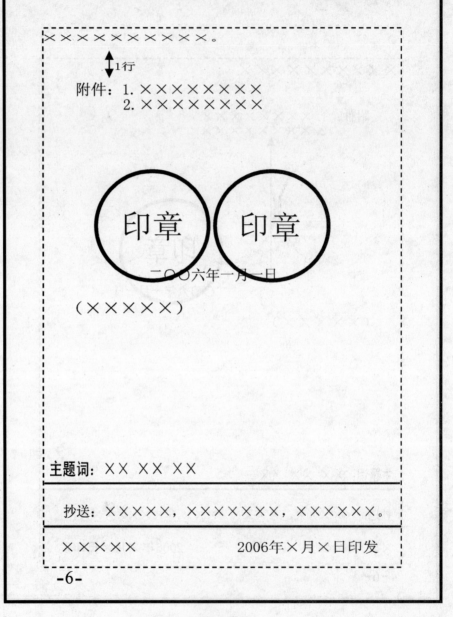

图 2-7

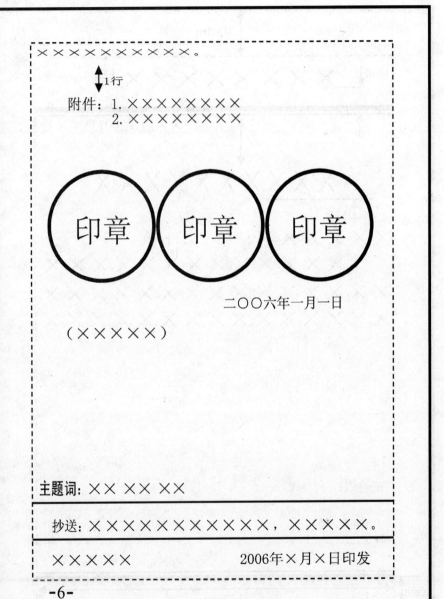

图 2-8

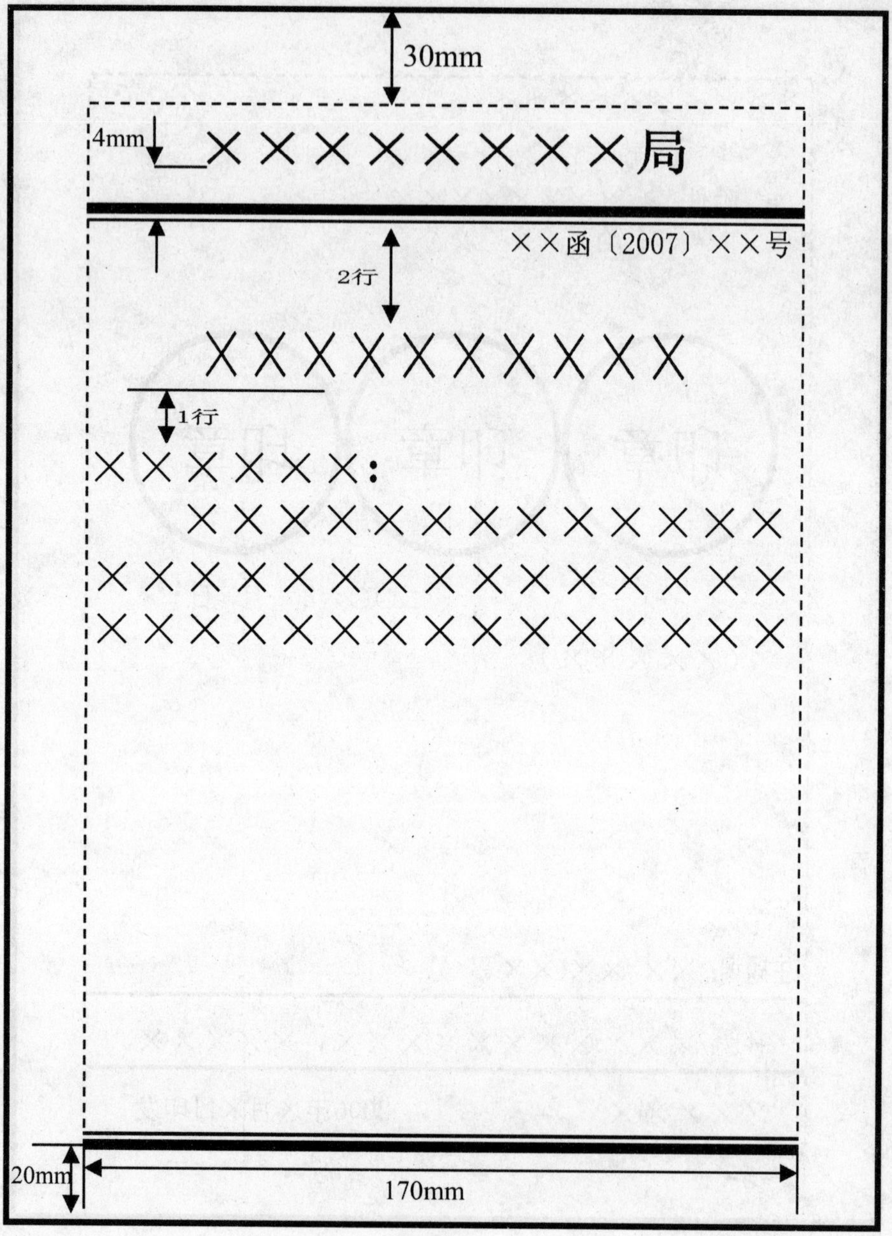

30mm

4mm　×××××××局

××函〔2007〕××号

2行

×××××××××

1行

××××××：
　×××××××××××
××××××××××××
××××××××××××

20mm　　170mm

图2-9

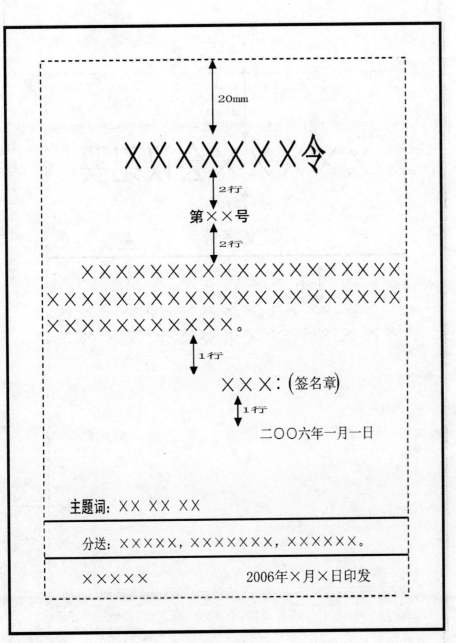

图 2 - 10

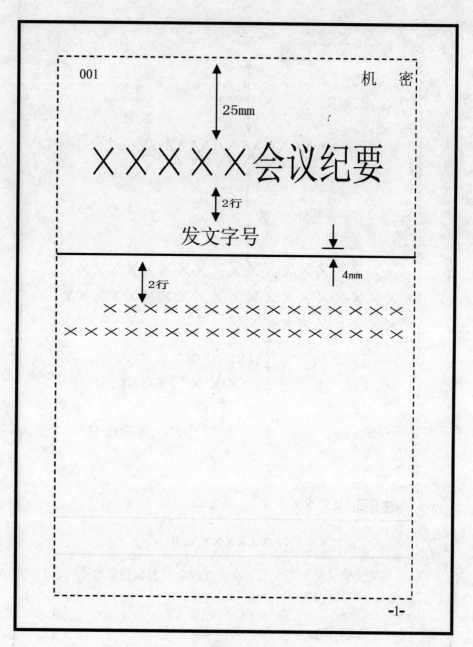

图 2－11

第四节　行政公文的处理

公文处理是指公文在运转过程中完成的公文拟制、发文办理、收文办理、公文管理等一系列程序工作。

一、发文办理

《办法》第二十四条指出："发文办理指以本机关名义制发公文的过程，包括草拟、审核、签发、复核、缮印、用印、登记、分发等程序。"

（一）草拟公文

根据《办法》的要求，草拟公文要做到：

（1）符合国家的法律、法规及其他有关规定。如提出新的政策、规定等，要切实可行并加以说明。

（2）情况确实，观点明确，表达准确，结构严谨，条理清楚，直述不曲，字词规范，标点正确，篇幅力求简短。

（3）公文的文种应当根据行文目的、发文机关的职权和与主送机关的行文关系确定。

（4）拟制紧急公文，应当体现紧急的原因，并根据实际需要确定紧急程序。

（5）人名、地名、数字、引文准确，引用公文应当先引标题，后引发文字号。引用外文应当注明中文含义，日期应当写明具体的年、月、日。

（6）结构层次序数，第一层为"一、"，第二层为"（一）"，第三层为"1."，第四层为"（1）"。

（7）应当使用国家法定计量单位。

（8）文内使用非规范化简称，应当先用全称并注明简称。使用国际组织外文名称或其缩写形式，应当在第一次出现时注明准确的中文译名。

（9）公文中的数字，除成文日期、部分结构层次和在词、词组、惯用语、缩略词、具有修辞色彩语句中作为词素的数字必须使用汉字外，应当使用阿拉伯数字。

（10）拟制公文既要与有关部门协商一致，又要同机关领导联系，向有关部门传达领导意见，意见不能一致时，可列明各方理据，提出意见，报请上级机关协调或裁定。

（二）审核

草拟的公文送机关负责人签发前，应当由办公厅（室）进行审核。审核的重点是：

（1）是否确需行文。

（2）是否准确无误地体现了领导机关的意图，是否符合党的方针、政策和国家的法律、法规，是否注意到与有关公文的衔接。

（3）是否符合行文规则和拟制公文的有关要求。

（4）公文格式是否符合《办法》的规定。

（三）签发

以本机关名义制发的上行文，由主要负责人或者主持工作的负责人签发；由本机关名义制发的下行文或平行文，由主要负责人或者由主要负责人授权的其他负责人签发。

党政联合行文，谁主管，谁先签发；两个及两个以上机关联合行文，须经各机关的领导人联合签署。联合签署公文的过程称作会签。

（四）复核

公文稿经领导审核或经有关会议讨论通过后，文秘部门有必要进行复核。复核的重点是公文的审批、签发手续是否完备，附件材料是否齐全，格式是否统一、规范，等等。在文字、标点、语法上也予以校核。在不损害原意的前提下，仔细斟酌，适当修正，把握不准和修改较大的还须请示领导复审。

（五）缮印

公文缮印应注意以下几点：

1. 格式规范　印制公文必须按照规定的格式设计，页面各组成部分安排合理。字体、字号、纸质、油墨选择恰当，外观形式端庄、美观、大方。

2. 尊重原稿　一般须按原稿印制。同时保护原稿，不得污损或遗失。

3. 保守秘密　印制秘密公文应当有严格的保密措施，密级高的公文还应有专人、专机、专室处理。印制过程中出现的废页、废版等须随时销毁。印制好的公文要及时入柜或交制文单位取走。对文件中的内容要求严格保密。

（六）用印

用印方式有两种：一种是下套方式，适用于带有国徽、印章下弧没有文字的印章。用印时印章仅以下弧压在成文日期上，以显示印章的庄严和国徽的完整，也保证了成文日期的清晰度。一种是中套方式，适用于印章下弧有文字的印章。中套方式的要求是印章的中心线压在成文日期上。联合行文用印在本章第二节已有阐述（可参见图2-7、图2-8）。

（七）登记分发

公文定稿后，正式分发之前，须确定公文编号、发出方式、印制份数、发至级别、密级、急度、公文格式、主题词、成文日期、发出日期等，并制定表格，便于登记分发。

分发登记表格参考式样如表2-1所示。

表2-1　分发登记表

成文日期		受文范围	文号	密级	公文标题	份数	发出日期		备注
月	日						月	日	

二、收文办理

收文办理指对收到的公文的处理过程，包括签发、登记、审核、拟办、批办、承办、催办等程序。

（一）签发

签发是收到公文以签字或盖章的方式给发文方以凭证。收发人要检查文件封袋有无破损，编号是否相符，来文份数是否与记载一致。

（二）登记

登记主要是记载收文的有关特征，包括发文单位、文号、密级、标题、份数、收文日期和顺序号等。

收文登记表格参考式样一如表2-2所示。

表2-2　××××收文登记表

序号	收到日期	来文机关	文号	密级	来文标题	份数	分送或承办	承办单位	签收	复文号	备注

收文登记表格参考式样二如表2-3所示。

表2-3 ××××收文登记表

收文日期： 年 月 日

来文单位	来文字号	密级	公文标题	份数	收文编号
分送				承办单位	
处理情况				签收人	
				归 卷	
				备 注	

（三）审核

收到下级机关的公文，文秘部门应当对行文规则、文种使用、公文格式、公文内容的合法性及发文机关的职权范围等进行审核。对不符合规定的公文可以退回。

（四）拟办

拟办是公文处理过程中的一种辅助决策活动，即由秘书部门对来文如何处理作出初步意见，供机关领导人或有关负责人审核定夺。

对符合规定的公文，文秘部门应当及时提出拟办意见，送负责人批示或者有关部门办理；需要两个以上单位办理的应当明确主办部门；紧急公文应当明确办理时限。

收文处理单式样如表2-4所示。

表2-4 ××××收文处理单

编号：

来文机关		来文编号		密级		来文时间	
公文内容：							
拟办理意见：							
领导批示：							
办理结果：							

（五）批办

批办是指机关领导人或办公部门的负责人对某份来文的处理所作的批示意见。对有具体请示事项的，主批人应当明确签署意见、姓名和审批日期，其他审批人圈阅视为同意；没有请示事项的，圈阅表示已阅知。

（六）承办

承办是对来文所涉及的问题进行具体处理，是请示性公文处理的关键环节。承办的具体形式主要有两种：一是秘书人员承办，由秘书人员提出处理意见，报经主管领导审批；二是职能部门承办，秘书人员将需要办理的公文交由有关职能部门办理或提出处理意见。

承办部门收到交办的公文后应当及时办理，确有困难或者不宜本单位办理的，应当及时退回交办部门并说明理由。

（七）催办

送负责人批示或者交有关部门办理的公文，文秘部门要负责催办。催办方式一般有电话催办、发催办单（函）、登门催办三种。催办要做到紧急公文跟踪催办，重要公文重点催办，一般公文定期催办。

三、公文归档

《办法》第七章规定，公文办理完毕后，应当根据《中华人民共和国档案法》和其他有关规定，及时整理（立卷）、归档。

个人不得保存应当归档的公文。

《办法》第三十八至四十三条对公文的归档作出了原则规定。

四、公文管理

公文管理即对公文的形成、传递、保管、运转、归档和销毁等作统一的规划、监督管理。《办法》第四十四、四十五条规定："公文由文秘部门或专职人员统一收发、审核、用印、归档和销毁。""文秘部门应当建立健全本机关公文处理的有关制度。"

公文管理的制度主要包括公文的签收、登记、审批、借阅、归档、清退、销毁和查对等制度，并严格遵守公文的保密制度。

《办法》第四十六至五十三条分别对公文的翻印、公开发布、复印件使用，公文撤销、销毁、移交、清退以及密码电报等作出了规定。

【思考与练习】

简答题

1. 什么是公文处理？
2. 收文管理包括哪些工作？
3. 发文管理重点要抓好哪些工作？
4. 公文的归档管理有什么规章可依？

第五节 公文的语言

公文是党政机关、企事业单位、社会团体进行公务活动时的书面文章，它既具有一般文章的一些基本要素，又具有与一般文章迥异的语体风格上的特点，可以说，公文是一种自成体系、别具一格的文章类型。

公文的效用决定了阅读公文不能像阅读文学作品那样，为了欣赏品味凭兴趣爱好有选择地去看，阅读公文的目的只有一个，就是办理公务，公文崇尚的是实用性。由于表达内容和表达方式的制约，公文写作并不要求语言的艺术化，也不以语言的生动性为主要标准。《办法》第二十五条第（二）款要求草拟公文要做到："情况确定，观点明确，表述准确，结构严谨，条理清楚，直述不曲，字词规范，标点正确，篇幅力求简短。"从这个表述中，我们可以将公文的语言特点归结为简单的几个字：准确、简洁、庄重，使用规范化的现代汉语，以此揭示公文的意旨。要写好公文，就要认清公文语言的特点。

一、准确

在形成公文语言特点的诸多因素里，首要的是准确性，我们看到几乎所有的语体都将准确性放在首位，但对其具体内涵的解释却不尽相同。公文所说的准确主要指的是语言规范、辞能达意，要求概念清晰明确，判断正确无误，句子合乎语法规范，不允许含混，防止产生歧义。正如叶圣陶先生所说："必须写得一清二楚，十分明确，句稳词当，通体通顺，让人家不折不扣地了解你说的是什么。"

公文大多体现党和政府的方针政策以及说明解决问题的方法措施等，语言表达要求比一般文章更准确，有时一字之差、一语之偏就可能造成不良的影响，给工作带来损失。

一篇工作报告里写道："农民积极完成了国家农副产品的征购任务"，"征购"实为"收购"之误，政策规定，国家只能"征购"粮食，对农副产品采取的是价格合理的"收购"，显然，一字之误违反了国家有关政策，会使有关人员产生理解上的偏颇。公文切忌选字用词疏忽大意，关键词语的使用更应慎重。

写作公文既要注意把事情交代清楚，又要做到不草率含糊、不生歧义，以便阅文者能不折不扣地理解并执行。有时我们也会看到一些这样的说法："关于×××同志的错误决定"，既可理解为"决定"本身就是错误的，显然不合逻辑，这算是什么文种？也可以理解为该"决定"是针对×××同志的错误而发出的，根据句意，这样的理解很牵强。

一则会议通知里写道："请与会人员于×月×日前来报到"。"前来"明显是有歧义的，若把它看成是一个词的话，可以理解为×月×日当天"前来"报到；若拆开两个词，可以理解为×月×日"前"，"来"报到。这类表意不明确的词语，给受文对象准确理解公文带来了麻烦。

公文里经常要使用一些表示肯定或否定、允许或禁止的词语，表示肯定、允许的可用"是"、"务必"、"应该"等，一般不会出错。表示否定的词语较多，如"非"、"不"、"否"、"莫"、"勿"等，以及表示双重否定的"不得不"、"没有不"、"莫不"等，有时由于运用上的不当，语意不够明晰，使人难以判断，加之有些词口语化重些，不适合在正式公文中使用。因此，在表达不允许时，采用的多是硬性的带有果断语气的"禁止"、"不准"、"不得"、"切勿"等，旗帜鲜明地表达了公文作者的意向。

公文在大量使用明确性词语的同时，还必须有条件地适当选用模糊词语。所谓的模糊词语，是指其内涵、外延不很确定、不太确切的语言。公文里的模糊词语的概念与文学作品里常用的模糊词语有本质的区别，它并非指一种文笔技巧，而是用于表达一些不必精确表达的内容，具有较高的概括性；同时，公文语言有时也需要委婉灵活，对于表达的意思留有余地。运用模糊词语是由纷繁复杂的客观事物以及公务活动的动态性所决定的，公文需要作模糊性表达时，选用恰当的模糊词语属于用词准确贴切，运用模糊词语的目的正是为了更确切地表意。

并非所有下行文都要使用强制性的命令的口吻，有时也可采用较为委婉适度的表达方式，这时便可使用模糊词语。

"×××原则同意×××，请参照执行"；"采取切实可行、有效的措施，确保完成××工作任务"。这里的"原则"、"参照执行"、"切实可行"、"有效"等均为模糊词语，语言平易委婉，表述简单明了，体现了公文的原则性与灵活性的高度统一，便于受文单位（受文者）理解接受并从实际出发恰当处理问题。

使用模糊词语应注意把握好两点：一是不能超越一定的"模糊度"，不能偏离具体的题旨情境，要注意适度及分寸；二是正确理解模糊词语的"模糊"含义，并正确使用。模糊词语指的是在表述概念时的不确定性，并非指词义的含含糊糊、笼笼统统或是歧义多多。在一些政策的表述上绝不能含混，如"原则上不准用公费出国（境）活动"，使少数搞不正之风的人找到借口，有机可乘，公文也成为一纸空文，应将"原则上不准"改为"严格控制"。模糊词语在公文中的使用并没有妨碍公文的准确表述，写作公文时应注意运用。

准确性不排除模糊词语，公文里模糊性与精确性结合起来运用，能使公文的表达效果更加理想。准确与模糊看似矛盾而实为统一体的现象成为公文语言的一种特色。

二、简洁

在准确性的基础上，公文语言还要求简洁，即通过最少的语言载体传递最多的信息量，用最少的文字表达最丰厚的内容，这是草拟公文也应遵循的语言准则。

公文内容较为单一，篇幅要求简短，字数少则几十，多则几百，较长的报告也就是一两千字，因此公文切忌冗词闲句、浮词泛语、空话、套话、废话等。在写作上，一些文学作品的开始部分往往要渲染一番，甚至来个倒叙，制造一些悬念伏笔。公文却无须任何铺垫，开门见山，直奔主题，要言不烦，意尽言止。

公文的程式化特点要求语言简明，易于理解；同时，为了提高办文工作效率，使收文单位易于阅读并及时处理，也要求公文必须简洁。因此，简洁是公文本身的性质及其效用所决定的。

在实际公务中，我们看到有些公文语言不够简练，毫无意义地重复一些同样的词语，或差不多的意思多次出现。

"问题"一词在公文里过多过滥地使用，以致真的成了语病"问题"。"××工程系国家重点工程，由于不按基建程序办事，物资损失问题非常严重。最突出的是物资保管混乱的问题和账物不符的问题，这里反映出有关领导对这个问题不够重视，也反映出管理混乱的问题。"其实这里的多个"问题"均可删去，对于文意并无影响。

经常看到有学生写出"关于申请××的请示"，"请示"的"请"含有"申请"之意，语意前后重复，动词应给予修改。

强调简洁绝不意味着简单清陋、枯燥乏味，如果为了简洁而压缩字句，应用的词也不用，连意思是什么都弄不懂了，这就是苟简，苟简是不可取的。如一则"关于不准养狗的通告"里有这么一句："凡违章养狗又不听劝告者，应立即捕杀，并罚款五百元。"这里将狗与养狗的人混为一谈。我们所说的简洁，应是表意清晰明白前提下的简洁。

简洁的方法有很多：① 可多用短句，少用长句。② 多用简短明了的四字词组，少用复杂词组。③ 适当使用简称，即略缩语。如"纠正行业不正之风"简称为"纠风"，还有大家非常熟悉的"五讲四美"、"三讲"、"三个代表"等等，都是规范化的简称。有些简称来自基层或人民群众的口语，如"大锅饭"、"倒爷"，这些带有一定特殊色彩的通俗语言有时也出现在公文里，很有时代特点。

简洁是运用公文语言的一项基本功，写作公文应把握好文章主旨，分清详略，简洁而准确地表达公文内容。

三、庄重

公文是书面文章，公文写作是一种书面表述，恰当使用规范化的书面语言，在平实中求庄重、通俗中求典雅，公文才显得严谨，才具有庄重色彩。由公文的政策性、权威性以及公文办理公务的实用性所决定，公文语言还必须具有庄重性。庄重即庄严、郑重、严肃，语言应呈现出郑重其事的特点。

在长期的写作实践中，为了适应各类公务活动的需要，形成了不同的公文文种及格式，在遣词造句方面也形成了一种固定的套式，即公文的习惯用语，在这些规范化的现代汉语书面语里，有相当一部分是现在仍具有强大生命力的文言词语，正由于这些文言词语的存在，才确保了公文语体的庄重感。青年学生在学习写作公文时，要做到正确而纯熟地运用文言词语，首先就必须准确而清晰地理解常用文言词语的词义，并注重与口语相对照，这样在写作公文时就不会出现口语连篇的毛病了，而口语连篇正是青年学生写作公文的突出问题。

如"业经"、"尚须"、"获悉"、"函告"，若用口语表达则表示"已经经过了"、"还要"、"得到"、"写信告诉"，写公文时应避免后一种表述。再如，"搞好工作"、"现在把有关事项通知如下"均应改为"做好工作"、"现将有关事项通知如下"的规范书面语。

公文的习惯用语有其约定俗成的固定形式，如标题、内文表述、结句等等，都具有模式性语言特点，而不同的文种也都有一些不同的习惯用语，在学习各个公文文种时应注意到这个问题。规范的书面习惯用语都具有很少用字、多表意的特点，而且还符合公文的严肃性和权威性。

多读多写是公文写作者掌握公文语言、提高表达效果的必由之路，公文语言能力的提高是撰写高质量公文的保证，因此，一定要学好作为公文第一要素的语言。

【思考与练习】

一、简答题

公文语言有何特点？

二、分析题

请说出以下公文语言中带点的语句有何特点，作用是什么。

1. 本办法自2001年1月1日起实施。

2. 加强市场的整顿与管理，使城区市场做到划行归市，亮证经营，明码标价，卫生清洁，交易秩序井然。

3. "八大"以后，我们取得了社会主义建设的许多成就，同时也遭到了严重挫折。

4. 加强同全国各族人民的团结，加强同全世界人民的团结，为把我国建设成为现代化的、高度文明的、高度民主的社会主义国家，为反对霸权主义，维护世界和平，推进人类进步事业而努力奋斗。

第三章　行政公文（一）

【学习目的】了解 13 种行政公文中下行文的特点，重点掌握其中的决定、公告、通告、通知的种类、适用范围和写作特点。

第一节　命　令（令）

一、命令（令）的含义和特点

命令（令）是"用于依照有关法律公布行政法规和规章；宣布施行重大强制性行政措施；嘉奖有关单位及人员"的公文。"命令"与"令"在性质上没有什么不同，只是有个使用习惯的问题。公布法律、法规和规章，嘉奖有关单位及人员，多用"令"；宣布施行重大强制性行政措施，多用"命令"。命令（令）是指挥性最强的公文，其特点如下。

（一）权威性

命令（令）是公文中最具权力象征的文种，有着高度的权威性。首先是内容的权威性。命令（令）是公布国家法律、行政法规和规章，宣布施行强制性行政措施等重大内容，即使是嘉奖有关单位及人员，其受奖者也往往在全国或某一地区有较大影响。其次是发布机关的权威性。根据《中华人民共和国宪法》的规定，中华人民共和国主席、全国人民代表大会常务委员会委员长、国务院总理、国务院各部部长、各委员会主任及县级以上人民政府才有权发布命令（令），其他机关和人员不得也无权使用这个文种。而在实际工作中，地方人民政府很少使用命令（令）。

（二）强制性

"命令如山倒"，作为公文的命令（令）也是如此。它是公文中最具强制性的文种，命令（令）一旦发布，就有不可抗拒的约束力，下级机关必须不折不扣地执行，绝对不允许讨价还价。

（三）简明性

所有公文中，命令（令）的篇幅相对偏短，特别是公文令，全文常常只有一句或一段文字，因此要求文字表达简洁、明确、有力，且与"强制性"相应，常出现"必须"、"不得"、"一律"等语气强硬的措辞。

（四）时效性

命令（令）有很强的时间性。公布令要标明施行时间，如为某种特殊事项或重大措施而宣布的命令（令），一旦任务完成即自动失效。

二、命令（令）的种类和写法

命令（令）根据适用范围可分为公布令、行政令、嘉奖令和任免令四种。

（一）公布令

公布令是用于公开发布法律、法规和规章的命令。公布令属复体行文，法随令出，令是令文，法是所公布的国家法律、行政法规或规章。公布令的体式包括标题、令号、正文和落款四部分。

1. 标题　从例文一、二两篇例文可以看出，公布令的标题有两种写法：一种是由领导人的职务名称和文种组成；另一种是由发文机关名称和文种组成。

2. 令号　公布令的令号即发文字号，从现任领导人或本届政府任期开始编流水号，至本届任期结束。令号标在标题下方正中位置，写法与其他公文的发文字号不同，不用机关代字和年份。

3. 正文　公布令的正文一般采取独段式，由公布对象、公布依据和公布决定组成。公布对象要用全称。公布依据是公布对象具备执行效力的法律保证，通常是写经某机关何时批准或某会议何时通过，批准机关或会议要用全称，批准时间或通过日期要写具体。公布决定是公布令的实质性内容，要准确明了。如例文一，公布对象是《中华人民共和国国防教育法》；公布依据是"已由中华人民共和国第九届全国人民代表大会常务委员会第二十一次会议于 2001 年 4 月 28 日通过"，写明何年、何月、何日、何会议通过，且紧跟公布对象之后，其间不用标点；公布决定是"现予公布，自公布之日起施行"，标明了施行时间。

4. 落款　加盖发布机关印章或签署命令（令）的领导人职务和姓名，领导人职务应标全称，一般情况下不可标简称。命令（令）的签发人应是发文机关的最高领导，标识签发人要用红笔签名章，标识位置右空 4 字，左空 2 字标识签发人职务。签名章下空 1 行，再写上成文日期。

［例文一］

中华人民共和国主席令

第 52 号

《中华人民共和国国防教育法》已由中华人民共和国第九届全国人民代表大会常务委员会第二十一次会议于 2001 年 4 月 28 日通过，现予公布，自公布之日起施行。

中华人民共和国主席　　江泽民

二○○一年二月二十八日

中华人民共和国国务院令

第 299 号

《长江三峡工程建设移民条例》已经 2001 年 2 月 15 日国务院第 35 次常务会议通过，现予公布，自 2001 年 3 月 1 日起施行。

总理　朱镕基

二〇〇一年二月二十一日

（二）行政令

行政令是为施行重大强制性行政措施而使用的命令。除了较高层次的行政机关及领导人可以使用外，某些负有特殊使命、具备指挥权力的机构也可使用行政令。行政令的体式一般由标题、正文、落款构成，有的行政令有主送机关。如例文三。

1. 标题　行政令的标题有两种写法：一种是由发文机关名称和文种组成。如《广东省人民政府令》。另一种是由发文机关名称、事由和文种组成。如《国务院关于在我国统一实行法定计量单位的命令》、《铁道部关于铁路职工必须维护站车秩序的命令》。

2. 正文　行政令的正文通常包括命令缘由、发令事项和执行要求三部分内容。

（1）命令缘由。令文的开头部分，概括发令的目的、依据和原因，这部分要写得简明扼要。例文三开头针对车站、列车秩序现状，提出问题，这是本命令的依据；接着写目的，表明发布本命令的意图，并以"特发布命令"领起下文。

（2）发令事项。令文的主体部分，它是实现行文意图的措施保证内容，带有一定的规定性，要写得具体，可以分条列款表述。例文三就是采用分条列款的写法，并用序码标示命令事项、划分段落，使得全文眉目清晰；对相关人员的工作、行为的限定，界限清楚、职责分明；对四个方面人员提出要求，因人因职而异，针对性强；语言庄重、肯定、准确、得体。

（3）执行要求。行政命令的结语部分，主要用于交代政策、提出要求，或对违令行为提出告诫。例文三以对受令单位和全体职工提出要求，归结全文。

3. 落款　落款写法与公布令基本相同。

[例文三]

铁道部关于铁路职工
必须维护站车秩序的命令

部属各单位，部内各单位：

　　近来多次发生铁路职工在车站、旅客在列车上打架殴斗事件，严重扰乱了运输秩序和铁路治安秩序，造成很坏的影响，应引起全路各级领导和职工的高度重视。为了保证铁路运输的安全正点，加强路风建设，严肃法纪，特发布命令：

　　一、所有铁路职工乘坐列车，都必须遵守铁路进出车站、乘降列车的有关规定，主动出示票证，自觉接受站车人员查验，不得以任何理由妨碍站车人员履行职责，并有责任协助站车人员维护站车秩序。乘坐列车的便乘人员要在指定席座位休息，遵守车内公共秩序。

　　二、旅客列车按规定为便乘人员预留的席位必须保证便乘人员使用，不得出售。列车工作人员对便乘人员，要按有关规定给予安排休息和就餐。遇有席位占满，要积极采取临时措施，使便乘人员得到休息。便乘人员也要体谅车上困难，互相理解，互相支持。

　　三、铁路公安干警是国家执法人员，必须忠于职守。遇有在站车上发生争执、吵闹、斗殴行为，要积极劝导和制止，平息纠纷。在处理路内外群众纠纷中秉公执法，不得偏袒一方，更不得随意动用枪支械具。不管是乘车铁路职工还是站车值勤人员，在发生纠纷时，不听劝阻，肆意滋扰闹事、中断行车、破坏铁路秩序的，要依法严加惩处。

　　四、铁路各单位的领导干部遇有本单位职工与外单位职工发生吵架、斗殴时，要挺身而出，及时赶到出事地点，主动做好本单位职工的疏导工作，严格要求自己，平息事态，维护正常生产运输，减少不良影响，不得以任何借口纵容袒护，扩大事态。违者要追究领导责任，造成严重后果的，要依法惩处。

　　五、铁路各单位都要对职工加强纪律教育和法制教育，严格纪律，增强法制观念。每个铁路职工都要发扬人民铁路的光荣传统，模范遵守法纪，顾全大局，在任何情况下，都要把保证铁路畅通、安全正点作为自己的职责，维护好站车秩序。

　　以上各项要传达到每个职工，广为宣传，人人执行。

（印章）

一九××年×月×日

（三）嘉奖令

嘉奖令是用于嘉奖有重大贡献、突出成就的集体和个人的命令，受奖人往往被授予某种荣誉称号。嘉奖令是对国家机关工作人员的最高奖赏。嘉奖令的体式与行政令一样。

1. 标题　嘉奖令的标题有两种写法：一是发令机关名称加上"嘉奖令"。如《××省人民政府嘉奖令》。二是发令机关名称加上事由和"嘉奖令"。如《国务院对胜利粉碎劫机事件的民航杨继海机组的嘉奖令》。

2. 正文　嘉奖令的正文通常要写好嘉奖缘由、嘉奖决定和希望号召三项内容。

（1）嘉奖缘由。说明为什么嘉奖。往往以介绍受奖者的先进事迹、给予恰当评价，指出其意义作为嘉奖的缘由。例文四开头就是以介绍钱学森业绩为缘由的。

（2）嘉奖决定。写明何机关或何会议作出决定及嘉奖项目，常用"为了……特予嘉奖"等字眼表达。如例文四第二段："为了表彰钱学森同志全心全意为人民服务，为祖国科技事业的发展所作出的卓越贡献，国务院、中央军委决定，授予钱学森同志'国家杰出贡献科学家'的荣誉称号。"

（3）希望号召。可以对受奖者提出希望，也可以对其他人发出号召、提出要求。例文四结尾两段，既向广大科技工作者发出"向钱学森同志学习"的号召，又对各级领导干部提出了"关心爱护和大力培养科技队伍，造就更多的世界第一流的科学技术专家"的要求。

3. 落款　写法与行政令相同。

[例文四]

国务院中央军委关于授予钱学森同志
"国家杰出贡献科学家"荣誉称号的命令

国防科工委：

钱学森同志是我国著名科学家。他早年在空气动力学、航空工程、喷气推进、工程控制论等技术科学领域作出许多开创性的贡献。1955 年 9 月，在毛泽东、周恩来等老一辈无产阶级革命家的关怀下，他冲破重重阻力，离开美国，回到社会主义祖国。1959 年 8 月，他光荣地加入了中国共产党。数十年来，他对祖国、对人民无限热爱和忠诚，满腔热忱地投身于我国国防科研事业，为我国火箭、导弹和航天事业的创建与发展作出了卓越的贡献。他潜心研究的工程控制论，发展成为系统工程理论，并广泛地运用于军事运筹、农业、林业，乃至整个社会经济各个领域的实践活动，在我国现代化建设中发挥了重要作用。在发展系统工程理论与实践方面，是我国科技界公认的倡导人。他一贯努力学习马克思主义、毛泽东思想，坚持运用马克思主义哲学理论指导科学活动。他热爱中国共产党，热爱社会主义祖国，热爱人民，充分体现了新中国知识分子的高尚品德，他是我国爱国知识分子的杰出典范。

为了表彰钱学森同志全心全意为人民服务，为祖国科技事业的发展所作出的卓越贡献，国务院、中央军委决定，授予钱学森同志"国家杰出贡献科学家"的荣誉称号。

国务院、中央军委号召广大科技工作者向钱学森同志学习，学习他崇高的民族气节、严谨的科学态度、朴实的工作作风。像他那样忠于党、忠于社会主义祖国、忠于人民；像他那样坚持运用辩证唯物主义和历史唯物主义的科学世界观、方法论指导科研工作；像他那样勤勤恳恳，艰苦奋斗，顽强拼搏，无私奉献，为发展和繁荣我国科技事业，推进社会主义现代化建设，作出新的贡献。

科学技术是第一生产力，是推动经济和社会发展的强大力量，各级领导干部都要继续认真贯彻落实党的知识分子政策和发展科技的方针，以对党对人民高度负责的精神，关心爱护和大力培养科技队伍，造就更多的世界第一流的科学技术专家，为在全社会进一步形成尊重知识、尊重人才的良好风尚而努力奋斗。

国务院总理　　　李　鹏

中央军委主席　　　江泽民

一九九一年十月十四日

（四）任免令

任免令是用于任免国家高级干部的命令。如以国家主席令任免经全国人民代表大会决定的部长级以上干部。任免令的体式与其他命令一样，标题、落款的写法也基本相同。正文一般由任免根据和任免决定两部分内容组成。根据部分要依法行文；决定部分只写结果，即被任免者的姓名和任免的职务，一般不涉及任免形成过程。总之，要简短利落，不加解释或说明。

［例文五］

中华人民共和国主席令

（第四十四号）

根据中华人民共和国第九届全国人民代表大会常务委员会第十九次会议2000年12月28日的决定：

一、免去高昌礼的司法部部长职务；任命张福森为司法部部长。

二、免去宋德福的人事部部长职务；任命张学忠为人事部部长。

中华人民共和国主席　　　江泽民

二○○○年十二月二十八日

三、命令（令）的写作要求

（一）发布命令（令）必须依照有关法律

命令（令）具有极强的强制性和权威性，不可随意发命令（令），必须依照有关法律。

（二）用语要明确、精练、得体

写命令（令）要直言不讳，言简意赅，用语准确，语气肯定，态度坚决。

【思考与练习】

一、简答题

1. 什么是命令（令）？它有何特点？

2. 命令（令）有哪几种类型？公布令令号的写法与其他公文的发文字号写法有何不同？

二、写作题

学习《中华人民共和国国家通用语言文字法》，试拟一份公布此法的命令。

第二节　决　　定

一、决定的含义和特点

决定是国家行政机关普遍使用的一种下行文。它适用于"对重要事项和重要行动做出安排，奖惩有关单位及人员，变更或者撤销下级机关不适当的决定事项"。决定可由会议通过，也可由中央到地方各级党政机关、企事业单位、群众团体制发。决定是在制约性上仅次于命（令），具有很强的指导性和指挥性的公文。

二、决定的类型

决定按其适用范围和作用可分为四类。

（一）公布性决定

用于公布被批准或修改的文件，以及由政府部门制定的行政法规。例如《国务院关于修改〈全民所有制工业企业承包经营责任制暂行条例〉的决定》、《全国人民代表大会常务委员会关于批准〈经济、社会及文化权利国际公约〉的决定》。

（二）部署性决定

即对重要事项或重大行动做出安排的决定。例如《国务院关于加强档案工作的决定》、《国务院关于整顿和规范市场经济秩序的决定》。

（三）奖惩性决定

用于表彰或处分有关单位及人员的决定。例如《国务院关于民航 222

号客机空难事故的处理决定》。

（四）撤销性决定

根据《办法》的规定：决定适用于"变更或者撤销下级机关不适当的决定事项"。例如《广东省人民代表大会常务委员会关于宝安县七届人大第一次会议选举县长的结果无效的决定》。

三、决定的结构和写法

决定的行文部分有两种结构形式：一是由标题、主送机关、正文、落款四部分组成；二是无主送机关的决定，由标题、题注、正文三部分组成。题注位于标题下方，用小括号标明通过或发布的时间。此结构形式适用于多级下发或直达人民群众的决定。

（一）标题

决定的标题一般由发文机关、事由、文种组成，一般不能随意省略。

（二）正文

决定的正文由决定缘由、决定事项、结语三部分组成。决定缘由即作出决定的依据和目的。决定的事项包括具体实施的原则、方法和步骤，有的以部署工作为主，也有的以阐发重大决策的意义、提出具体决定事项要求为主。结语部分提出要求或号召。也有的不写结语。层次分明，条理清楚。

（三）落款

无主送机关的普发性的决定在标题下加题注，因而结构上无落款，有主送机关的决定需在正文后标注发文机关和成文日期。

四、范文评析

[例文一]

国务院关于发布实施
《促进产业结构调整暂行规定》的决定

各省、自治区、直辖市人民政府，国务院各部委、各直属机构：

《促进产业结构调整暂行规定》（以下简称《暂行规定》）已经 2005 年 11 月 9 日国务院第 112 次常务会议审议通过，现予发布。

制定和实施《暂行规定》，是贯彻落实党的十六届五中全会精神，实现"十一五"规划目标的一项重要举措，对于全面落实科学发展观，加强和改善宏观调控，进一步转变经济增长方式，推进产业结构调整和优化升级，保持国民经济平稳较快发展具有重要意义。

各省、自治区、直辖市人民政府要将推进产业结构调整作为当前和今后一段时期改革发展的重要任务，建立责任制，狠抓落实，按照《暂行规定》的要求，结合本地区产业发展实际，制订具体措施，合理引导投资方向，鼓励和支持发展先进生产能力，限制和淘汰落后生产能力，防止盲目投资和低水平重复建设，切实推进产业结构优化升级。各有关部门要加快制定和修订财税、信贷、土地、进出口等相关政策，切实加强与产业政策的协调配合，进一步完善促进产业结构调整的政策体系。

各省、自治区、直辖市人民政府和国家发展改革、财政、税务、国土资源、环保、工商、质检、银监、电监、安全监管以及行业主管等有关部门，要建立健全产业结构调整工作的组织协调和监督检查机制，各司其职，密切配合，形成合力，切实增强产业政策的执行效力。在贯彻实施《暂行规定》时，要正确处理政府引导与市场调节之间的关系，充分发挥市场配置资源的基础性作用，正确处理发展与稳定、局部利益与整体利益、眼前利益与长远利益的关系，保持经济平稳较快发展。

国务院（章）

二〇〇五年十二月二日

评析：这是一则公布性决定。公布性决定一般不写主送机关，正文一般由决定缘由和决定事项两部分组成。该决定的缘由包含决定依据与决定目的，正文第一自然段是依据："《促进产业结构调整暂行规定》已经 2005 年 11 月 9 日国务院第 112 次常务会议审议通过"，正文第二自然段进一步阐述了该决定的目的；正文第三、四自然段是该决定的事项，主要明确各省、自治区、直辖市人民政府和行业主管等有关部门，具体实施《促进产业结构调整暂行规定》的原则、方法和步骤。

[例文二]

天津市人民政府
关于二〇〇六年改善城乡人民生活二十件实事的决定

各区、县人民政府，各委、局，各直属单位：

2006 年是实施"十一五"规划的开局之年，是实现"三步走"战略第二步目标的重要一年，也是在新起点上加快推进滨海新区开发开放的关键一年。我们要按照以人为本、全面协调可持续发展的科学发展观和构建社会主义和谐社会的要求，认真贯彻党的十六届五中全会和市委八届八次、九次全会精神，实现全市经济社会更快更好地发展。同时，继续发扬我市的优良传统，下大力气为人民群众办好事、谋利益，切实解决好人民群众最关心、最直接、最现实的问题，让人民群众充分享受到经济社会发展和改革开放的成果。为此，决定今年要做好如下改善城乡人民生活的 20 件实事。

一、城镇职工养老、医疗、失业、工伤和生育五项社会保险覆盖面达到

95%以上。全年新增就业岗位28万个。组织10万下岗失业人员、新增富余人员免费参加就业能力、创业能力和职业转换能力培训。继续实施农村劳动力培训工程，培训40万人。

二、市内六区补建菜市场6万平方米。建设和完善包括早点快餐店、便利店、美容美发店、洗染店等10余种商业服务行业以及储蓄、邮政营业网点在内的社区商业中心90个。

三、继续推进日用消费品连锁经营进村庄、农业生产资料连锁经营进乡镇、农副产品进市场的"三进"工程，新建和改造区县大型综合超市或配送中心9个、乡镇中小超市和村级综合便利店1600个，新建和改造具有配送功能的农业生产资料超市5个、直营店和加盟店100个。

（略）……

二十、实施农村体育"五个一工程计划"，在每个行政村建一处体育活动场地、培养一名以上社会体育指导员、组建一支以上健身队伍、举办一次以上村民体育活动、使广大村民都能喜爱一项健身活动。建成200处社区和乡村群众体育设施。

今年，我市改善城乡人民生活20件实事项目都是直接关系人民群众生活方面的具体事项，要求当年立项，当年完成。项目承办部门和单位要周密安排，对各自承担的项目，制订具体的实施方案和工作措施，扎扎实实地推进，保证各项目的质量和进度。各相关部门和单位一定要主动配合，通力协作，搞好服务，推动20件实事项目的顺利实施。市政府办公厅和有关主管部门要加强督促和检查，确保我市改善城乡人民生活20件实事的圆满完成。

天津市人民政府（章）

二〇〇六年二月十日

评析：这是一则由天津市人民政府发出的部署性决定，即天津市人民政府对2006年将要采取的重大行动做出安排的决定。该决定的标题由发文机关、事由、文种组成，标题结构完整。该决定有明确的主送机关，即2006年要完成20件大事的天津市政府所辖的相关政府部门。

决定的正文由决定缘由、决定事项、要求和号召三部分组成。正文第一自然段阐述了决定的原因和目的：为了"全面协调可持续发展的科学发展观和构建社会主义和谐社会"，为了"切实解决好人民群众最关心、最直接、最现实的问题，让人民群众充分享受到经济社会发展和改革开放的成果"；该决定从第二自然段用了20个自然段落布置了决定的事项；最后一个自然段对政府办公厅和有关主管部门提出希望和要求。

该篇决定以事项要求为主，层次分明、条理清楚。在决定诸多种类当中，以此类决定最为常见。

[例文三]

江西省人民政府关于表彰杨文军等同志的决定

各市、县（区）人民政府，省政府各部门：

在举国瞩目的第十届全国运动会上，我省体育健儿发扬奋力进取、顽强拼搏的精神，取得了12枚金牌、6枚银牌、2枚铜牌。为了表彰对我省体育事业作出突出贡献的运动员、教练员，省人民政府决定：

一、授予杨文军、彭勃、欧阳鲲鹏、金紫薇、冯桂鑫、彭浩、张振平、冯上豹等8名同志"江西省先进工作者"称号（享受省级劳动模范待遇）。

二、给予王辉、阮俊发、高玉兰、吴优、于莎莎、王超、刘一武、肖冬梅、汪莎莉等9名同志荣记一等功。希望受到表彰的同志珍惜荣誉，谦虚谨慎，继续弘扬勇攀高峰的精神，努力创造更好的成绩，为我省体育事业发展，为江西在中部地区崛起，为2008年奥运作出更大贡献。

江西省人民政府（章）

二〇〇六年二月八日

评析：这是一则奖惩性决定，用于表彰有关单位及人员。文章正文由表彰依据和表彰决定两部分组成，文章第一自然段是表彰的依据和目的，在陈述了"在举国瞩目的第十届全国运动会上，我省体育健儿发扬奋力进取、顽强拼搏的精神，取得了12枚金牌、6枚银牌、2枚铜牌"的事实依据后表明了发文的目的："为了表彰对我省体育事业作出突出贡献的运动员、教练员"；表彰决定部分用两个自然段行文，随后附有简短的号召和希望语。该决定文字简洁，结构清楚。

[例文四]

国务院关于第三批取消和调整行政审批项目的决定

各省、自治区、直辖市人民政府，国务院各部委、各直属机构：

2002年10月和2003年2月国务院决定共取消和调整1300项行政审批项目后，国务院行政审批制度改革工作领导小组对国务院部门行政审批项目又进行了全面清理。经严格审核论证，国务院决定再次取消和调整495项行政审批项目。其中，取消的行政审批项目409项；改变管理方式，不再作为行政审批，由行业组织或中介机构自律管理的39项；下放管理层级的47

项。在取消和调整的行政审批项目中有25项属于涉密事项，按规定另行通知。

各地区、各部门要认真做好有关行政审批项目取消和调整的落实工作，切实加强后续监督和管理。要按照全面推进依法行政、建设法治政府的要求，以贯彻实施《中华人民共和国行政许可法》为契机，深化行政审批制度改革，进一步规范行政权力和行政行为；加快行政管理体制改革进程，进一步转变政府职能；不断更新管理理念，创新管理方式，努力提高社会主义市场经济条件下政府管理经济和社会事务的能力和水平。

附件：1. 国务院决定取消的行政审批项目目录（385项）

2. 国务院决定改变管理方式，不再作为行政审批，实行自律管理的行政审批项目目录（39项）

3. 国务院决定下放管理层级的行政审批项目目录（46项）

国务院（章）

二〇〇四年五月十九日

评析：这是一篇撤销性决定，根据《办法》规定：决定适用于"变更或者撤销下级机关不适当的决定事项"。撤销性决定在标题的事由部分有"取消"、"撤销"、"调整"或"变更"等字样；撤销性决定的正文由决定原因、决定事项和决定要求三部分内容组成，该文的第一自然段从开头至"经严格审核论证"，阐述了决定的原因，接着说明了决定的事项："国务院决定再次取消和调整495项行政审批项目"。之后分别说明了项目类型。该文的第二自然段对决定的主送机关提出了要求，还用附件的方式注明了取消和调整的行政审批项目的名单。该决定表意明确，有很强的政策性和指挥性。

【思考与练习】

一、填空题

1. 决定是指＿＿＿＿＿或＿＿＿＿＿做出安排的公文。

2. 决定正文主要包括两方面的内容：一是＿＿＿＿＿；二是＿＿＿＿＿。

3. 各级＿＿＿＿＿、＿＿＿＿＿经常使用决定。

4. 决定可分为＿＿＿＿＿、＿＿＿＿＿、＿＿＿＿＿、＿＿＿＿＿四类。

二、写作题

根据下列材料，写一篇100字左右的公文。

某大学自动化系96级学生刘义，入学以来不认真学习，经常旷课，多次打架斗殴。今年5月5日刘义喝醉酒回宿舍开门时，被同宿舍黄某同学不小心撞了一下，刘即大打出手，将黄某打成重伤。学校决定给予刘义勒令退学处分。

第三节　公告与通告

一、公告与通告的异同

公告是"用于向国内外宣布重要事项或者法定事项"的公文。它是一种知照性公文，旨在将重要事项或法定事项公之于众，不能用来宣布一般事项，其受文对象是国内外全体公众，不是一般机关随便使用的文种。

通告是"用于公布社会各有关方面应当遵守或者周知的事项"的公文。它公布的可能是重要事项，也可能是一般事项；既有"告知"功能，又有"约束"作用。它的对象是有限制的，是"社会各有关方面"。可见，通告是具有知照性和一定约束力的公文。

公告与通告是很相近的两种公文，同属公布性公文，都具有公开性和广泛性的特点。它们通过新闻媒介公布，在有效范围内知道的人越多越好；它们的受文对象广泛，家喻户晓为好。但它们毕竟是两种不同的公文，在内容性质、公布范围、发布机关等方面都存在差异。

（一）内容性质不同

从内容看，公告重于通告。公告发布的是国内外关注的重要事项、法定事项，通告发布的多属业务性、管理性事项。从性质上看，公告偏于告知性、信息性，通告偏于知照性、执行性。

（二）公布范围不同

从范围看，公告大于通告。虽然同有广泛性，但公告面向国内外，范围更广。通告只限于社会有关方面，范围相对不那么广。

（三）发布机关级别不同

公告的发布机关是具有权威的国家权力机关和高层行政机关，基层行政机关、企事业单位不宜制发；通告无此限制，上自最高权力机关、行政机关，下至群众团体、企事业单位，均可发布通告。

二、公告的种类和写法

（一）公告的种类

1. 宣布重要事项的公告　宣布重要事项的公告主要用于宣布需要国内外周知的或在国内外有重大影响的事项。如政府机关宣布领导人出访，宣布重大科技军事实验或重要科技成果，公布重要行政措施，公布领导人选举结果，等等。

2. 宣布法定事项的公告　宣布法定事项的公告主要用于立法机关宣布需要国内外周知的法律、法规，以及政府的有关职能部门依据法律、法规的规定发布某重要事项。

（二）公告的结构与写法

公告的结构由标题、发文字号、题注、正文、落款五部分组成。

1. 标题　公告的标题有三种写法：一种是完全式标题，即由发文机关、事由和文种组成。如《国务院关于坚决制止冲击铁路确保铁路运输安全畅通的公告》。一种是由发文机关和文种组成。如《国务院公告》。还有一种是由事由和文种组成。如《关于侨资、外资银行清偿在华未了负债的公告》、《鸣谢公告》。

2. 发文字号　发文字号是单独标识的顺序号，位于标题下方，见例文一、例文二。有的公告也用发文字号。

3. 题注　如果落款处不签署制发公告日期，可在标题下方标明制发公告的年月日，这叫题注。

4. 正文　公告的正文一般包括公告缘由、公告事项和结束语三部分内容。

（1）公告缘由。通常写明公告的依据或目的。有的公告不写缘由，开篇直书事项。

（2）公告事项。写清楚什么时间、在什么地方，将要进行或发生什么重大事情，或由谁作出什么重大决定，或要求各单位及人民群众应当遵守什么重要事项，等等。根据内容多寡，可采取条文式，分条列项一一写出；也可采取独段式写法。

（3）结束语。有以"特此公告"、"现予公告"作结的，也有写完事项自然收束的。

5. 落款　发文机关署名，然后写上成文日期。

（三）范文评析

[例文一]

中华人民共和国财政部公告
(2001 年第 6 号)

根据《中华人民共和国国库券条例》，财政部决定发行 2001 年记账式（七期）国债（以下简称"本期国债"），现就有关事项公告如下：

一、本期国债发行总额 240 亿元，期限 20 年。发行期为 2001 年 7 月 31 日至 8 月 7 日。发行结束后可在上海证券交易所和深圳证券交易所上市交易。

二、本期国债为固定利率附息债，票面年利率为 4.26%，利息每半年支付一次。本期国债从 2001 年 7 月 31 日开始计息，利息支付日为每年 1 月 31 日和 7 月 1 日（节假日顺延，下同），2021 年 7 月 31 日偿还本金并支付最后一次利息。

三、本期国债承销机构为部分证券公司、信托投资公司和保险公司。在发行期内，本期国债由承销机构通过上海证券交易所和深圳证券交易所以场内挂牌分销和合同分销方式，按面值向社会公开销售。社会各类投资者可凭证券账户、基金账户委托证券公司、信托投资公司的营业网点申请购买。

特此公告

中华人民共和国财政部（印章）

二〇〇一年七月二十九日

评析：这是一则宣布重要事项的公告。标题由发文机关和文种组成。正文开头写明发文依据及做出的决定；主题部分分条列项说明本期国债发行总额、期限，本期国债利率及本期国债承销机构三项内容；最后以"特此公告"作结。全文重点突出，条理清楚，便于受众理解和有关部门执行。

[例文二]

广东省第九届人民代表大会常务委员会公告

（第 96 号）

《广东省工会劳动法律监督条例》已由广东省第九届人民代表大会常委委员会第二十一次会议于 2000 年 11 月 24 日通过，现予公告，自 2001 年 1 月 1 日起施行。

广东省人民代表大会常务委员会（印章）

二〇〇〇年十二月十三日

评析：这是一则宣布法定事项的公告。事项单一，篇幅短小，采取篇段合一的写法。起笔写出公告依据，紧接着直陈公告事项，没有专门结语。这份公告意在公布有关法规，法规与公告同时向国内外公布。

三、通告的种类和写法

（一）通告的种类

根据用途的不同，通告可分为以下两种：

1. 周知性通告　周知性通告是机关、企事业单位为公布周知事项而发布的通告。这类通告业务性、知照性强，应用广泛，其内容单一，事项具体，篇幅短小，往往一事一告。

2. 规定性通告　规定性通告是公布行政机关的有关规定、行政措施，要求有关人员必须遵守事项的通告。这类通告具有法规作用，要求强制性执行。

（二）通告的结构与写法

通告的结构一般由标题、发文字号、正文和落款组成。

1. 标题　有完全式标题，同其他公文写法一样。如《广州电力工业局追缴电费业务的通告》。有省略式标题，可省略事由，只留发文机关和文种。如《广东省物价局、广东省邮电管理局通告》。也可省略发文机关，只留事由和文种。如《关于停水的通告》。

2. 发文字号　写法同其他公文一样，不同的是通告的发文字号位于标题下方。有的通告不标识发文字号。

3. 正文　写法与公告相似，由通告缘由、通告事项和结束语构成。

（1）通告缘由。可以写通告的目的或依据，也可以写原因或意义。通告依据可以是法律、法规，也可以是道理或事实。

（2）通告事项。指的是需要有关单位或人员周知或遵守的事项，要写得具体明确，条理清楚，使人一目了然，无可再问。内容多的，可以分条列项一一写清。

（3）结束语。许多通告不单独写结语，而以事项部分的最后一句话，诸如"本通告自发布之日起施行"或"本规定由……负责解释"作结；还有以执行要求结尾的，需要强调通告事项的重要性，常用"特此通告"、"此告"等作结。

4. 落款　通告落款的写法与公告一样，发文机关署名，然后写上成文日期。

（三）范文评析

[例文一]

广州市国家税务局通告

根据税收征管改革和机构的要求，广州市国家税务局决定从2001年8月1日起，对稽查各分局进行如下调整：

新组建广州市国家税务局中区稽查局，负责对广州市重点税源企业的税务稽查。

原广州市国家税务局第一稽查分局，更名为广州市国家税务局南区稽查局，负责对东山、海珠、芳村区纳税人的税务稽查。

原广州市国家税务局第二稽查分局，更名为广州市国家税务局西区稽查局，负责对越秀、荔湾、白云区纳税人的税务稽查。

原广州市国家税务局第三稽查分局，更名为广州市国家税务局东区稽查局，负责对天河、黄埔、开发、保税区纳税人的税务稽查。

特此通告

广州市国家税务局（印章）

二〇〇一年七月二十六日

评析：这是一则周知性通告，是广州市国家税务局机关为公布周知事项而发布的通告。这则通告是为了税务管理机构的更改事项而发的，业务性、知照性强，在社会上应用广泛。其内容单一，事项具体，篇幅短小，往往一事一告。

[例文二]

南宁市人民政府关于调整禁止现场搅拌混凝土的范围的通告
南府〔2007〕13 号

为适应我市行政区划调整和建设区域性国际城市的需要，巩固我市实施"城乡清洁工程"和荣获"联合国人居奖"的成果，提高建设工程质量，缩短工程建设工期，减少城市噪声和粉尘污染，根据国家和自治区有关规定以及《南宁市发展散装水泥和搅拌混凝土管理规定》的要求，现就我市禁止现场搅拌混凝土的范围作出如下规定：

一、自 2008 年 1 月 1 日起，我市禁止现场搅拌混凝土、使用搅拌混凝土的范围调整为九曲湾、屯里、仙葫、五合大学城、蒲庙、那马高速公路出口、良庆开发区、良凤江、牛头水库、托洲大桥、金沙湖、罗文水库、天雹水库、李村、环城高速和都南高速交叉立交、热带水稻研究所所围成的城市区域圈内，以及属于国家级、自治区级、市级的经济开发区、工业园区范围内的下列建设工程：

（一）重点建设工程、水利防洪工程、市政工程、交通基础设施建设工程、成片开发的住宅小区；

（二）建筑工地位于人群密集的居民生活区、学校的建筑工程；

（三）一次性浇捣混凝土量在 6 立方米以上的其他建筑工程。

二、横县、武鸣县、宾阳县、马山县、上林县、隆安县的有关部门应根据本地实际情况逐步推广使用预拌混凝土，条件成熟后可纳入禁止现场搅拌混凝土的范围。

三、违反规定者，由有关行政主管部门责令改正，并依照有关规定给予处罚。

四、本通告自 2008 年 1 月 1 日起施行。市人民政府之前公布的《关于禁止在城区现场搅拌混凝土的通告》（南府字〔2003〕24号）同时废止。

特此通告

南宁市人民政府（章）

二〇〇七年十一月二十八日

评析： 这是一则规定性通告，是公布行政机关调整禁止现场搅拌混凝土范围的有关规定和相关的行政措施，要求有关人员必须遵守事项的通告。这类通告具有较强的法规作用，一经公布就将要求强制性执行。

四、公告、通告的写作要求

（一）避免误用"公告"、"通告"

在公告、通告使用上存在误用现象。该用通告时却误用公告行文；该用启事、广告时，却误用公告、通告行文。比如，《××铁路××道口暂停通行的公告》、《××大学招生公告》，前者为"通告"，后者为"启事"。要正确使用公告和通告，必须了解它们的不同适用范围。

（二）不用公文格式撰制

公告、通告是通过新闻媒体公开宣布的公文，与一般公文格式有所不同，不用眉首、主送机关和抄送机关等。

（三）文字表达要准确、周密和简明

公告、通告的文字表达必须准确、周密，切忌出现歧义或疏漏现象；还要注意直言其事，简明扼要，力求篇幅简短。

【思考与练习】

一、简答题

1. 公告与通告有何异同点？

2. 撰写公告和通告要注意哪些问题？

二、分析题

判断下列情形，正确选用公告或通告文种。

1. 为缓解光大路南的交通堵塞，广州市公安局决定对洛溪大桥实施交通管制措施。

2. ××省第×届人民代表大会常委会公布省长、副省长选举结果。

3. 全国人大公布宪法修正案。

4. 某路段近期内要完成电缆、电房迁移工程，某区供电局事先告知有关路段市民，需要经常停电。

第四节 通 知

通知是"适用于批转下级机关的公文，转发上级机关和不隶属机关的公文，传达要求下级机关办理和需要有关单位周知或者执行的事项，任免人员"的公文。

一、通知的种类和写法

通知的适用范围（类型）主要有以下几种。

（一）发布、批转性通知

适用于发布本机关拟制的文件；批转下级机关的文件；转发上级、同级和不相隶属机关的文件。如《国务院办公厅关于印发〈省级政府耕地保护责任目标考核办法〉的通知》（国办〔2005〕52 号）。

此类通知的标题与其他公文标题不同，其基本格式是：发文机关＋关于印发（批转、转发）＋被印发（批转、转发）文件名称＋文种。批转或转发性通知的标题比较长，转发或批转的公文如果经多个部门转发，标题中就会出现多个"关于"、"转发"和"通知的通知"等重复字样，因此发布、批转性通知的标题写作可省略中间过渡的转发文机关，只保留公文的首发机关和被发文及发文的文种。如：××铁路分局关于转发《×××铁路局关于转发铁道部关于〈直通旅客列车晚点通报办法〉的通知》的通知可改写为：转发铁道部《关于直通旅客列车晚点通报办法》的通知。

此类通知的正文一般由"发文决定"和对主送机关"提出要求"两部分内容组成。被印发、批转、转发的文件不是附件通知，被印发、批转、转发的文件与印发性、批转性、转发性的通知属于同一个文件的两个组成部分，缺一不可，是复体行文，因此不视为通知的附件。附件栏上不必标示其名称，被印发、批转、转发的文件也不必标示"附件"二字。

（二）指示性通知

用于向下级机关布置工作或对某事项做出具体规定，指示工作方法和工作步骤。此类通知的标题由发文单位＋事由＋（紧急、补充、联合、重要）文种构成。正文由通知缘由、事项和具体要求三部分组成。

1. 通知缘由（为何、因何发通知） 主述发文的根据、原因或目的，常用"现就有关问题通知如下"过渡语引出通知事项。

2. 通知事项（做什么、怎样做） 是通知的主体部分，主要内容是一切受文机关承办和执行的有关规定，多采用条文式陈述。

3. 具体要求（要注意什么问题） 有的通知将通知事项与通知要求合为一段，有的在此段作些说明，有的用习惯用语"特此通知"作结。前面已用过渡语的不宜再用结语。

（三）事务性通知

用于传达需要有关单位周知的事项，包括会议通知、机构成立、启用印章、调整撤销或合并机构等内容。除会议通知外，此类通知内容简短，正文写清楚通知的根据或目的、通知事项即可。会议通知的内容则包括：

1. 会议缘由　阐明开会的目的和会议背景。

2. 会议事项　包括：① 会议内容；② 会议时间（会期）；③ 会议地点；④ 参加会议人员（资格、人数）；⑤ 报到时间、地点；⑥ 会务组（联系方式、电话）。

3. 与会要求　说明参加会议需注意的事项：① 需做的准备；② 携带的资料；③ 会议费用；④ 报名办法；⑤ 行程路线或接待。

（四）任免通知

用于任免和聘用干部。正文一般由任免依据和任免事项构成。

二、范文评析

[例文一]

国务院办公厅关于印发
《省级政府耕地保护责任目标考核办法》的通知

各省、自治区、直辖市人民政府，国务院各部委、各直属机构：

《省级政府耕地保护责任目标考核办法》已经国务院同意，现印发给你们，请遵照执行。

国务院办公厅（章）

二〇〇五年十月二十八日

省级政府耕地保护责任目标考核办法

一、为贯彻落实《国务院关于深化改革严格土地管理的决定》（国发〔2004〕28 号），建立省级政府耕地保护目标责任制度，切实加强耕地保护工作，依据《中华人民共和国土地管理法》和《基本农田保护条例》的规定，制定本办法。

二、各省、自治区、直辖市人民政府对《全国土地利用总体规划纲要》（以下简称《纲要》）确定的本行政区域内的耕地保有量和基本农田保护面积负责，省长、主席、市长为第一责任人。

三、国土资源部会同农业部、统计局等有关部门，根据《纲要》确定的相关指标和生态退耕、自然灾害等实际情况，对各省、自治区、直辖市耕地保有量和基本农田保护面积提出考核指标建议，报经国务院批准后下达，作为省级政府耕地保护责任目标。

四、耕地保护责任目标考核遵循客观、公开、公正的原则。从2006年起，每五年为一个规划期，在每个规划期的期中和期末，国务院对各省、自治区、直辖市各考核一次。考核的标准是：

（一）省级行政区域内的耕地保有量不得低于国务院下达的耕地保有量考核指标。

（二）省级行政区域内的基本农田保护面积不得低于国务院下达的基本农田保护面积考核指标。

（三）省级行政区域内各类非农建设经依法批准占用耕地和基本农田后，补充的耕地和基本农田的面积与质量不得低于已占用的面积与质量。

同时符合上述三项要求的，考核认定为合格；否则，考核认定为不合格。

五、考核采取自查、抽查与核查相结合的方法。（略）

二○○五年十月二十日

评析： 这是一则发布性通知。本机关制定的需下级机关执行或知晓的规章制度和其他重要文件，用通知文种下发，此类通知的标题由发文机关＋关于印发＋被印发的文件名称＋文种构成，标题下空1行是发文机关的下属机关。该通知的正文由"发文决定"和对主送机关"提出要求"两部分内容构成，"《省级政府耕地保护责任目标考核办法》已经国务院同意"是发文决定，"现印发给你们，请遵照执行"是对主送机关提出的执行要求。该通知落款后，附上被印发的文件名称和正文内容，与通知复体行文。

［例文二］

吉林省人民政府办公厅转发省环保局等部门
关于全省加速淘汰氟里昂和哈龙物质工作方案的通知

各市（州）、县（市）人民政府，省政府有关部门：

省环保局、省发展改革委、省工商局、省交通厅、省建设厅、省质监局、省公安厅、省商务厅、省经委《关于全省加速淘汰氟里昂和哈龙物质的工作方案》已经省政府同意，现转发给你们，请认真贯彻执行。

吉林省人民政府办公厅（章）
二○○五年十二月二日

关于全省加速淘汰氟里昂和哈龙物质的工作方案

为认真履行关于消耗臭氧层物质（以下简称 ODS 物质）的《蒙特利尔议定书》规定的义务，实现《保护臭氧层 加速淘汰消耗臭氧层物质倡议书》的承诺目标，根据《中国逐步淘汰消耗臭氧层物质国家方案》、《中国加速淘汰 CFCS/哈龙行业计划》及相关法律、法规的规定，按照《吉林省人民政府关于在制冷行业加速淘汰消耗臭氧层物质的通告》（吉政发〔2005〕29 号）要求，结合实际，特制订我省加速淘汰氟里昂和哈龙物质工作方案。

一、指导思想

贯彻党的十六届五中全会精神，落实科学发展观，建设资源节约型和环境友好型社会，运用市场经济手段，建立长效机制，在我省加快淘汰 ODS 物质。

二、工作目标

禁止在本省销售氟里昂（以下简称 CFCS）类制冷剂及使用 CFCS 类制冷剂的家用冰箱、冰柜、工业商业用制冷设备（经省政府有关部门批准的除外）；强制开展 CFCS 类替代产品的更换工作；加强对必须使用的 CFCS 的监管。禁止哈龙物质的生产和使用。

三、工作任务及责任分工（略）

四、（略）

五、工作要求

（一）加强领导，落实责任，各司其职，注重实效。各相关部门要高度重视加速淘汰 ODS 物质工作，实行领导负责制，明确责任，抓好落实。要进一步分解细化本部门的目标任务，完善和落实具体措施。

（二）密切配合，注重协调，加强管理，严格执法。这项工作涉及各级政府及其相关部门，省环保局要加强组织协调，做到条块协作，形成合力。对违反本方案规定的单位和个人，有关部门要依据相关法律、法规予以处理。

（三）省加速淘汰 ODS 物质领导小组办公室设立举报电话（0431—8906280），对群众投诉的问题及时查处。

省环保局　省发展改革委　省工商局　省交通厅省建设厅
省质监局　省公安厅　省商务厅　省经委
二〇〇五年十一月二十日

评析：这是一则转发性通知，吉林省办公厅对下级单位"各市（州）、县（市）人民政府、省政府有关部门"发布需共同遵守、立即执行的《关于全省加速淘汰氟里昂和哈龙物质的工作方案》，适于用"通知"发文，由于吉林省环保局、省发展改革委、省工商局、省交通厅、省建设厅等，与吉林省办公厅属平级或不相隶属机关，通知用于发放上级、同级和不相隶属机关的文件时，要在标题中注明"转发"二字。

转发通知的正文结构与发布通知相同，由发文缘由和执行要求两部分组成。该转发通知正文的前半句"……已经省政府同意"，是发文的缘由；后半句"现转发给你们，请认真贯彻执行"是执行要求。

被转发的《关于全省加速淘汰氟里昂和哈龙物质的工作方案》，与转发性通知属于同一个文件的两个组成部分，是复体行文，因此不必标示"附件"二字。

[例文三]

吉林省人民政府关于批转
吉林省行政审批制度改革工作实施方案的通知

各市（州）、县（市）人民政府，省政府各厅委、各直属机构：

省政府行政审批制度改革工作领导小组办公室制订的《吉林省行政审批制度改革工作实施方案》已经省政府批准，现转发给你们，请认真贯彻执行。

吉林省人民政府（章）

二〇〇一年十一月六日

吉林省行政审批制度改革工作实施方案

为深化行政管理体制改革，促进政府职能转变，完善社会主义市场经济体制，加强和改进作风建设，从源头上预防和治理腐败，根据《国务院批转关于行政审批制度改革工作实施意见的通知》（国发〔2001〕33号）的部署和要求，结合我省工作实际，特制订本方案。

一、行政审批制度改革的指导思想和总体要求（略）
二、行政审批制度改革的范围、标准和要求（略）
三、实施步骤（略）
四、组织领导和监督检查（略）

吉林省人民政府行政审批制度改革工作

领导小组办公室

二〇〇一年十一月一日

评析： 这是一则批转性通知，与前两则通知不同的是，被转发的《吉林省行政审批制度改革工作实施方案》这一公文是由下级机关拟写的，需经上级机关批准再转发。该公文的正文结构与前两则通知的正文结构相同。

以上三则公文均属发布、批转性通知，前者用于发布本机关拟制的文件；中者用于转发上级、同级和不相隶属机关的文件；后者用于批转下级机关的文件。被转发的公文来源不同，通知标题的事由部分就有所区别，此类通知的正文结构基本相同，一般由"发文决定"和对主送机关"提出要求"两部分内容组成，且一段式表述完毕，行文简短、明了。被印发、批转、转发的文件均为复体行文。

[例文四]

北京市人民政府办公厅关于进一步完善
交通基础设施工程征地程序有关问题的通知

各区、县人民政府，市政府各委、办、局，各市属机构：

为做好本市交通基础设施工程征地工作，切实保障被征地农村村民、农村集体经济组织和征地单位的合法权益，根据《土地管理法》及其实施条例和《国务院关于深化改革严格土地管理的决定》，结合《北京市建设征地补偿安置办法》（市政府令第148号）实施中的具体情况，经市政府同意，现就有关事项通知如下：

一、交通基础设施工程的征地工作，由所在地区县政府负责，并具体组织协调有关部门、征地单位、被征地农村村民和农村集体经济组织实施。

二、区、县政府在对征地情况进行调查确认的基础上，依照国家和本市有关规定组织拟定建设用地呈报说明书、农用地转用方案、补充耕地方案、征收土地方案和供地方案，经听取被征地农村村民和农村集体经济组织对拟征地的用途、位置、补偿标准和安置途径的意见后，报市国土资源局审核。

三、对符合规定的，市国土资源局按征收土地审批权限，逐级报请市政府或国务院批准。

四、在征收土地方案依法批准后，区、县政府应当及时组织落实征地补偿和安置事宜。征地单位应当与被征地农村集体经济组织依据批准的征收土地方案签订征地补偿安置协议。

五、对补偿标准有争议的，由区、县政府负责协调；协调不成的，由批准征收土地的人民政府裁决，但征地补偿安置争议不影响征收土地方案的实施。

各区、县政府和各有关部门要加强协调，各司其职，各尽其责，共同做好征地补偿安置工作，保障本市交通基础设施工程征地工作的顺利进行，维护人民群众的根本利益，确保首都社会经济的可持续发展。

北京市人民政府办公厅（章）

二〇〇五年十一月一日

评析： 此为北京市人民政府办公厅发出的〔2005〕55 号文件，是一份指示性通知，属下行文。通知中的主送机关"各区、县人民政府，市政府各委、办、局，各市属机构"均是平行机构，同系统的机关名称用顿号隔开，不同系统的机构用逗号区分；通知的正文由通知缘由、通知事项和通知要求三部分组成，该通知的第一自然段"为做好本市交通基础设施工程征地工作，切实保障被征地农村村民、农村集体经济组织和征地单位的合法权益，根据……经市政府同意"，说明了发通知的目的和根据，并用"现就有关事项通知如下"过渡句引出通知的事项；该通知的事项分五个自然段表述，说明了怎样做好"交通基础设施工程的征地工作"，各部门的责任和具体工作规定，等等；该通知最后一个自然段"各区、县政府和各有关部门要加强协调，各司其职，各尽其责……"是通知要求。该通知结构严谨，表意明确，政策性、可操作性均很强。

［例文五］

关于杨树生免职的通知

省水利厅：

省政府 2006 年 1 月 25 日决定，免去杨树生的省水利厅副厅长职务。

吉林省人民政府（章）

二〇〇六年一月二十五日

评析： 这是一份任免通知，任免通知的主送机关一般为被任免对象所在的机关；该任免通知的正文由两部分组成，"省政府 2006 年 1 月 25 日决定"是通知的缘由，"免去杨树生的省水利厅副厅长职务"是通知的事项。

［例文六］

关于召开全省社会主义精神文明建设工作会议的通知

各市、县（区）党委和人民政府，省直有关单位：

省委、省政府决定召开的广东省社会主义精神文明建设工作会议，现定于 11 月 24～26 日在广州召开。现将有关事项通知如下。

一、会议的议题。

总结交流在深化改革、扩大开放、发展社会主义市场经济条件下，加强精神文明建设、促进两个文明建设协调发展的新鲜经验；表彰一批在精神文明建设中取得显著成绩的文明单位和文明户标兵；研究在发展社会主义市场经济的新形势下，进一步加强社会主义精神文明建设的任务、对策和措施。

二、参加会议的人员。

1. 各地级市 4 人。（具体人员略）

2. 各县（市、区）党委或政府主管精神文明建设工作的负责同志 1 人。

3. 省精神文明建设委员会成员。

4. 省直有关单位负责同志、省直文明单位代表和新闻记者（名单附后）。

三、请各市以地级市为单位，省直机关以省委机关工委、省府机关工委、省委高校工委、省军区、省农垦总局、民航中南管理局、广州铁路（集团）公司为单位，将参加会议同志的姓名、职务、性别于×月×日前用书面或电传送省委办公厅第二秘书处。参加会议的同志请于 11 月 23 日到××宾馆××号楼报到。

四、各市可来一辆工作用车。其余自带车辆司机，食宿自理，大会不予安排。

五、需接车接机和需要购买回程车、机票的同志，请于×月×日在报名单时一并告知，亦可电话告知省委办公厅行政处。

中共广东省委办公厅（章） 广东省人民政府办公厅（章）

××××年×月×日

评析： 这是一篇联合发出的会议通知。正文第一自然段第一句是会议缘由，然后用过渡句"现将有关事项通知如下"，引出开会的目的和会议背景，并将会议内容、会议时间（会期）、会议地点、参加会议人员（资格、人数）、报到时间、地点、会务组（联系方式、电话）、与会要求、会议接待等一一加以说明。落款处加盖联合发文单位的公章。

【思考与练习】

一、判断题

1. 两个以上单位发通知，标题部分一般可以省略发文单位。（ ）

2. 除批转法规文件外，通知的标题部分一般不使用书名号。（ ）

3. 转发下级机关与同级机关的公文，应用"批转"。（ ）

二、选择题

下列通知标题正确的是（ ）。

1. 省政府关于召开全省民政工作会议的通知

2. 颁布《广东省人民政府任免工作人员暂行规定》的通知

3. 广东省人民政府办公厅批转省财政厅关于临时出国人员用汇管理细

则的通知

4．××县人民政府关于转发人事部关于为×××同志恢复名誉后享受××级待遇的通知

三、简答题

1．什么是通知？通知的特点有哪些？

2．通知有哪些类型？各有哪些使用范围？

四、改错题

××铁路分局关于转发××铁路局关于批转
《铁道部关于加强和规范铁路建设管理的通知》的通知的通知

管内各站、段、直属各单位：

现将××铁路局批转的铁道部铁建设〔2000〕11号文转发给你们，望认真贯彻执行。

××铁路分局
2000年2月1日

第五节　通　报

通报是"适用于表彰先进，批评错误，传达重要精神或者情况"的公文。

一、通报的种类和写法

（一）表扬通报

用于表扬先进集体或先进个人事迹，宣传典型，树立榜样。

表扬通报标题的事由往往由"表彰"、"奖励"等引出被表彰对象。如《国务院办公厅关于表彰奖励中国女子足球队的通报》、《关于广州运动员参加第十届全国运动会获省政府表彰的通报》等。

表扬通报的正文由两部分组成：第一部分讲述表彰对象的基本情况和先进事迹，以及对先进事迹的评价，并宣布表彰依据和决定；第二部分对受文机关和机关全体人员发出希望和号召。

（二）批评通报

用于批评违反政策和纪律的错误，以反面典型或重大事故警戒有关人员，教育广大干部群众。

批评通报正文由错误事实、错误原因或性质、处理决定、希望和要求等内容构成。批评通报有事故通报和错误通报之分，如《广西壮族自治区人民政府关于柳州市壶东大桥特大交通事故的通报》是一则事故通报。

批评性通报的标题一般由"发文机关＋关于×××××××事故（错误）的＋通报"构成。批评性通报的正文包括开头、主体、结尾三部分。

1. 开头　简述错误事实，介绍错误事实发生的时间、地点、人物、事件的主要经过、结果。

2. 主体　主体分为两部分，即：① 对错误事实的分析评议。它包括：a. 确定错误的性质；b. 指出错误的程度；c. 分析错误的根源；d. 揭示错误的危害；② 上级对错误事实的处理决定。它包括：a. 处理错误的目的；b. 处理错误的根据；c. 处理错误的组织；d. 处理错误的方式。

3. 结尾　提出希望与要求，其内容包括：① 对错误应采取的措施；② 对错误应吸取的教训。

（三）情况通报

用于传达重要精神、通报重要情况。

此类通报针对工作中带倾向性的问题，明确阐述领导机关的意见，往往有具体的要求、措施、办法或有关规定，带有一定的指导性。例如《国务院办公厅关于重庆市巫山县部分乡镇铲苗种烟违法伤农事件的情况通报》。

情况通报的正文由情况概述、情况分析、解决意见和执行要求等内容构成。

二、范文评析

[例文一]

关于表彰 2005 年获得中国和省名牌产品驰（著）名商标企业的通报

各区、县级市政府，市政府各部门、各直属机构：

实施名牌战略是促进我市经济持续快速健康发展的重要举措。通过实施名牌战略，我市培育和发展了一批知名自主品牌。2005 年，广州市富达钟表工业有限公司时钟等 4 个产品首次获得"中国名牌产品"称号，广州市浪奇实业股份有限公司香皂等 13 个产品首次获得"广东省名牌产品"（工业类）称号，广州市佳荔干鲜果食品有限公司伟明牌糯米糍荔枝干等 12 个产品首次获得"广东省名牌产品"（农业类）称号；广州市珠江啤酒集团有限公司珠江等 6 件商标被认定为"中国驰名商标"，广州市福田实业有限公司福田等 66 件商标被认定为"广东省著名商标"。为鼓励全市企业积极培育和发展拥有自主核心技术、自主品牌的产品，根据《广州市获得中国和省名牌产品驰（著）名商标企业奖励办法》，市政府决定，对上述企业予以表彰，并对获得"中国名牌产品"、"中国驰名商标"的企业给予每项 8 万元的奖励；对获得"广东省名牌产品"、"广东省著名商标"的企业给予每项 5 万元的奖励。

希望获奖企业再接再厉，开拓进取，进一步提高竞争力，充分利用名牌资源延伸产业链，不断提高产品附加值，扩大市场份额，把企业做大做强，争创"单打冠军"。全市广大企业要以获奖企业为榜样，增强争创名牌意识，不断提高自主创新能力，创造更多的中国名牌甚至世界名牌，推动我市实施名牌带动战略工作上新水平，为我市建设现代化大都市作出更大的贡献。

附件：

1. 首次获得"中国名牌产品"称号的企业名单
2. 获得"中国驰名商标"称号的企业名单
3. 首次获得"广东省名牌产品"（工业类）称号的企业名单
4. 首次获得"广东省名牌产品"（农业类）称号的企业名单
5. 获得"广东省著名商标"称号的企业名单

广州市人民政府办公厅（印章）

二〇〇五年十二月十二日

评析：该文是穗府〔2005〕58 号文，属表彰通报。该通报的正文开头先简述了表彰对象的先进事迹。该文主体部分对表彰群体所创造的名牌——陈述，并强调了被表彰群体先进事迹的社会意义；然后说明了通报表彰的依据、表彰组织、表彰决定和表彰方式。

该文最后一自然段是通报的结尾，对受文单位提出了希望与要求。为补充说明正文中的内容，该通报文尾用附件形式罗列了获得各项名牌称号的企业的名称。

[例文二]

国务院办公厅关于江西省上栗县"3·11"特大爆炸事故情况的通报

各省、自治区、直辖市人民政府，国务院各部委、各直属机构：

今年 3 月 11 日，江西省萍乡市上栗县东源乡石岭花炮厂发生特大爆竹爆炸事故（以下简称"3·11"事故），死亡 33 人，其中在校中小学生 13 人，未在校的未成年人 2 人；受伤 12 人，这是一起重大责任事故。为认真吸取事故教训，进一步加强安全生产工作，防止同类事故的发生，现将"3·11"事故情况通报如下：

一、事故的直接起因和深层次原因

江西省萍乡市上栗县东源乡石岭花炮厂是不具备安全生产条件的企业。该企业违反国家有关法律、法规和花炮用药标准，未建立安全生产责任制，未对从业人员进行安全教育和培训，违章指挥，以及工人违章操作是造成这起重大事故的直接原因。

萍乡市及上栗县政府对安全生产工作领导不力，对社会主义市场经济条件下烟花爆竹行业出现的新情况，未能及时结合实际制定有效的安全生产管理办法，有关职能部门监督管理工作严重失职，使事故隐患严重的石岭花炮厂得以长期违章生产，是造成这起重大事故的重要原因。如上栗县公安局明知石岭花炮厂存在重大事故隐患，仍为其发放了25张《爆炸物品运输证》；上栗县工商行政管理局违反规定，在石岭花炮厂未领取爆炸物品安全生产许可证的情况下，对其营业执照进行了年审；上栗县花炮局和乡镇企业管理局管理松弛，未能履行行业管理职责；上栗县东源乡党委、政府疏于管理，虽然对石岭花炮厂进行了安全检查，但对事故隐患的整改工作未落实到实处；东源乡石岭村党支部、村委会对石岭花炮厂存在的事故隐患视而不见、放任自流；等等。

二、对有关负责人员的处理情况（略）

三、认真吸取教训，进一步加强安全生产工作（略）

各地区、各部门要认真学习、贯彻落实江泽民总书记和朱镕基总理对安全生产工作的重要批示，认真吸取"3·11"事故教训，不能允许只要有钱赚，就可以危及人民生命安全，要以对国家和人民高度负责的精神，切实加强安全生产工作。

（一）充分认识安全生产工作的重要性。（略）

（二）完善和落实各项安全生产责任制。（略）

（三）加大事故隐患整改力度，防止重大事故的发生。（略）

（四）大力开展安全生产宣传教育工作。（略）

（五）依法行政，严肃事故处理工作。（略）

中华人民共和国国务院办公厅（章）

二〇〇〇年六月十三日

评析： 这是一则批评性通报。该批评通报正文第一自然段叙述了错误事实发生的时间、地点、人物，事件的主要经过、结果；（第一部分）第二、三自然段指出错误原因和性质；（第二部分）第四自然段说明对有关负责人员的处理决定；然后用较大篇幅提出了希望和要求。

该批评通报在第二自然段中对错误事实的分析评议较为详细，它包括：① 确定错误的性质；② 指出错误的程度；③ 分析错误的根源；④ 揭示错误的危害。结尾希望与要求部分的内容则包括：① 对错误应采取的措施；② 对错误应吸取的教训。全文事实清楚，语言简洁，思路清晰。

江西省人民政府办公厅

关于 2005 年上半年全省扩大就业和社会保险

责任目标完成情况的通报

各市、县（区）人民政府，省政府各部门：

2005 年上半年，在省委、省政府的领导下，各地各部门以"三个代表"重要思想为指导，认真落实各项促进就业政策，积极推动就业和社会保障工作，全省新增城镇就业人员 21.03 万人，完成年目标的 52.6%；下岗失业人员再就业 9.62 万人，完成年目标的 60.1%；困难群体就业 1.75 万人，完成年目标的 58.3%；城镇登记失业率 3.64%，控制在 4.5% 的计划范围以内。现将有关情况通报如下：

2005 年上半年，城镇新增就业人员完成情况比较好的设区市有：南昌市新增 3.51 万人，完成年目标的 53.2%；宜春市新增 2.11 万人，完成 52.8%；赣州市新增 2.58 万人，完成 52.7%。下岗失业人员再就业完成情况比较好的设区市有：赣州市 1.78 万人，完成年目标的 84.8%；萍乡市 0.84 万人，完成 84%；上饶市 1.04 万人，完成 74.3%。其中困难群体再就业情况较好的设区市有：抚州市 0.27 万人，完成 135%；上饶市 0.15 万人，完成 100%；宜春市 0.25 万人，完成 89.3%。

2005 年上半年，全省免费职业介绍 198393 人，完成年目标的 66.1%，其中抚州市 15564 人，完成 97.3%；赣州市 29172 人，完成 83.3%；萍乡市 15695 人，完成 74.7%。全省免费再就业培训 84684 人，完成年目标的 56.5%，其中鹰潭市 3068 人，完成 74.8%；赣州市 12298 人，完成 71.5%；抚州市 7723 人，完成 66%。全省跨省劳务输出 475.6 万人，完成年目标的 95.1%。其中：上饶市 95.8 万人，完成 107.6%；宜春市 62.7 万人，完成 104.5%；赣州市 102 万人，完成 104.1%。全省当期养老保险费征缴 25.12 亿元，完成年目标的 49.3%，完成情况较好的为：上饶市 1.54 亿元，完成 54.9%；新余市 1.13 亿元，完成 54.6%；抚州市 1.17 亿元，完成 53%。全省失业保险费征缴 1.99 亿元，完成年目标 56.9%，其中吉安市 2283.6 万元，完成 83%；南昌市 7573.1 万元，完成 73.1%；抚州市 1059.8 万元，完成 55.8%。

总的来看，经过各地、各有关部门的共同努力，今年上半年全省再就业和社会保险工作继续保持了较好发展态势，各项目标实现了时间过半、任务过半。各地、各有关部门要以"三个代表"重要思想为指导，继续坚持"就业优先"发展战略，狠抓各项再就业优惠政策的落实，进一步完善社会保障体系建设，切实做好 2005 年下半年扩大就业和社会保险工作，确保全年工作目标的完成。

附件：江西省扩大就业和社会保险责任目标完成情况（二〇〇五年上半年）

江西省人民政府办公厅（章）

二〇〇五年十一月九日

评析：这是赣府厅〔2005〕140 号文，属情况通报，是用于通报江西省2005 年上半年扩大就业和社会保险工作完成的情况，并传达了省政府极为关心，要求各地、各有关部门下半年要继续做好扩大就业和社会保险工作的重要精神。

该情况通报的正文针对"扩大就业和社会保险"这一政府重点工作，其第一、二、三自然段作了情况概述，综合通报了 2005 年上半年的工作情况，在第四自然段明确阐述了领导机关的意见，提出了 2005 年下半年的具体的要求，带有一定的指导性。

【思考与练习】

一、填空题

1. 表彰先进，批评错误，传达重要精神或情况用＿＿＿＿＿＿行文。

2. 表扬性通报正文大致包括三个部分，即：＿＿＿＿＿＿、＿＿＿＿＿＿、＿＿＿＿＿＿。

3. 批评性通报正文包括＿＿＿＿＿＿、＿＿＿＿＿＿、＿＿＿＿＿＿、＿＿＿＿＿＿四部分内容。

4. 情况通报正文结构一般由＿＿＿＿＿＿、＿＿＿＿＿＿、＿＿＿＿＿＿、＿＿＿＿＿＿四部分构成。

二、简答题

1. 什么是通报？它与通知有何异同点？

2. 写作通报要注意哪些问题？

第四章 行政公文（二）

【学习目的】 掌握议案、报告、请示、批复、意见、函、会议纪要的基本概念、特点、写作要求，分清几种公文的区别与联系。

第一节 议 案

长期以来，议案被作为一种重要的公文使用，却没有纳入公文范围。1993年，国务院办公厅修订的《办法》将"议案"作为国家行政机关的正式公文，给议案正了名。本节讲述议案的概念、一般特点和写作要求。

一、议案的含义

《办法》规定："议案适用于各级人民政府按照法律程序向同级人民代表大会或常务委员会提请审议事项。"

"议案"有狭义和广义之分。广义的议案，其范围较广，除各级人民政府可以向同级人大提出议案外，全国人民代表大会主席团、全国人大专门委员会、中央军委、最高人民法院、最高人民检察院等均可向全国人民代表大会提出议案，在人民代表大会期间，地方人大代表团、人大代表个人或联名也可以向人民代表大会提出议案，但这些议案不属行政公文的范围。

狭义的议案就是指以各级人民政府的名义向同级人大或常委会提交的议案，本节讲的是狭义的议案。

二、议案的特点

议案是一种特殊的报请性公文。它近似请示，又不是请示；它近似函，但绝不可以以函视之，它实质应视为平行文。其特点有以下几点。

（一）行文方向的固定性

议案不是普发性公文，而是专发性公文。它与使用广泛的平行公文"函"不同，它既不能多向行文，也不能双向行文，其主送机关是国家同级权力机关，即人大或人大常委会。行文方向单一固定。

（二）作者的法定性

议案的作者是由宪法及其他法律确定的，它只能由各级人民政府来行文，政府部门、组织或个人不得使用议案这一文种。议案的草案须在人民代表大会或常委会召开之前写好，并在大会主席团规定的时间内递交，以保证议案草案如期审议。

（三）内容的法规性和政策性

凡纳入法律程序、人民政府无权决定、须提请国家权力机构人民代表大会审议的事项，一般是重大的事项。如：有关法律法规的成立和通过，经济与社会发展的计划，财政预算与决策方案的审查，国家机关重要领导人的任免以及国家主权、权力和利益的维护，等等，其政策性、法规性都很强。

三、议案的分类

按内容性质，议案主要分为以下几类。

（一）立法议案

立法议案是用于提请审议法律、法规的议案。如《国务院关于提请审议〈中华人民共和国劳动法（草案）的议案〉》、《国务院关于提请审议〈中华人民共和国著作权法（草案）的议案〉》。

［例文一］

国务院关于提请审议
《中华人民共和国劳动法（草案）》的议案

全国人民代表大会常务委员会：

为了适应建立社会主义市场经济体制的需要，推动劳动制度改革，保护劳动者的合法权益，确立、维护和发展用人单位与劳动者之间稳定和谐的劳动关系，促进经济发展和社会进步，劳动部会同有关部门草拟了《中华人民共和国劳动法（草案）》。这个草案已经国务院常务会议讨论通过，现提请审议。

国务院总理　　李鹏
一九九四年二月十八日

（二）决策议案

决策议案指用于提请审议重要政治事项和重大问题的办理方案或意向的议案。如《国务院关于提请审议兴建长江三峡工程的议案》、《国务院关于提请审议批准〈中华人民共和国和泰王国引渡等条约〉的议案》、《国务院关于提请审议设立海南省的议案》（国函〔1987〕号）等。

[例文二]

国务院关于提请审议设立海南省的议案

全国人民代表大会常务委员会：

海南岛是我国第二大岛，面积三万四千多平方公里，人口六百零五万。该岛海域广阔，资源丰富，雨量充沛，是一块热带、亚热带宝地。建国三十多年，特别是党的十一届三中全会以来，海南岛的经济、文化和其他各项事业有了很大发展，具备了一定基础。但是，受许多条件限制，海南的优势没有充分发挥出来，与全国其他沿海地区相比，还有较大差距。

为了加快海南岛的开发建设，建议撤销海南行政区，将海南行政区所辖区域从广东省划出来，单独建立海南省。海南省人民政府驻海口市。

鉴于海南建省的各项筹备工作需要早做安排，建议全国人大常委会在提请全国人民代表大会审议决定以前，授权国务院成立海南建省筹备组，开展筹备工作。

请审议决定。

国务院（印章）

一九八七年八月二十四日

（三）任免议案

任免议案用于提请审议决定政府和国家机关的主要领导人、国家驻外机构主要负责人的任免议案。如《国务院关于提请万永祥等二十一位同志职务任免的议案》。

[例文三]

国务院关于提请邹家华等
三位同志职务任命的议案

全国人民代表大会：

根据工作需要，提请任命邹家华、朱镕基同志为国务院副总理，提请任命钱其琛同志为国务委员。

请审议决定。

国务院总理　　李　鹏

一九九一年三月二十二日

四、议案的结构和写法

议案的结构包括标题、主送机关、正文和落款。

（一）标题

议案的标题一般为完全式，即由发文机关、公文主题（事由）、文种组成，如上述三个例文的标题。在标题与事由部分，常用"关于提请审议……（事项）"这种表达形式。

（二）主送机关

由于议案的行文方向相对固定，主送机关也相应固定，即与发文机关同级的人大或人大常委会。

（三）正文

正文通常由议案缘由、提请审议事项和审议要求即结语三部分构成。

1. 议案缘由　议案缘由也称案据。用于说明提出议案的目的、原因或理由，要求写得简明扼要，重点突出。例文二《国务院关于提请审议设立海南省的议案》，正文的第一自然段，从海南的自然条件和新中国成立多年来的发展情况出发，简明扼要地说明提请审议"设立海南省"的议案理由，为全国人大审议通过议案奠定基础。有的缘由部分直接点明目的。如例文一《国务院关于提请审议〈中华人民共和国劳动法（草案）〉的议案》中，缘由部分就直接点明了目的："为了适应建立社会主义市场经济体制的需要，推动劳动制度改革，保护劳动者的合法权益，确立、维护和发展用人单位与劳动者之间稳定和谐的劳动关系，促进经济发展和社会进步"。

2. 议案事项　议案事项指议案中提请审议的具体事项，因内容不同而写法亦有所不同。立法议案应写明该法律、法规草案的名称；决策议案应写明各项要求。如《国务院关于提请审议兴建三峡工程的议案》，其提请审议事项是这样写的："建议将兴建三峡工程列入国民经济的社会发展十年计划，由国务院根据国民经济的实际情况和国家财力物力的可能，选择适当时机组织实施。"

3. 议案结语　议案正文结束时所用的程式性、祈使性用语，多为"请审议"、"请审议决定"、"请审议批准"等。

（四）落款

落款也叫签署。一般不落政府机关名称。议案必须以政府名义提出或政府首脑名义具名，由政府首长签署，在签署前冠以职务。如"国务院总理朱镕基"、"省长卢瑞华"等。首长职务与姓名之间空2格。首长签名章后不需加盖政府印章。首长签发日期为成文时间，用汉字写明年月日。

五、议案的写作要求

1. 要熟悉国家的法律、法规和党的方针政策　由于议案的政治性、政策性很强，涉及立法事项及重大方针、政策，议案写作必须以法律、政策为依据。

2. 语言要求准确、精练、庄重　议案篇幅不宜过长，缘由要简明扼要，抓住重点，言简意赅，不必展开论述、说理。

3. 措辞得体，语气谦和　议案是提请审议的建议性文件，本着求真务实的精神和诚恳协商的态度，措辞要得体，语气要谦和。

4. 要一案一事　议案的撰写目的是提请审议通过，如一份议案同时提请几件事，则不方便审议。

【思考与练习】

简答题

1. 议案有什么特点？

2. 议案按内容性质分可分成哪几类？

3. 为什么说议案是平行公文？议案在写作上要注意什么？试以例文二为例说明之。

第二节　意　见

意见是"适用于对重要问题提出见解和处理办法"的公文。意见是《办法》增加的新的行政公文。

意见可作上行文，也可作为下行文和平行文。

一、意见的种类

（一）建议性意见

主管业务的下级机关就其主管的业务对上级机关提出工作建议，用意见文种行文。该意见若经上级批转，即成为上级机关的决策性意见，具有指导性和约束性。

（二）规定性意见

上级机关对于所属下级机关提出规定、要求和处理办法，有的还对违反规定的行为制定较详细的处罚措施，有较强的约束力。

（三）指导性意见

上级机关对下级机关工作中出现的问题或存在的某些薄弱环节进行工作指导，阐明指导思想、工作原则，提出工作思路和措施办法。例如《国家计委人民银行关于进一步加强对外发债管理的意见》

二、意见的结构和写法

意见的主体部分可分为两种结构形式：① 作为上行文的建设性意见，其结构与一般公文相同，包括标题、主送机关、正文、落款几部分；② 作为下行文的规定性意见和指导性意见，则往往采用另一种结构形式，由标题、题注和正文三部分构成。

1. 标题　意见的标题有完整式和省略式，省略式标题即省略发文机关，一般情况下，作为下行文的意见均采用完整式标题。

2. 主送机关　呈送上级的意见，一般只有一个主送机关。下发的意见，针对性较强的，要写主送机关；执行范围较广泛的，不写主送机关，而在标题下加一题注。

3. 正文　意见的正文一般由发出意见的缘由、见解和事项两部分组成。缘由部分有的摆明情况，提出存在的问题，有的强调该项工作的意义或发文的目的，最后用过渡句"特提出如下意见"、"现就……问题提出如下意见"引出事项部分；事项部分是意见的主体部分，通常是分条列项地围绕核心问题提出见解或解决的办法。

4. 落款　于正文右下角加盖印章和写明成文时间。

三、范文评析

［例文一］

关于切实解决市县财政拖欠工资问题的意见

省人民政府：

近几年，我省部分市县出现财政拖欠工资问题。对这一问题如处理不当，不仅会影响政府正常运转和社会稳定，而且会影响我省经济和社会发展目标的实现。根据省委常委会议决定，现就解决市县财政拖欠工资问题提出以下意见。

一、提高认识，明确责任

各级地方党委、政府及省直有关部门应从讲政治的高度，提高对解决财政拖欠工资问题的认识，增强责任心和紧迫感，坚决、迅速采取措施，按照"一要吃饭、二要建设"的原则，从制度上、机制上切实解决拖欠工资问题。

二、建立科学有效的人事管理制度

结合市县机构改革，各级政府人事、编制主管部门应以定编核资为基础，对本地区编制、人员、工资，特别是对超编、混岗、假分流、虚列人员编制、计划外雇佣临时工以及提高补贴标准等问题进行全面清理。在此基础上，建立健全机关事业单位用人制度，从根本上解决财政供养人员过多、增长过快的问题，各单位没有编制一律不得进人。省教育厅、省编办应按照精简、高效的原则，抓紧修订《广东省全日制普通中小学教职工编制标准》。要将教师编制管理法制化，对学校进行定岗、定编和定员；同时，要加强中小学教师队伍的总量控制，调整现有人员结构。清理临时和长期外借的教学人员，不得新增民办教师，对于1993年以后吸收的"代课教师"，一律不确认为民办教师，并予以清退。

三、统一执行工资补贴标准

各市县工资发放应首先保证落实中央、省明确规定的统一工资标准，对对照执行和地方自定的补贴项目，要进行清理，在未解决拖欠工资的地区，一律停止执行，待地方财力状况好转后再根据财力可能增加机关事业单位人员的收入。

四、开源节流，确保工资发放（略）

五、适当加大省对市县财政转移支付力度（略）

以上意见如无不妥，请批转各地各部门贯彻执行。

广东省财政厅（章）

二〇〇〇年十一月二十五日

评析：这是一则建议性意见，主管业务的下级机关就其主管的业务对上级机关提出工作建议，用意见文种行文。作为上行文的建设性意见，该文结构与一般公文相同，包括标题、主送机关、正文、落款几部分；其正文由发出意见的缘由、见解和事项两部分组成。该文第一自然段提出了部门工作中发现的"部分市县出现财政拖欠工资问题"，指明其危害性，然后以"现就解决市县财政拖欠工资问题提出以下意见"为过渡句，提出了五条解决问题的意见。该意见经上级批转后，即成为上级机关的决策性意见，具有指导性和约束性。

[例文二]

国务院办公厅关于扶持家禽业发展的若干意见

各省、自治区、直辖市人民政府，国务院各部委、各直属机构：

2005年入秋以来，我国局部地区又发生高致病性禽流感疫情，已给全国家禽业的稳定发展带来明显冲击。为加强疫情防控工作、维护家禽业稳定发展，按照企业和农户生产自救与国家适当扶持相结合、制订应急扶持措施与建立稳定发展长效机制相结合的原则，国家采取必要的扶持政策。经国务院同意，现提出以下意见。

一、对家禽免疫和疫区家禽扑杀给予财政补贴（略）

二、免征所得税，增值税即征即退，兑现出口退税，适当减免部分地方税（略）

三、减免部分政府性基金和行政性收费（略）

四、加强流动资金贷款和财政贴息支持（略）

五、增强疫苗供应保障能力（略）

六、保护种禽生产能力和家禽品种资源（略）

七、维护正常的市场流通秩序（略）

八、确保养殖农户得到政策实惠和企业职工生活得到保障（略）

九、稳步推进家禽业转变饲养方式

要促进家禽业向规模化、标准化、现代化饲养方式转变，改善防疫条件，降低发生重大动物疫病风险。在家禽主产区，要统筹规划、积极稳妥地发展养殖小区和规模养殖场，实行统一的防疫和管理制度。国家对重点养殖小区和规模养殖场的防疫设施、粪污处理设施建设给予必要的支持。加快实施全国动物防疫体系建设规划，提高重大动物疾病预防和控制能力，促进家禽养殖业持续健康发展。

国务院办公厅（章）

二〇〇五年十一月十八日

评析：这是国办发〔2005〕56 号文件，属规定性意见。该意见的正文第一自然段写明发出意见的缘由，强调了加强疫情防控工作、维护家禽业稳定发展工作的意义和发文的目的，然后用过渡句"现提出如下意见"引出事项部分；事项部分是该意见的主体部分，全文分九条由上级机关围绕核心问题对所属下级机关提出规定、要求和处理办法，有的还对违反规定的行为有强硬的措施，有较强的约束力。

[例文三]

关于妥善解决本市城镇职工老年遗属医疗费报销问题的处理意见

各委办局，控股集团公司，市社保中心，各区县医保办、劳动和社会保障局、财政局、人事局、医保事务中心：

为了妥善解决本市城镇职工老年遗属的医疗费报销问题，逐步提高市民医疗保障的社会化程度，现就本市城镇职工老年遗属的医疗费报销问题提出以下处理意见。

一、对象范围

参加本市基本医疗保险的企业和机关、事业单位的职工死亡后，其原供养的直系亲属中，具有本市户籍、年满 60 周岁、按规定享受遗属生活困难补助费且无医疗保障的人员（以下简称"老年遗属"）。

二、申请和登记（略）

三、资金统筹（略）

四、资金收缴与管理（略）

五、医疗待遇（略）

六、就医管理及医疗费报销（略）

七、其他（略）

上海市医疗保险局（章）　　上海市劳动和社会保障局（章）

上海市财政局（章）　　上海市人事局（章）

二〇〇六年一月二十日

评析： 这是一则指导性意见，由上海市医疗保险局、上海市劳动和社会保障局、上海市财政局、上海市人事局四个上级机关联合发文，针对上海市城镇职工老年遗属医疗费报销工作中出现的问题或存在的某些薄弱环节进行工作指导，阐明指导思想、工作原则，提出工作思路和措施办法。

该文正文第一自然段先说明了发文的缘由，"为了妥善解决本市城镇职工老年遗属的医疗费报销问题，逐步提高市民医疗保障的社会化程度"，然后用过渡句"现就本市城镇职工老年遗属的医疗费报销问题提出以下处理意见"，引出下文共七方面的意见，有的意见还分条详细说明具体的措施和方法。

值得一提的是，该文由四个单位联合发文，因而落款部分需同时加盖四个单位的公章，公文 A4 纸一般一行只能并排盖三个公章，所以该文落款处四个公章分上下两排，一行各两个公章排列，成文日期居中；又因为公章使用规范要求公章不能盖空白章，因而上面两个公章需加注单位的简称，如"上海医疗保险局"、"上海劳动和社会保障局"字样，下面两个公章则分别骑年盖月。

意见文种由于要阐述见解，讲明政策和具体措施，因而文章比较长，表述文字需有理有据，有很强的指导性。

【思考与练习】

简答题

1. 什么是意见？意见有哪些特点？

2. 意见有哪几类？其使用范围是什么？

第三节 报　告

一、报告的概念和特点

报告是"向上级机关汇报工作，反映情况，答复上级机关的询问"的陈述性公文。《中国共产党机关公文处理条例》对报告功能的表述大致相同：用于向上级机关汇报工作，反映情况，提出建议，答复上级机关的询问。

报告作为党政机关公文的重要上行文，和一些专业部门从事业务工作时所使用的、标题中也带有"报告"二字的行业文书，如"审计报告"、"评估报告"、"立案报告"、"调查报告"等不是相同的概念。这些文书不属于党政公文的范畴，注意不要混淆。

报告有如下特点。

（一）单向性

报告是下级机关向上级机关汇报工作、反映情况、提出建议时使用的单向上行文，不需要上级机关给予批复。在这方面，报告和请示有较大的不同，请示具有双向性特点，必须有批复与之相对应，报告则是单向性行文，不需要任何相对应的文件。为此要特别提请注意，类似"以上报告当否，请批示"的说法是不妥当的。

（二）陈述性

报告在汇报工作、反映情况、答复询问时，均以陈述事实为主，大多采用叙述、说明的表达方式，把事情的来龙去脉（时间、地点、人物、原因、经过、结果等情况）交代清楚，使上级能迅速、全面、准确地掌握有关情况。如本单位遵照上级的指示，做了什么工作、怎样做这些工作、取得了哪些成绩、还存在哪些不足，都要求一一向上级陈述。反映情况时，也要把时间、地点、人物、事件、原因、结果叙述清楚，向上级机关提供准确的现实性信息。即便是提出建议的报告，也要在汇报情况的基础上，才能进一步提出建议。

（三）客观性

报告所反映的情况、提供的信息，必须是实事求是、真实可靠的，既报喜又报忧，不得有任何弄虚作假。如瞒报、误报、漏报相关情况，都会直接影响到上级的决策。

二、报告的种类

（一）工作报告

凡是用来向上级汇报工作的报告，都是工作报告。工作报告又可分为综合工作报告和专题工作报告两种。

综合工作报告涉及面宽，要对主要工作范围之内的方方面面都涉及到，可以有主次的区分，但不能有大的遗漏。大到国务院提供给人民代表大会的政府工作报告，小到某单位向上级提供的年度、季度、月份工作报告，都属于这种类型。

专题工作报告的涉及面窄，只针对某一方面的工作或者某一项具体工作进行汇报。如党的机关关于"三讲"工作的报告、行政机关关于技术革新工作的报告等等。

（二）情况报告

这是向上级机关反映有关时情况写的报告，一般包括的事项有：① 主要的社情、民情；② 严重灾情、案情、敌情及处理情况；③ 举行重要活动，召开重要会议的情况，各级、各类代表大会选举情况；④ 对上级重要决议、决定事项的督办情况及检查某项工作发现的情况；⑤ 对某项工作存在的失误和重大问题的反思与检讨；⑥ 其他重要的、典型的突发性新情况（如突发性的群体性事件）、有一定倾向性的异常事件或新动态、新风气、新生事物等。

情况报告与工作报告的不同之处在于：情况报告只讲客观存在的或突然发生的情况，不局限于某一具体工作，不讲工作的进展情况；工作报告则要报告某项工作或某阶段的工作情况、突发事件的处理情况，都属于情况报告。这类报告的特点是时效性强，对发生的事件，要及时地向上级报告，有些情况要用电话先报告，然后再书面报告。

作为下级机关，有责任做到下情上达，保证上级机关"耳聪目明"，对下面的情况始终了如指掌，这就是情况报告的意义。如果隐瞒不报，则是一种失职的表现。

（三）答复报告

答复上级机关询问的报告，称为答复报告。这种报告内容针对性最强，上级询问什么，就答复什么，不能答非所问。对待上级机关的询问，一定要慎重，如果不了解真情，要经过深入的调查研究后再作答复。

（四）报送报告

这是向上级报送文件、物件时使用的报告，正文通常非常简略，只需写明"现将×××报上，请指正（请查收）"即可。真正有意义的内容都在所报送的文件里。

三、报告的写作方法

（一）标题

报告的标题有两种写法：一是发文机关＋主要内容＋文种的写法。如《中共中央纪律检查委员会关于清理党政干部违纪违法建私房和用公款超标准装修住房的报告》。二是主要内容＋文种的写法。如《关于进一步加强我市公共场所防火工作的报告》。

（二）主送机关

一般只送一个上级机关即可。但行政机关受双重领导的情况比较多见，只报送其中一个上级机关显然不妥，因此，有时主送机关可以不止一个。报告应报送自己的直接上级机关，一般情况下不要越级行文。

作为党的机关公文的报告，要按《中国共产党机关公文处理条例》第十二条的规定执行："向上级机关行文，应当主送一个机关；如需其他相关的上级机关阅知，可以抄送。"

（三）正文

1. 前言　报告前言是指报告的开头部分，它起着引导全文的作用。

不同类型的报告，其前言写法也有较大不同。概括起来有以下几种类型：

● 背景式前言。就是交代报告产生的现实背景。例如：

前不久，中央纪委召开了部分省市清理党员干部违纪建私房座谈会，总结交流了各地清房工作的情况和经验，并就清房中遇到的一些政策性问题进行了讨论，根据各地的做法和座谈会中提出的问题，中央纪委常委研究提出以下建议：

● 根据式前言。就是交代报告产生的根据。例如：

根据省委、省政府领导同志的指示，我厅于去冬派人到涪陵市和渠县，与市、县的同志一道，对城镇贫困户的情况做了一些调查。涪陵市市委、市政府和渠县县委、县政府对此十分重视，在调查研究的基础上，立即采取措施，着手解决这一问题。现将两地城镇贫困户的情况及采取的措施报告如下：

● 叙事式前言。在开头简略叙述一个事件的概况，一般用于反映情况的报告。例如：

19××年2月20日上午9时40分，我省××市百货大楼发生重大火灾事故，市消防队出动15辆消防车，经过4个小时的扑救，大火才被扑灭。这次火灾除消防队员和群众奋力抢救出部分商品外，百货大楼三层楼房一幢及余下商品全部烧毁。时值开门营业不久，顾客不多，加之疏散及时，幸未造成人员伤亡。但此次火灾已造成直接经济损失792万余元。

● 目的式前言。将发文目的明确阐述出来作为导语。例如：

为认真贯彻落实《国务院批转林业部关于进一步加强森林防火工作报告的通知》（国发〔19××〕42号），切实做好我市防火工作，保护和发展森林资源，更好地为改革开放和经济建设服务，结合我市实际情况，就进一步加强森林防火工作提出以下几点意见：

报告前言的写法不止以上四种，运用时可以举一反三，融会贯通，灵活处理。

2. 主体 报告的主体也有多种写法，下面择要介绍几种常见形态。

（1）总结式写法。这种写法主要用于工作报告。主体部分的内容，以成绩、做法、经验、体会、打算、安排为主，在叙述基本情况的同时，有所分析、归纳，找出规律性认识，类似于工作总结。

总结式写法最需要注意的是结构的设计安排。按照总结出来的几条规律性认识来组织材料、安排层次，是最常用的结构方式。例如 2000 年 3 月 5 日在第九届全国人民代表大会第三次会议上朱镕基总理所作的政府工作报告，全文分为 10 个部分，分别是：① 1999 年国内工作回顾；② 坚持实行扩大内需的方针；③ 大力推进经济结构的战略性调整；④ 继续推进改革，全面加强管理；⑤ 加快科技、教育发展，加强精神文明建设；⑥ 进一步扩大对外开放；⑦ 搞好社会保障体系建设，维护社会稳定；⑧ 从严治政，加强政府自身建设；⑨ 促进祖国和平统一大业；⑩ 关于外交工作。

（2）"情况—原因—教训—措施"四步写法。这种结构多用于情况报告。先将情况叙述清楚，然后分析情况产生的原因，接着总结经验教训，最后提出下一步的行动措施。例如《××省商业厅关于××市百货大楼重大火灾事故的报告》，采用的就是这样的写法。

（3）指导式写法。这种结构多用于建议报告。希望上级部门采纳建议，批转给有关部门执行、实施，是建议报告的基本写作目的。为此，建议要针对某项工作提出系统完整的方法、措施和要求，对工作实行全面的指导。形式上采用分条列项的方法逐层表达。例如《××省计划生育委员会关于进一步加强厂矿企事业单位计划生育工作的报告》，针对计划生育问题向省人民政府提出了四条建议：① 加强组织领导；② 明确职责；③ 提高干部素质；④ 落实经费。

3. 报告结语。 报告的结语应另起一行，空两个字来写。根据报告种类的不同，可采用不同的惯用语。如工作报告和情况报告常用"特此报告"、"专（特）此报告，请审阅"、"以上报告，请审查"作结束语；答复报告多用"专此报告"。

四、写作报告的注意事项

1. 要实事求是，力戒片面 向上级机关汇报工作应该本着实事求是的态度，在调查研究、全面掌握本单位情况的基础上如实汇报，无论是成绩还是失误，都应该全面、真实地反映，既报喜又报忧。凡漏报、瞒报重大事故、疫情等，都将受到党纪、政纪处分。

2. 突出重点，详略得当，不面面俱到 报告是上行公文，领导需要从报告中了解具体的情况和做法，了解群众的认识和想法，因此写作报告要有点有面，主次分明。如对一般的过程可略写，对有指导意义、参考价值的做法、措施要详写。

3. 写作要及时，陈述要有序　撰写报告的主要目的是帮助上级了解情况，掌握下情，为领导决策提供依据，所以，向上级汇报工作，反映情况，答复询问一定要及时，如果时过境迁再向上级报告，就成了马后炮，失去了报告的意义。

撰写报告要做到有条有理，层次分明，讲求表达的条理性和逻辑性。一般采用总分式、并列式、递进式写法。

五、范文评析

[例文一]

关于全省防治"非典"医药用品生产、储备和供应工作的报告

省政府：

为做好防治"非典"医药用品生产、储备和供应工作，我委会同省卫生厅、省医药局、省药监局成立了江苏省防治"非典"医药用品和协调小组办公室。一个多月来，在省政府和省防治"非典"工作指挥部的领导下，扎实有效地开展，使我省防治"非典"医药用品供应能力在短期内得到大幅度提高，满足了全省防治"非典"医药用品需要，同时对全国防治"非典"工作作出了积极贡献。现报告如下：

一、加强组织领导，建立协调机制

一是成立组织机构，建立工作网络。（略）

二是建立工作制度。（略）

二、加强信息发布，及时掌握动态

一是迅速调查摸底，疏通信息渠道。（略）

二是对紧缺医药用品产销、库存实行每日一报。（略）

三是及时发布信息。（略）

三、扩大生产能力，保证市场供应

一是千方百计扩大生产能力。（略）

二是适时加强政府干预。（略）

三是确保市场供应。（略）

四、突出保障重点，满足调度急需（略）

五、完善储备制度，制订应急预案（略）

六、加强监督检查，推动工作落实（略）

下一个阶段，我们将按照省委、省政府和省"防指"的要求，继续做好防治"非典"医药用品生产、供应和储备工作，协调小组的工作逐步从应急管理转向长效管理，努力为全省夺取防治"非典"和经济建设双胜利作出新的贡献。

特此报告

（公章）

二○○三年六月十二日

评析：这是一篇专题工作报告。标题为省略式标题，采用了事由＋文种的写法。主送机关用了规范化的简称"省政府"，单一、规范。报告的正文由三部分组成。

第一部分为报告缘由部分，即情况概述部分，它用简明扼要的文字，叙述了开展工作的背景以及防治"非典"医药用品生产、储备和供应工作的基本做法和效果。接着用"现报告如下"这一过渡句承上启下，转入主体部分，写法规范，上下文衔接紧密。

第二部分为主体部分，即报告事项部分，这是全文的核心所在。它用六个小标题并列的形式，从六个方面详尽、具体地汇报了防治"非典"医药用品生产、储备和供应工作情况，主要做法以及取得的效果，内容全面、充实，文字表达简洁。尤其值得我们借鉴学习的是，全文除报告缘由部分外，均采用了段首撮要句统领全段的写法，即在每段的开头用精简的文字概括全段的内容，使内容的表述更集中、更易于阅读者把握全段的中心意思。此外，大量运用精确的统计数字以说明工作的成效，使工作效果的表达更直观、具体，更令人信服。

第三部分为下一步的工作打算，由于是非重点部分，所以用了略写的方法，用准确、凝练的文字一带而过，既与上文相呼应，使结构更加完整，报告的内容更为完备，也收到了主次分明、详略得体的表达效果。

在主体的具体写作中，该报告至少有两点值得肯定：一是报告侧重于谈工作措施、成功做法，而无大段的空泛议论和分析。这是因为行文者把握了工作报告的特点，将工作报告与工作总结区分开来。二是要言不烦，文字简洁，陈述干净利落，没有拖泥带水的毛病。

正文结尾用"特此报告"作结，也符合报告的要求。

[例文二]

关于检查全国人大常委会关于惩治生产、销售伪劣商品犯罪的决定等法律执行情况的报告

全国人民代表大会常务委员会：

根据全国人大常委会 1993 年执法检查工作的安排，全国人大法律委员

会、全国人大教科文卫委员会组成联合执法检查组（以下简称联合执法检查组），分成三个组，于今年11月初至11月底，分赴江苏、浙江、天津、河南、河北、广东、福建等7省（市）及所属27个市县，对《关于惩治生产、销售伪劣商品犯罪的决定》（以下简称《决定》）、《产品质量法》、《食品卫生法（试行）》、《药品管理法》和《商品检验法》等法律的执行情况进行了检查。这次检查以《决定》和《产品质量法》为重点，各检查组共参加了33个汇报会，听取了人大、政府和各有关行政执法部门以及法院、检察院的汇报；召开了7个座谈会，听取了人大代表、消费者协会和群众代表的情况反映和意见；考察了20家企业；视察了28个商场、集贸市场和医药市场；对市场上9类90种商品进行了质量抽查。通过检查，对各地贯彻实施上述法律的情况和问题有了一定的了解，与当地领导交换了意见，提出了若干改进工作的意见和建议。现将执法检查的情况报告如下。

一、《决定》等法律的实施初见成效

上述法律颁布以后，特别是今年《决定》和《产品质量法》颁布、施行以来，各地的贯彻是积极认真的，主要表现在：

首先，各级人大和政府领导对贯彻法律十分重视。（略）

其次，普遍开展了法制宣传教育。（略）

再次，进行执法检查，查处了一批不法分子。（略）

最后，打假同时抓了治劣扶优工作。（略）

总之，《决定》和《产品质量法》颁布、实施以来，各地的打假治劣斗争已取得阶段性成果，制售伪劣商品的猖獗势头受到一定的遏制，产品质量略有上升。

二、存在的主要问题

打假治劣虽然取得了一定成效，但对成绩不能估计过高，目前市场上各种伪劣商品仍然很多，打假治劣工作还面临许多困难和问题：

（一）各种制售伪劣商品的违法犯罪活动仍然十分猖獗，主要表现在：

1. 假冒名优、紧俏商品的现象仍十分突出，其中涉及人民健康安全和工农业生产的商品，如食品、药品、低压电器、建材、种子、化肥等占很大比重。（略）

2. 重大案件增多，违法经营数额越来越大。（略）

3. 制售伪劣商品活动具有反复多发性，抓一下就缩回去，稍一放松又冒出来。（略）

4. 违法犯罪主体中个体户和无业人员占的比重大。（略）

5. 违法手段变得更为狡猾和隐蔽。（略）

（二）打假治劣斗争存在许多薄弱环节：

1. 法制宣传教育不够深入细致。（略）

2. 地方保护主义和以罚代刑问题比较普遍。（略）

3. 打假治劣斗争发展不平衡。（略）

4. 执法力量不足，经费困难，各地对此反映强烈。（略）

三、几点建议（略）

执法检查是人大监督工作的具体化。通过执法检查，既可以了解法律实施中的问题，有利于完善法制，又可以对地方起到督促作用，建议以后每年至少搞一次，形成制度。

（公章）

××××年×月×日

评析： 这是一份关于"检查全国人大常委会关于惩治生产、销售伪劣商品犯罪的决定等法律执行情况"的报告。报告的重点与例文一不同，即不在于总结工作中的成功经验，而是报告专项检查中的成绩、发现的问题和汇报有关建议，以使全国人大常委会进一步加强指导。

报告的正文包括开头和主体两部分。正文的开头，交代写报告的缘由，概述了联合执法检查组开展执法检查的概况，然后用"现将执法检查的情况报告如下"，转入主体部分。

主体部分分三方面的内容：一是介绍了各地贯彻落实《决定》、《产品质量法》等取得的成效，用概括说明的方法和具体的统计数字分别加以陈述，没有空话、套话；二是重点汇报了检查中所发现的打假治劣工作存在的问题；三是提出了进一步做好打假治劣工作的五点建议。

总的来看，本报告叙述情况清楚，分析中肯，意见可行，层次清晰，文字简洁，不失为一篇好报告。

[例文三]

关于×××同志职称评定情况的报告

××市市长办公室：

接到你们8月10日对我厂×××同志职称评定情况的查询，我们立即进行了调查，现将有关情况汇报如后：

×××同志是我厂第二车间技术员。该同志于2003年下半年至2006年在××工学院受过三年函授教育，学习了有关课程，未能取得学历证明。今年上半年评定职称时，根据上级有关文件精神，因缺乏学历证明，决定暂缓评定他的工程师的职称，待取得证明后补办。该同志认为这是刁难，故向市委办写了申诉。

接到市委查询前半个月，我们派人去××工学院查到了有关材料，他们已出具了该同志的学历证明。8月13日，我厂已向×××同志补办了评定工程师职称的手续，并向×××同志本人说明了情况，他表示满意。

特此报告

（公章）

××××年×月×日

评析：这是回答上级机关询问有关情况的答复报告。

本答复报告除标题、主送机关、发文机关和日期按规定写明之外，正文部分有报告起因、报告事项和结语三部分。

报告起因，是答复报告的正文开头。开宗明义写接到查询的时间、问题和本单位的态度，然后用一句"现将有关情况汇报如后"转入主体内容。

主体部分，用两个自然段来写，一是简要地介绍情况的来龙去脉以及本单位的做法；二是说明了事情的最终结果，交代具体、清楚、完整。

正文结尾，用"特此报告"惯用语作结，规范、得体。

【思考与练习】

一、填空题

1. 下级机关向上级机关汇报某一阶段的工作情况，写成的公文是_____。

2. 某地发生一起突发性重要事故，要将此事故的发生过程、结果和处理情况反映给上级，用_____行文。

3. 下级机关向上级领导机关或主管机关提出工作意见，或解决问题的措施、方案等用_____行文。

4. 答复上级对群众来信来访中反映的问题，用_____行文。

二、简答题

1. 什么是报告？报告的种类有哪些？

2. 报告正文的基本结构包括哪几部分内容？

第四节　请　　示

一、请示的概念和特点

（一）请示的适用范围

请示是下级机关向上级机关请求指示和批准的上行公文。具体来说，凡办理下列事项时，都需用请示行文：

（1）对现行方针政策、法律、法规不甚了解，有待上级明确答复才能办理的事项。

（2）工作中出现了新情况、新问题，而又无章可循、无法可依，需上级明确指示或提出解决的措施和办法，有待上级机关批准后方可办理的事项。

（3）因情况特殊，难以执行现行规定，或对上级的某项决定或措施有不同看法，请求上级机关批准本机关在执行制度时可根据具体情况变通处理的问题或事项。

（4）本单位的工作中遇到人、财、物等方面的困难，需要上级帮助解决的某一具体问题和实际困难。

（5）工作中出现了一些涉及面广而职能部门无法独立解决和协调，必须请求上级领导机关出面协调或统筹安排的事项。

（6）本单位虽可开展工作，但事关重大，为防止工作出现失误，需请上级审核把关的事项。

（7）按照上级的明文规定，需报请上级机关审核认可方可办理的事项。

（8）由于意见分歧，难以统一，无法工作，需要上级裁决才能办理的事项。

（9）本单位无权决定，按照规定必须请示上级主管部门审核、批准后才能办理的事项。

总之，凡是下级机关无权、无力解决以及按规定应经上级拍板定夺的问题、事项都必须正式向上级机关请示。

与报告相比，请示具有如下特点：

第一，行文内容的请求性。请示是向上级机关请求指示和批准的公文，具有请求的性质。而报告是向上级机关汇报工作、反映情况、答复上级机关询问的公文，具有陈述性质。

第二，行文目的求复性。请示的目的是请求上级批准，为解决某具体问题要求作出明确答复。而报告的目的则在于使上级了解某方面的情况，不要求批复。

第三，行文时机的超前性。请示必须事前行文。因为请示的事项必须是得到上级机关批准后才能做的事情，当然就不能"先斩后奏"，先开展工作后请示上级是不允许的。报告则是事后行文，一般不在事前行文。

第四，请求事项的单一性。请示要求"一文一事"，一份请示公文只能写一个方面的问题，不能提出若干方面的问题，这是保证请示能得到上级机关及时有效批复所需要的。而报告可以"一文一事"，也可"一文多事"。

二、请示的种类

按行文目的的不同，请示可分为三种。

（一）请求批准的请示

请求批准的请示是下级机关根据职权范围的规定，在办理自己无权决定事项之前，请求上级机关审核、批准相关事项的请示。这类请示多用于机构设置、审定编制、重要决定、重大决策、大型项目的安排等事项。

（二）请求解答的请示

请求解答的请示是下级机关在工作中遇到对某一方针、某一政策不明确、不理解，或对问题、新情况不知如何处理时，请求上级给予明确解答的事项。

（三）请求支持、帮助的请示

请求支持、帮助的请示是下级机关在工作中遇到了自身无力解决或无法克服的困难时，请求上级机关在人力、物力、财力等方面给予支持、帮助的请示。

三、请示的写作方法

请示的结构，一般包括标题、主送机关、正文、签署、附注五部分。

（一）标题

请示的标题，一般由发文机关、事由和文种构成，有时也可省略发文机关。请示标题中不能把文种"请示"误为"请示报告"、"报告"或者"申请报告"，也应避免使用"请求"、"申请"一类的用语，以免造成与"请示"语意上的重复。标题中的事由是对请示内容的概括，一定要准确简明。

（二）主送机关

它是受理请示的上级领导机关，一般只能写一个，受双重领导的单位，应根据隶属关系和职权范围，所要请求的事项属谁主管就主送谁，另一上级机关用抄送。

（三）正文

请示的正文是全文的核心部分，一般包括请示缘由、请示事项、请求三部分。

1. 请示缘由 请示缘由是提出请示事项和要求的理由和根据，主要交代请示的原因、背景、根据、目的以及申办事项所具备的有利条件和现实可能性，为领导机关批复请示提供有力而充分的事实和数据。请示事项比较复杂或较重大时，缘由一定要充分，可以多角度、多层次陈述。这部分的写作直接关系到请示事项能否成立，关系到上级机关审批请示的态度，因此要有理有据，实事求是，充分具体，简明扼要。

2. 请示事项 这是请求上级机关批准、解答的具体事项，一般包括方针政策、办法、措施、主张、看法等。用语要明确、肯定，不能含糊其词；所提建议要切实可行，内容较多时可分条列项进行陈述，语气要恳切得体。

3. 请求 期复语是请求上级机关对请示事项作出答复的用语，一般要根据请示的目的和要求以及请示类型，选用不同的用语。请求解答型的请求，一般用"妥（当）否，请批复（示）"；请求批准型的请示，一般用"妥（否），请批准（请审核）"或"当否，请批示"等语句作结。

（四）签署

加盖发文单位公章和写上成文日期。

（五）附注

在成文日期下一行另起两格，要写清楚联系人、联系电话并加小括号括起。

四、写作请示的注意事项

1. 请求缘由陈述充分，有说服力　写作请示的最终目的是要上级机关帮助解决问题，因此上级机关是否批准同意，关键是看请示事项的理由是否充分，是否言之有据，是否有说服力。这就要求写作者在写作中，针对请示事项，对背景、原因、现状、影响等客观事实进行充分有力的陈述，突出解决问题的重要性、紧迫性和合理性；若提出的处理意见或解决问题的方案不止一个，还需说明下级机关的倾向性意见。

2. 请示事项要明确　请示事项是请示的中心，也是写作请示的目的所在，因此请示事项一定要明确。如请求上级在财力上给予支持，要具体写明金额、用途、具体预算等，以便上级审查，迅速给予批复。

3. 坚持"一文一事"，逐级请示　撰写请示一定要做到"一文一事"，避免一文数事，尤其不能把互不相关的几件事写在一件请示里，使批复的事项因涉及多个机关分别辗转办理而费时误事。请示一般不得越级行文，如遇发生重大灾情、险情或突发事件需要上级采取措施，逐级上报会延误时机造成重大损失时，方可越级上报，但要同时抄送被越过的上级机关。

五、范文评析

[例文一]

关于丹霞山风景名胜区列为国家重点风景区的请示

国务院：

丹霞山风景名胜区位于我省韶关市仁化县、曲江两县境内，面积180平方公里，分丹霞山、韶石山、大石山三个境区，距韶关市区最近处10公里，最远处50公里，柏油公路直达主峰景区，观光旅游条件十分方便。

据地质考证，6500年前丹霞山所在地是一个大湖泊，由于造山运动，形成红岩峭壁和嶙峋洞穴，构成奇异自然风景。在全世界同类地形中，以丹霞山为最典型，"丹霞地貌"已成为国际地质学名词。现丹霞山景区已开发接待游人的范围为12平方公里，主要景点有87处，山、港、江、湖兼备，绿化良好，兼之摩崖石刻、寺庵、亭台楼阁点缀其中间，自然及人文景观十分丰富。靠丹霞山南侧的韶石山景区，傍于浈水，是历史上舜帝南巡奏乐之处，内有"三十六石"的奇景；丹霞山西侧的大石山景区，类似丹霞山的奇山异峰，有丹寨幽洞、岩柱等自然景观。

在丹霞山风景名胜区附近，有"金鸡岭"、"九龙十八滩"、"古佛岩"、"南华寺"、"马坝人遗址"等风景区及名胜古迹，总面积约400平方公里。

目前，粤北地区以丹霞山名胜区为中心形成了我省一条重要的旅游线。

根据国务院《风景名胜区管理暂行条例》，我们对丹霞山风景名胜区进行了资源调查、评价，编制了总体规划，现申请把丹霞山风景名胜区列为国家重点风景区，请审批。

（公章）

一九八八年二月十一日

评析： 这是一篇请求上级机关批准的请示，因超出本机关职权范围，要办理须经请示。本文主旨是申请丹霞山风景区列为国家级风景名胜区，但是审批权在国务院，因此必须请示才能办理。

该文紧扣丹霞山风景区所具备的国家级风景名胜区的条件来具体地陈述请示的理由：便利的观光旅游条件、历史悠久与丰富多彩的人文景观、得天独厚且独具一格的自然景色、按规定编制了总体规划。文字说明与数字说明的结合，使请示的理由更显充分、具体。

［例文二］

××省地质勘察大队关于购置冷藏箱的请示

××省地质矿产局：

我们地质勘察大队共有×个常年在边远山区进行野外作业的作业队，其饮食原料的贮藏问题亟须解决。这些作业队原来采购食品，由于没有冷藏箱，只能完全靠汽车运输。每年一到作业季节，平均每天出动车辆×辆次，人力××人次，消耗汽油××吨，费用巨大；而且如此频繁采购，仍满足不了供应，肉食和蔬菜腐烂变质的情况仍不可避免（以下为统计数字，略）。这不仅严重危害野外作业人员的身体健康，而且给城乡交通增加了负担，造成交通事故隐患。

因此，我们准备从明年起，开始为野外作业队购置冷藏箱（型号略），每台需款×元。考虑到一次解决款项太大，我们打算根据各队需要的急缓程度，逐年予以解决。明年拟购置××台，需资金××元。现在我队有××节余款×××元，用在此事方面正好合乎规定，但尚需×××元，请予以拨款。

以上请示妥否，请批复。

（公章）

二〇××年×月×日

评析：这是一份请求帮助的请示。请求帮助的请示是下级机关在工作中遇到了自身难以克服的困难时，请求上级机关在人力、物力、财力等方面给予支持、帮助的请示。

这份请示是因下级资金存在缺口而请求上级拨给购置冷藏箱的款项。该请示围绕请求拨款的理由分两大方面予以陈述，首先开门见山地提出野外作业队的饮食原料的贮存问题亟须解决，然后用交代事实和数据、说理的方式，对这一问题做具体简要的说明。

请示事项是请求上级批准的具体内容，明确具体是其写作要求。这份请示不仅说清楚了资金用途，而且明确提出了请求拨款的具体金额，便于上级及时研究、批复。

[例文三]

关于暂缓调高旅游专项资金在交通建设附加费中分配比例的请示

××市人民政府：

今年××月，××市委、市政府《关于加快发展旅游业的决定》（××〔××××〕8号），同意建立旅游建设发展专项资金，其部分资金来源于交通建设附加费的分配，并将此分配比例从原来的5%调高到10%。对此，我委认为该措施无疑有利于筹集资金，促进旅游业发展。但当初决定征收旅游业交通建设附加费的目的，主要是筹集地铁资金，现要提高旅游专项资金在交通建设中的分配比例，必然会减少地铁资金的来源。地铁工程建设年度投资高达30亿元，筹资任务十分艰巨，而今年地铁资金缺口更大，需开拓更多的资金来源。因此，任何减少筹集地铁资金的做法都会导致工期拖长和投资增大，不利于工程建设

鉴此，我委建议在地铁建设期内，暂缓调高旅游专项资金在交通建设附加费中的分配比例，仍执行旅游专项资金在交通建设附加费中占5%的分配比例不变。

专此请示，请批复。

（公章）

××××年×月×日

（联系人：×××　联系电话：××××××××）

评析：这是一份请求指示的请示，首先交代请示缘由，即概述市委、市政府有关文件对调高旅游专项资金在交通建设附加费中的分配比例的精神，并实事求是地肯定这一措施在促进旅游业上的积极作用。但笔锋一转，一针

见血地指出这一措施对于筹集地铁建设资金所造成的负面影响。接着明确提出请示事项，执行原分配比例不变。最后用惯用的期复语作结。这样写，层次分明，理由清晰、具体，请示事项单一、明确，行文简洁、利落。

【思考与练习】

一、判断题

1. 请示一般只写一个主送机关和领导人。（　　　）

2. 请示如需有关上级单位知道，可用抄送形式。（　　　）

3. 请示不得下发给下级机关。（　　　）

4. 为提高办理效率，一份请示可请求指示或批准若干事项。（　　　）

二、简答题

1. 什么是请示？请示与报告有何区别？

2. 请示的结构与写法包括哪些内容？

3. 请示的写作要求有哪些？

三、写作题

根据下列的材料，拟写一份请示，要求格式规范，要素完整，内容明确。

×××大学将承办 2004 年省第三届大学职业技能大赛。大赛要求使用的设备种类繁多，而其大学现有的设备无法满足比赛要求，亟待改善和添置设备。该省教育厅申请拨款经费××万元，并附有省大学生职业技能大赛设备经费预算表。

第五节　批　　复

批复适用于答复下级机关的请示事项。

批复是与请示相对应的公文。下级有请示，上级才有针对该请示的批复。

批复除有针对性外，对下级机关还具有指示性。上级机关的批复是下级机关办事的依据，对下级机关具有明显的约束力。批复除给下级机关指示和批准外，还往往概括地讲明若干政策规定和注意事项，使批复更具可行性。

批复是被动行文。它是应下级机关来文的请求而行文，没有下级机关来文请求，上级机关就不能、也不必和不该批复。相反，如果上级机关对下级机关的请示不予及时批复，那么上级机关存在失职，就要承担由此产生的后果和责任。

批复属于指挥性公文，不可与知照性公文中的复函混为一谈。一些业务主管部门来函请求批准，业务主管部门应以"复函"行文，不宜以"批复"行文。

一、批复的类型

批复根据请示的不同内容，可以分为相应的种类。

（一）对请求指示的批复

这类批复，是针对下级机关提出的难以解决的政策界限问题和没有明文规定的实际疑难问题作出具体的解释或答复，表明意见和态度。例如《公安部关于消防监督机构是否具有行政诉讼主体资格及有关问题的批复》。

（二）对请求批准事项的批复

这类批复，主要针对下级机关请求批准的事项进行认可和审批，带有表态性和手续性。例如《国务院关于成立中国光大银行的批复》、《国务院关于成立杭州经济技术开发区的批复》。

二、批复的格式及写法

批复的格式与其他通用公文相同。

（一）标题

批复的标题有完整式和省略式两种。

1. 完整式　发文机关名称＋事由＋文种。例如《公安部关于消防监督机构是否具有行政诉讼主体资格及有关问题的批复》、《国务院关于福建省进一步对外开放问题的批复》

2. 省略式　事由＋文种。例如《关于同意设立××发展银行××支行的批复》、《关于同意唐山市城市住房改革试行方案的批复》。

（二）主送机关

批复一定要写明主送机关，而且必须是来文请示的下级机关。

（三）正文

批复的正文一般由批复引据、批复内容、批复结语组成。

1. 批复引据　即正文的起首语，亦即引叙来文，是批复的起因或依据，主要依据什么来文而批复，要求引叙请示的标题与发文字号。例如："你局《关于消防监督机构行政诉讼主体资格及有关问题的请示》（津公法研〔2002〕428号）收悉"。批复的引据较固定。

2. 批复内容　即正文主体，针对请示事项给以具体明确的答复。请示什么问题。就答复什么问题，这部分应写明态度和意见。对请示批准事项的批复，一般有三种情况：一是予以同意或批准；二是如不同意或不批准，需要说明理由或根据；三是"基本同意"、"原则上同意"，则要写明修正意见或补充处理办法。

对请求指示事项的批复，则要针对请求指示的事项，作具体、准确的回复，以便于执行。

3. 批复结语　即正文结尾，一般用"此复"、"特此批复"。也可省略结语。

三、写作批复的注意事项

1. 坚持一请示一批复的原则　批复要针对请示来文，一请示一批复。

2. 要正确无误　批复时要先做好调查研究，掌握有关政策精神，核实请示缘由的真实性。做到批复有根有据，合情合理，正确无误，不犯主观主义、长官意志的毛病。

3. 要及时迅速　接到请示后，上级机关要及时研究，作出批复。若拖延时间，就会贻误工作甚至造成重大损失，那就是失职。

4. 态度要明确，行文要简洁　对下级机关送来的请示，要明确表态，不可含糊其词、模棱两可；更不可答非所问。用词简洁、准确，语气决断，禁绝空话、废话。

四、范文评析

[例文]

关于在行政处罚决定中罚款金额计算问题的批复

××省卫生厅：

你厅《关于在行政处罚决定中罚款金额计算问题的请示》（×卫发〔2003〕20号）收悉。现批复如下：

根据《中华人民共和国食品卫生法》第三十九、四十、四十二、四十三、四十四和四十五条的规定，在对上述条款所述违法的食品生产经营者进行罚款的行政处罚时，应视具体情节，按以下方法计算罚款金额：

（一）对可以认定的违法所得，在处以违法所得最高倍数的罚款数额仍低于对没有违法所得罚款幅度的下限时，按照对"没有违法所得"处罚的罚款下限执行；

（二）对难以或无法认定的违法所得，按没有违法所得处理，在法定罚款幅度内，根据情节确定具体的罚款金额。

此复

（公章）

二〇〇三年七月二十一日

评析： 这是一篇对请求指示事项的批复。开头部分是引叙请示的标题和发文字号，然后用一个承上启下的句子引出下文，即批复的主体部分。主体部分首先交代了批复的依据，即《中华人民共和国食品卫生法》第三十九、四十、四十二、四十三、四十四和四十五条的规定，然后分两个层次对在行政处罚决定中罚款金额计算问题作了明确的规定。这篇批复可以说有理有据，层次清晰，语言表述准确、简洁。

【思考与练习】

简答题

1. 什么是批复？批复有何特点？
2. 试述批复标题、正文的结构和写法。

第六节　函

函适用于不相隶属机关之间商洽工作，询问和答复问题，请求批准和答复审批事项。

一、函件的种类

1. 商洽函　平级之间、不相隶属之间有事需要帮助或联系的函。
2. 问答函　向有关机关询问情况、征求意见的函叫询问函；针对来函提出的问题给予明确答复的函叫答复函。
3. 请批函　向没有隶属关系的业务主管部门或对口主管部门请求批准事项的函。

二、函的结构和写法

函有特定的文面结构形式（见公文格式），这是因为函是使用频率较高的一种公文。函的发文字号采用自编序号。函的标题一般用完全式，也有省略发文机关的。函的正文包括发函的缘由、事项、结语三部分。函的缘由即发函的原因和依据；事项部分写明需协助办理事项的意见或态度；结语可写"特此函达"，复函可写"特此函复"，也有不写结语的。函的写作要求开门见山、直述其事，语言谦恭而委婉。

（一）标题

一般省略发文机关，去函有"关于商请"、"关于请求批准"等修饰语；复函则往往有"复函"两字做后缀。

（二）正文

去函的正文包括开头、主体、结语三部分。

1. 开头　发函缘由（根据、原因、目的）。
2. 主体　发函事项（商洽、询问、请批的事项）。
3. 结束语　① 只告知事项的写"特此函达"或"专此函告"；② 要求对方回复的，写"以上意见，即请函复"或"可否？请研究复函，以便办理有关手续"；③ 请求协助、支持的，写上"希××××××为荷（为盼、为感）"。

复函的正文则由复函依据和答复事项两部分组成。

1. 复函依据　①引述来函的标题；②引述来函的日期、文号。

2. 答复事项　包括答复态度＋答复内容。最后加结束语"特此函复"。

函是多向行文，故函的写作要注意写作语言：对上级——用谦敬语："希准予……"；对平级——用商洽语："特商请……"；对下级——用强调语："希迅即……为要"；等等。

三、范文评析

[例文一]

关于工伤保险提法问题的函

国家计委办公厅：

2001 年 3 月 12 日国务院国发〔2001〕21 号文件转发的国家计委《全国第三产业发展规划基本思路》（以下简称《思路》）已收阅，其中关于金融业、保险业及金融市场一节中"建立非国有企业中的雇主责任（工伤）保险制度"的提法，我们认为不妥。

工伤保险是社会保险的重要内容。与社会主义市场经济体制相适应，应建立一体化的社会保险制度，以利于人力资源的自由流动和合理布局。如果将不同所有制形式的企业截块"分治"，显然不利于统一的劳动力市场的建立，不利于保障劳动者的基本权益：对于工伤保险来说，如果对国有企业和非国有企业分别实行不同制度，将不利于劳动部门对企业实行安全卫生监察，难以对工伤职工提供强制性的职业伤害补偿。到目前为止，全国已有 18 个省、自治区、直辖市的一部分地（市）县进行了工伤保险改革试点，其做法之一是将不同所有制形式的企业纳入保险范围，取得了积极的效果。我部去年底上报国务院的《工伤保险条例》（草案），对实施范围的提法是我国境内一切企业的所有职工。该草案在上报前由我部分别征求了国务院有关部门意见，有关部门对实施范围均未提出不同意见。

因此，我们希望对《思路》中上述提法采取适当的补救措施。

劳动和社会保险部（章）

二〇〇一年五月九日

评析：这是一则商洽函，发文机关与收文机关是平级、不相隶属的机关。该文正文包括开头、主体、结语三部分。开头第一自然段写明了发函根据和发函的原因，即"2001 年 3 月 12 日国务院国发〔2001〕21 号文件转发的国家计委《全国第三产业发展规划基本思路》已收阅，其中关于金融业、保险业及金融市场一节中'建立非国有企业中的雇主责任（工伤）保险制度'的提法，我们认为不妥"。该函第二自然段是正文的主体，写明了该商洽函讨论的事项，即对有关工伤保险问题的认识。结束语带有明显的期求语气："因此，我们希望对《思路》中上述提法采取适当的补救措施"。该函用语平和，说理有据。

[例文二]

广州海关关于申请使用住房建设资金的函

广州市房改办：

根据海关总署关于下达 1998 年度固定资产投资建设指标调整计划的通知（署财〔1998〕785 号），以及广州市城市规划局建设工程报建审核书（穗规建字〔1998〕第 484 号）的批准，我关在天河区石牌海欣街以北的高层宿舍住宅楼今年必须完工。该住宅楼计划总投资 1900 万元，全部资金需要我关自行筹集。为保证今年 11 月份全部完工，按工程进度需要马上注资约 800 万元，由于我关资金调配比较困难，希望房改办准予我关提取房改售房资金 500 万元用于住房建设。

附件：1. 署财〔1998〕785 号
2. 穗规建字〔1998〕484 号

中华人民共和国广州海关（章）
一九九九年六月二十一日

评析：这是一则请批函，它适用于向没有隶属关系的业务主管部门或对口主管部门请求批准事项。请批函的写作要求有政策依据，请求理由充分，且请求事项清楚，最后应将相关文件、计划或规划作为附件一起上传。该请批函语言简明，说理清楚，语气诚恳。

[例文三]

关于上海市教育考试院有关考试收费等问题的复函

上海市教育委员会：

你委《关于上海市教育考试院等申请调整部分考试收费标准及收费立项、审定执收主体的函》（沪教委财〔2005〕78 号）收悉。根据国家有关规定，经研究，现就有关问题函复如下：

一、同意上海市教育考试院在组织下列考试时，按以下标准收取报名、

考试费：（略）

二、经市教委批准属于本市高校招生考试改革范围内组织的考试（如自主招生改革试点考试、专升本考试、插班生考试等）报名费不作调整，仍按 14 元/人标准执行。

三、同意增加上海市高校毕业生就业指导中心为全国计算机应用技术证书考试费执收主体，收费标准按沪价费〔2003〕41 号、沪财预〔2003〕75号文规定执行，成人 105 元/人（其中上缴教育部考试中心 35 元/人）。

四、收费时使用市财政局统一印制的收费票据，收费票据由执收单位向市财政票据中心办理购印手续。

五、报名、考试费资金属于财政性资金，按规定实行收支两条线管理。收入按照规定分别缴入中央和市财政专户，支出由财政部门按批准的计划核拨。

六、按本函后，由执收单位到市物价、财政部门分别办理《收费许可证》和《票据购印证》的注册、变更手续。

上海市物价局（章）　　　上海市财政局（章）
二〇〇六年一月二十四日

评析：这是一份复函，标题省略了发文机关，由"复函"两字做标题后缀。该复函的正文由复函依据和答复事项两部分组成。该复函正文第一自然段先引述了来函的标题、日期、文号并表示该文已"收悉"，然后阐明复函根据，用过渡句"现就有关问题函复如下"引述答复事项。答复事项分六项表述答复内容，并表明了答复态度。落款处并排加盖联合发文的上海市物价局、上海市财政局两个单位的公章，成文日期居中。

【思考与练习】

一、简答题

1. 什么是函？函有何特点？

2. 函的适用范围有哪些？请批函与请示有何区别？

二、分析题

指出下列情况所用公文文种。

1. ××机场就发展国际业务问题向上级行文

2. ××市公安局关于扫黄工作情况的汇报

3. 关于兴建一货柜码头的公文

4. ××公司要求市煤气公司安装宿舍生活煤气管道

5. ××校办工厂要求工商局减免营业税

6. 某单位向上级行文，要求增加专业技术人员

三、写作题

指出下面公文错误并拟写一份函。

××市劳动局：

我校于 1987 年夏开办，经市局批准，雇请临时工，电工陈××同志就是其中一名。陈××同志于 1987 年 5 月 26 日高空作业不慎摔伤。经×军医院三个多月的治疗和两年的疗养，病情已稳定。属颈髓震荡后遗症，右上下肢感觉减退，左上下肢痉挛性瘫痪，左骼肢静脉血柱形成，治疗后下肢仍有肿胀，左上下肢感觉良好。根据上述情况，陈××同志已不能从事农业劳动，但还能从事一些轻微劳动，而安排在部队工作有困难。为此，我们考虑该同志的实际情况，在××地区安排适当工作，请求地方政府给予照顾处理。

×军××学校

一九××年×月×日

第七节　会议纪要

会议纪要是"适用于记载和传达会议情况和议定事项"的公文。

一、会议纪要的结构和写法

会议纪要的结构由标题和正文两部分构成。

1. 标题　会议纪要的标题通常由会议名称和文种构成。

2. 正文　会议纪要的正文包括会议概况、议定事项两部分。会议概况有会议的主持者（单位）和会议的时间、地点、目的、参加人员（或范围）等内容；会议议定的事项包括会议讨论的问题、主要的发言、会议决议、要求和任务、制定的措施、建议、评价和希望等。会议事项的表述形式可用条项式、综合式和摘要式。

二、范文评析

[例文]

广西伤病残战士移交安置工作军地领导联席会议纪要
（一九九九年十月二十八日）

根据党中央、国务院、中央军委有关指示精神，广州军区、自治区党委、自治区人民政府和广西军区于 1999 年 10 月 28 日在南宁召开广西伤病

残战士移交安置工作军地领导联席会。广州军区副政委张国初，自治区党委副书记陆兵，自治区人民政府副主席周民甫，广西军区司令员刘国裕、政委周遇奇、副政委杨先厚，广州军区司令部、政治部、后勤部，自治区党委办公厅、自治区人民政府办公厅、民政厅、财政厅、卫生厅、劳动厅，广西军区司令部、政治部、后勤部等有关部门的负责人参加了会议。会议认真传达学习了江泽民总书记、朱镕基总理以及军委领导同志关于做好伤病残战士安置工作的重要指示，分析了当前移交安置伤病残战士面临的新情况、新问题，研究了这次广西安置23名伤病残战士的措施和办法。张国初、陆兵、周明甫、周遇奇同志分别讲了话。现将会议情况纪要如下：

一、会议认为，必须统一思想，把移交安置伤病残战士作为一项重要的政治任务。

二、会议强调，要明确职责，落实伤病残战士安置工作责任制。为确保安置伤病残战士的工作落实到位，自治区决定成立伤病残战士接收安置领导小组。（略）

三、会议提出，安置伤病残战士要特事特办，确保任务按时完成。各级党委、政府要积极为部队排忧解难，对不移交安置的伤病残战士，要不讲条件，不打折扣，认真接受并妥为安置。要依据现有政策，坚持从实际出发和实事求是的原则，按照"三个一点"的办法解决好经费问题。（略）

会议要求要加强思想教育，营造移交安置伤病残战士的良好氛围。（略）

评析： 从上述这篇会议纪要可看出，会议纪要的标题与一般公文标题的组成内容不同，通常由会议名称和文种构成。会议纪要的标题下习惯加一题注，注明会议时间。会议纪要的正文第一自然段概述会议概况，会议概况有会议的主持者（单位）和会议的时间、地点、目的、参加人员（或范围）等内容，会议议定主要事项包括会议讨论的问题、主要的发言等。为强调会议决议，该纪要在第二部分用条项式阐述了会议要求和任务、制定的措施、建议、评价和希望等。

【思考与练习】

一、填空题

1. 对重要事项或重大行动做出安排，用_____文种行文。

2. 向下级机关布置工作或对某事项做出具体规定，指示工作方法和工作步骤，用_____文种行文。

3. 上级机关对下级机关工作中出现的问题或存在的某些薄弱环节进行工作指导，阐明指导思想、工作原则，提出工作思路和措施办法，用_____文种行文。

4. 批评违反政策和纪律的错误，以反面典型或重大事故警戒有关人员，教育广大干部群众，用＿＿＿＿＿文种行文。

5. 公布被批准或被修改的文件，以及由政府部门制定的行政法规，可采用＿＿＿＿＿文种行文。

6. 批转下级机关的文件；转发上级、同级和不相隶属机关的文件，用＿＿＿＿＿文种行文。

7. 传达需要有关单位周知的事项，用＿＿＿＿＿文种行文。

8. 上级对下级传达重要精神、通报重要情况，用＿＿＿＿＿文种行文。

9. 主管业务的下级机关就其主管的业务存在的问题对上级机关提出工作建议，用＿＿＿＿＿文种行文；该意见若经上级批准，即成为上级机关的决策性意见，用＿＿＿＿＿性＿＿＿＿＿文种行文，具有指导性和约束性。

10. ＿＿＿＿＿是适用于向上级机关请求指示、批准的公文。

11. ＿＿＿＿＿是适用于向没有隶属关系的业务主管部门或对口主管部门请求批准事项的公文。

12. 下级部门向上级机关反映新事物、新问题、新情况的报告，主要用于汇报突发的重要事件或有一定倾向性的异常事件的情况，用＿＿＿＿＿文种行文。

二、简答题

1. 通知和决定都有向下级机关公布文件的职能，二者在使用时有何区别？

2. 下级机关就其主管的业务对上级机关提出工作建议，可写出建设性意见，用意见文种行文，它与请示有何不同？

3. 向没有隶属关系的业务主管部门或对口主管部门请求批准事项用函行文，它与请示有何不同？

4. 情况通报与报告都有报告情况经过的功能，二者在使用时有何区别？

5. 什么是会议纪要？会议纪要有什么特点？

6. 会议纪要的正文主体有哪几种写法？

7. 会议纪要与会议记录有何区别？

三、写作题

1. 请根据下列材料写一份通报。

农业银行东区支行信贷员王××，自今年×月××日起，利用信贷职权，先后向7个贷款单位进行明目张胆的勒索，有些单位不答应，王××就采取拖延、拒办等手段进行刁难。经查实，共勒索钱物折合人民币×××元。王××所勒索的钱物虽不多，但手段恶劣，性质严重，引起顾客的强烈不满，严重破坏了银行信誉，使工作受到一定损失。其勒索行为被揭露后，本人态度恶劣，拒不认错。为严肃纪律，整顿金融秩序，增强职业道德观念，经市行研究，决定给予王××开除公职、留用察看两年的处分，并责令其将勒索的钱物退回给有关单位，上门赔礼道歉，做出深刻检查。

2. 以下是一份证券交易佣金问题研讨会提纲纪要，请根据其内容写一份会议纪要。

（1）会议基本情况。① 浮动佣金制的政策并结合会议宗旨；② 会议时间、地点；③ 主办单位和出席者；④ 议程和会议经过；⑤ 会议收获。

（2）会议的主要精神。① 适当降低佣金有利于证券市场发展；② 现状是低佣金券商在诱惑，高佣金商在安抚；③ "零佣金" 不是长久之计；④ "佣金大战" 不可避免，将导致券商间恶性竞争。

（3）希望和要求。① 协调降幅是较好办法；② 提高服务质量才是根本。

四、分析题

分析下文存在的毛病。

××省人民政府：

据悉，贵省汽油、柴油富足，我省目前汽油、柴油奇缺，已严重影响我省工农业生产，为此，特此去函，请贵省支持我省汽油××吨、柴油××吨，望能照此办理，并及时复函。

××省人民政府

××××年××月××日

第五章　其他通用公文

【学习目的】掌握其他通用公文的概念、种类，理解其特点，明确写作要求；重点掌握计划、总结、述职报告、竞聘报告、调查报告的适用范围和写法，熟悉它们的特征并区别其种类，掌握规范的写作格式。

第一节　计　　划

一、计划的含义

计划是党政机关、企事业单位、社会团体和个人，在工作、生产、学习以及日常生活中为了实现某项目标和完成某项任务，预先拟定措施、方法、步骤、目标、要求及规定完成期限等所形成的文字材料。

计划是计划类文书的统称，也是各种设计与谋划最常用的名称。因期限不等、详略有别、成熟程度不同，常使用规划、方案、要点、设想、打算等名称。

规划用于对一定地区、某项事业或某项需要较长时期完成的工作，提出在若干年内全局性战略部署，制定出发展远景和总目标，并划分实现设想的阶段与步骤。如《××市2008—2018年经济发展规划》。

方案是为实现某一目标、完成某一任务，而从目的要求到方式方法、具体步骤均做周密安排的计划。如《国务院机构改革方案》、《广州市城镇住房改革试行方案》。

要点是对一段时间内的工作做出简要安排、侧重突出重点、写得简明扼要的计划。如《××局2008年精神文明建设工作要点》。

设想是为长远的工作或某种利益着想而作的仅供参考的草案性的计划。如《××市发展旅游业的设想》。

打算是对某项短期工作的安排，而其中的指标或措施尚欠考虑周全的计划。如《××厂团委关于纪念"五四"活动的打算》。

安排是对短期内工作进行具体布置的计划。

二、计划的特点

计划的制订需要事先有调研，拟定时要实事求是，具有科学性和可行性。计划一旦制订，对执行者具有一定的指导性和约束力，要求在所含范围内的人切实执行并争取完成。计划有如下特点。

（一）预见性

计划是先于要进行的实践活动而制订的，订计划应充分考虑到可能遇到的问题、困难，提出必要的防范措施和解决办法，并留有一定的回旋余地。

（二）可行性

计划是为指导工作而制定的执行性文件，因此，它必须切实可行，它设计的方法措施应是可采用且对实际工作确实有效的，而不是表面文章。

三、计划的作用

（一）计划是开展工作的行动纲领

计划确定了工作的奋斗目标及实现目标的具体步骤和具体方法，使人力、财力、物力得到合理的安排，工作能按轻重缓急有组织、有顺序地开展，能以低消耗取得高效率，保证工作按部就班地顺利完成。

（二）计划是督促、检查、总结工作的重要参考

计划不仅有总目标，还需有分部门、分阶段目标，并且落实到单位、个人。这样便有了总体和分阶段的任务以及职责标准，督促、检查，总结工作就有了客观依据。

（三）计划是领导安排和协调工作的依据

计划是实施科学管理的重要基础，计划一经通过和批准，便有一定的行政约束力。领导可充分利用计划这一性质，理顺各方面的关系，从而取得领导、指挥下级去实现计划目标的主动权，完成监督工作的任务，营造出协作、有效管理的气氛。

四、计划的种类

计划按不同标准可分为不同的种类：

（1）按性质划分，有综合性计划和专题性计划。

（2）按效力划分，有指令性计划和指导性计划。

（3）按形式划分，有条文式计划、表格式计划、条文与表格结合式计划。

表格式计划。制作表格式计划时，先要把各项内容划分成几个栏目，再把制订好的各项具体计划内容填入栏目中，形成表格。这种方式适用于时间较短、范围较小、方式变化不大、内容较单一的具体安排，如销售计划、月计划等。

条文与表格结合式计划。一般是将各项目的内容填进表格后，再用简短文字作解释说明。

（4）按时间分，有长期计划、年度计划、季度计划、月计划、周计划（短安排）等。

五、计划的结构和写法

计划一般由标题、正文、落款三部分构成。

（一）标题

标题一般由四个要素组成：单位名称、适用时限、计划内容摘要和计划种类，一般有以下三种写法：

1. 完整式　即四要素齐备的标题。如《××市 2008—2018 年城市绿化规划》、《××大学 2008 年招生工作计划》。

2. 省略式　即省略标题四要素中任一要素，或省略时限，或省略单位，或省略单位和时限。

（1）省略时限。如《××地区禽流感防治预案》、《××局纪念建党八十七周年活动安排》。

（2）省略单位。如《2008 年工会工作要点》。这种标题必须在正文之后落款部分署上单位名称。

（3）省略单位和时限。如《××新产品开发计划》。这种标题也必须在正文之后有署名。

3. 公文式　即由发文机关名称、事由、文种组合。如《中共中央、国务院关于 2002 年农村工作的部署》。

若计划还不成熟或未经批准，须在标题后加"草案"、"讨论稿"等字样，并加上圆括号。

（二）正文

正文是计划的主体部分，一般由前言、目标和任务、措施和步骤构成。

1. 指导思想（前言）　指导思想是计划的依据。大体上包括以下四方面内容：

（1）制订计划的依据，即写明所遵循的方针、政策以及上级的指示和部署，回答"为什么制订该计划"。

（2）简要概括基本情况，分析完成任务的主客观条件，说明完成计划的有利和不利因素。

例如，《××职业技术学院 2005—2007 年发展规划》的前言是：

随着高等教育体制改革的深入，以及西部大开发和我国加入 WTO 对高职高专教育发展的要求，为了把我院建设为合格的高职院校，根据《高职高专人才培养工作水平评估方案》和××地方经济的发展，结合我院实际情况和条件，特制定本规划。

这一前言阐明了该规划的依据、目的和意义。

（3）提出总的任务和要求，或阐释完成计划指标的意义。

（4）指出制订计划的目的。

上述四方面的内容可根据计划事项或实际情况适当选择。

2. 计划事项（主体）　计划事项是计划的核心内容，它大体上包括三方面的事项：

（1）目标。回答"做什么"的问题，包括总体目标、具体任务和要达到的数量与质量的指标。总体目标是各方面综合指标的体现。具体任务或指标则要说明数量、质量和时间要求等具体明确的内容。一般采用分条列项的写法，用小标题或者序号标明层次，然后逐项写出具体任务和具体目标。

（2）措施。回答"如何做"的问题，包括组织分工、物资保证、方式方法等。组织分工可说明领导机构、负责人员、有关工作的具体分工和责任。物资保证，包括实施计划的人力、物力、财力（资金预算），配备多少，如何配备，等等。方式方法是完成任务的具体手段。

（3）步骤。回答"什么时候完成"的问题，即实施计划的工作程序和时间安排。要根据工作的轻重缓急来安排若干阶段。如专项计划，一般划分为准备阶段（包括传达、动员、学习、成立组织、物资准备等）、实施阶段（具体工作的展开、落实）、总结阶段（检查、评比、小结、表彰）。

计划事项中的目标和要求、措施、步骤，可以称为计划的三要素。在计划的正文结构中，可采用综合式（见例文）或单项式的写法。

（三）落款

在正文右下方署上制订计划的单位名称，在署名的下行写上制订日期。

计划的写作思路一般以"为什么要制订计划"、"做什么"、"怎么做"为先后顺序进行构思。

六、写作计划的注意事项

（一）目标明确，步骤具体

对目标任务、方法要求等要用准确的文字加以表述，使执行者明确努力方向，同时，步骤、进程要具体，以利于落实和检查。

（二）切实可行，统筹兼顾

制订计划必须从实际出发，充分分析主客观条件，对实施计划的多种方案要反复论证，从多种方案中选择最佳方案。所撰写的计划既要有前瞻性，又要留有余地。综合性计划，还要统筹兼顾，正确处理好局部与整体、近期与长远、合作与分工的关系，既要使各部门、各人员能各尽其责，又发挥整体效应，形成合力，共同完成任务。

（三）突出重点，主次分明

撰写计划时要根据工作的轻重缓急，做到有重有轻，有先有后，点面结合，有条不紊，使计划便于执行。

七、范文评析

[例文]

2007 年财务工作计划

根据联社办公会的统一安排部署，结合我辖内勤管理工作中的实际，在上年财务管理工作经验的基础上，细致分析信用社以后的发展形势，经研究确定，2007年度联社财务科的工作思路和指导思想是："以紧密围绕联社业务经营为中心；以改革时期政策扶持为契机；以提高全辖经济效益为目标，狠抓制度落实工作，强化财务管理，加快电子化建设步伐，防范各种业务操作风险，全面完成市办事处下达的财务目标任务。"为此，特制定如下工作意见。

一、制定岗位职责，完善业务操作规程，加强各项制度落实工作

（一）制定信用社会计、出纳、储蓄操作规程。（略）

（二）建立信用社业务操作考核办法，完善奖罚制度。（略）

（三）建立信用社内勤各岗位职责。（略）

二、搞好信用社费用核定，继续做好信用社各项常规检查

（一）科学核定信用社财务费用。（略）

（二）搞好信用社财务常规检查工作。（略）

（三）继续做好信用社重要空白凭证管理工作。（略）

（四）加强信用社往来账管理，做好金融安全防范工作。（略）

三、搞好业务培训，提高员工素质，将优质文明服务工作常抓不懈

（一）搞好信用社业务培训工作，做好信用社技能比赛工作。（略）

1. 对全辖内勤员工进行业务操作培训。（略）

2. 搞好信用社储蓄所微机建设培训工作。（略）

3. 继续搞好业务技能比赛工作。（略）

（二）继续做好信用社优质文明服务工作。（略）

四、加强微机管理，搞好电子化建设，确保微机运行安全无事故（略）

（一）进一步规范计算机档案管理，加强信用社微机安全管理。（略）

（二）做好全省微机联网前的准备和联网实施工作。（略）

（三）做好全辖信用站撤退并分社的电子化建设工作。（略）

（四）全面开通全辖大、小额支付系统，畅通结算渠道。（略）

（五）搞好信用社微机专项检查工作。（略）

（六）搞好信用社软、硬件清理、检修、整理、购置管理工作。（略）

五、充分利用改制优惠政策，搞好增收节支活动，不断壮大资金实力（略）

（一）继续搞好所得税退税工作。（略）

（二）充分利用国家扶持政策，完成保值贴补息工作。（略）

六、做好其他各项财务工作（略）

总之，在新的一年里，我们财务科将借改革契机，继续加大财务管理力度，提高员工业务操作能力，充分发挥财务科的职能作用，积极完成全年各项计划任务，以最大限度地服务于信用社，为我辖农村信用社的稳健发展而作出更大的贡献！

×× 县联社财务科

二〇〇六年十二月二十一日

评析： 这是一篇工作计划，计划一开头就明确了写作的目的，提出了总的任务，目标明确。全文采用了总分总的结构，正文部分采用了综合式的写法。该计划还从实际出发，充分分析了主客观条件，制订了切实可行的实施方案。

【思考与练习】

一、填空题

1. 计划的特点是_____、_____、_____。

2. 计划又叫_____、_____、_____、_____、_____、打算等。

3. 计划的种类很多。按性质分，计划有_____计划和_____计划。

二、改错题

修改以下计划的标题。

1. ××县国民经济和社会发展五年计划

2. 一九九九年至二○○○年工农业教育事业规划草案

3. ××大学二○○○年招生工作规划

4. ××公司关于第一季度销售计划

三、简答题

计划的主体部分通常包括哪几个方面的内容？

四、写作题

根据你的情况，任选下列其中一个题目拟写一份计划。要求内容翔实，结构完整，格式规范。

1. 个人学习计划

2. ××工作计划

3. 开展某项公益活动的计划

4. ××生产实习计划

第二节 总 结

一、总结的概念和特点

（一）总结的概念

总结是对前一阶段的实践活动进行回顾检查、分析评价，从中找出经验教训和规律性认识的一种书面材料。

（二）总结的特点

总结的目的就是要通过实践，提高认识，掌握事物的发展规律，以指导今后的实践活动。因此，总结的主要特点是：

1. 理论性 总结的过程，就是感性认识上升为理性认识的过程，在分析事实材料的基础上，比较、归纳、提炼出正确的观点，从而提高认识，发扬成绩，吸取教训，更好地指导今后的实践活动。

2. 客观性 总结是对本组织或自我个人的针对性的总结，应该以客观事实为依据，真实、客观地分析情况、解决问题和总结经验，不允许虚构和编造。

（三） 总结同计划的关系

对一个部门、单位、系统来讲，订计划和做总结有着密切关系。

从总结的角度看，总结是计划执行的结果。总结以计划为依据，检查计划执行的情况，检验计划准确的程度。从计划的角度看，计划又是上阶段总结的发展。没有全面、系统、深刻的总结，不可能制订出符合实际的、切实可行的计划。所以，定计划要把上阶段的总结作为依据。

计划—实践—总结—再计划—再实践—再总结……周而复始，循环无穷，但这种循环不是简单的重复，而是不断提高的过程。

二、总结的种类

总结一般有以下几种分类方法：

（1） 按照性质来分，有综合性总结和专题性总结。综合性总结又称全面总结，是对本组织一定时期内工作的全面总结；专题性总结也称单项总结，是对某一项工作或某一个问题的总结。

（2） 按照内容来分，有工作总结、思想总结、学习总结、生产总结等。

（3） 按照范围来分，有地区总结、部门总结、班组总结和个人总结等。

（4） 按照时间来分，有年度总结、季度总结、月份总结等。

三、总结的写作方法

总结的结构由标题、正文、落款三部分组成。

（一） 标题

总结的标题必须准确、简洁，一般有以下几种写法：

1. 文件式标题 由单位名称、时限、内容和种类构成。如《××省税务局 2006 年税收工作总结》。

2. 文章式标题 用简练的语言概括总结的主要内容或基本观点，标题中不出现单位名称、时限、文种"总结"的字样。如《减员增效使企业走出困境》、《增强节约意识》等。

3. 双标题 一般由正标题与副标题组成。正标题概括主要内容或揭示主题，副标题补充说明单位、时限和工作内容。如《加强大学生思想道德建设——××学院团委 2007 年工作总结》。

（二） 正文

总结的正文由前言、主体、结尾三部分组成。

1. 前言　总结的前言写法较灵活，一般有概述情况，即概括介绍总结的时间、背景、工作任务、完成情况等等；或者简述主要成绩；或者介绍基本经验；还可以通过提问的方式引出下文。如《高校财会工作十年的回顾与展望》中的开头："党的十一届三中全会以来，我国的高等教育事业进入一个新的历史时期。随着国家经济体制、科技体制、教育体制改革的深入，高等教育事业迅速恢复和发展，高校财会工作的地位日益提高，工作取得了显著的成绩，面貌发生了巨大的变化。高校财会工作的变化，体现在以适应高等学校多项事业的全面发展，建立具有中国特色的社会主义高等学校财会工作为目标，坚持改革开放……"这段话概括地说明了高校财会工作的背景、主要成绩及发展趋势。

2. 主体部分　这是总结的重点部分，主要写取得的成绩，或存在的问题与经验教训。

（1）取得的成绩或存在的问题，是总结的主要内容，目的是要肯定成绩，找出问题。成绩有多少，是怎样取得的；问题有多少，表现在哪些方面，属于什么性质，都需要讲清楚。

（2）经验和教训指总结工作成效和带规律性的、有指导意义的经验体会。除了所取得的成就、经验之外，对工作中曾出现的失误也应实事求是地说明，做到既不一味铺陈优点，也不有意回避缺点。

3. 结尾部分　在总结经验的基础上提出今后的打算、改进意见和设想。设想和安排是在总结经验教训的基础上，针对工作中实际存在的问题，提出解决办法。

（三）落款

按照行文的去向注明报送、抄送、下发单位。重要的总结要编发文件号。以机关名义做的总结一般不在文尾署名，而是写在标题下。个人所做的总结，通常在正文右下方署名，日期写在文尾最后处。

四、总结的写作思路

主体部分的结构形式通常可采用"情况—经验—问题—建议"的顺序，分成四大部分进行总结，这是写总结的传统方法。根据需要还可以用其他的形式，如阶段式，用于对周期长、阶段性显著的工作进行总结，把整个工作过程按时间顺序划分为若干阶段进行总结；并列式，以具体的工作项目为顺序，把要总结的内容按性质逐条排列，夹叙夹议，这种形式较适用于专题性总结。此外，也可按时间的顺序、围绕的中心、突出的重点等进行总结，还可按文章的自然段落安排行文的层次。就一篇总结而言，以上内容不一定面面俱到地都写上，可以有所侧重，或者着重写成绩与经验，或者着重写经验体会，或者着重写问题与教训，一切都要从实际出发。

五、写作总结的注意事项

（一）材料充足，实事求是

总结必须建立在事实的基础上，而对构成事实的要素如时间、进度、空间变迁、人员构成、不可变因素与各种偶发因素等，均需做详尽的调查研究，掌握真实的数据信息。没有丰富的实际材料作为叙述、归纳与评判的基础，总结的内容很难做到准确、全面、客观、公正。因此，占有充足的材料是写好总结的前提。如实评价过去，既要总结成功的经验，也要分析失败的教训，不可对成绩夸大其词，也不能对缺点避而不谈。只有具备科学性和可信性的总结，才会对今后的工作有实际的指导意义。

（二）层次清晰，重点突出

写总结时，视野应当开阔远大，不拘泥于一个部门、一件事情，要根据写作的目的和总结的不同性质，突出重点内容，切忌主次不分、详略不当、面面俱到却又处处浮光掠影。总结可以有上行、平行、下行三种去向，三种阅读对象都要求总结的行文必须层次清晰明了。文字不求华美，以准确简洁为好，以便让阅读者在尽可能短的时间内抓住要领，用于实务。

（三）寻找规律，立足未来

总结的目的是要从对过去的回顾中汲取经验教训以指导今后的工作，因此，应当客观、全面、辩证地分析事物，从中得出科学的结论。切不可未做言做，未得言得，弄虚作假，欺世盗名。应当看到成绩是主流的、本质的，不要因为有一定问题存在，就将总结写得像检查一样。经验和教训是总结的重点和中心。从成绩或问题中分析出经验和教训，这是总结的根本性目的，同时上升到一定理论的高度，从中提炼出带有规律性的东西，作为今后工作的借鉴。

六、范文评析

[例文一]

××省审计局二○○二年审计工作总结

根据审计署提出的"抓重点，打基础"的工作方针，今年审计工作要有一个大的进展。一年来，在各级党委和政府的领导下，经过广大审计干部的艰苦努力，基本上实现了这个要求。

一、重点抓了维护财经纪律

今年的审计工作，以维护财经纪律为重点，主要查处弄虚作假、钻改革空子、挖国家墙角、为小团体和个人谋利的问题。今年2～11月，全省审计了2000多个单位，共查出违反财经纪律的金额×千万元，应上缴财政的×百·×万元。查处百万元以上违纪案件9件，万元以上贪污案件39件，违纪责任人受到纪律处分，刑事处罚的有××人。

对国营企业重点审计了外贸和物资系统。审计11个外贸企业，查出隐瞒收入、虚报亏损等违纪金额×百万元，应上缴财政的×百××万元，转移截留国家外汇等×百万美元。审计了30多个物资企业，查出截留收入和利用两种价格并存捞取好处等违纪金额××万元。已上缴财政××万元。

对专项资金的审计，今年以教育经费为重点。据×市统计，共审计了××个县教育主管部门。查出挤占、挪用教育经费盖办公楼、买汽车、经商办企业等违纪金额×百万元，占这些单位教育经费总额的百分之×点×。×市对公安、人民法院、检查等执法机关的罚没收入进行了审计，据×市统计，查出截留、滥用罚没收入××万元，占罚没收入的百分之×。

对×个银行信托机构进行了审计，查出违反规定吸收的信托存款和发放贷款金额×百余万元，已清退和收缴×百万元。在审计监督工作中，各级审计机关大都能正确地执行政策，严格区分改革中的失误和钻改革空子两类不同性质的问题，分别对待，既保护改革的积极性，又对违纪问题作恰当处理；对政策界限不清情况下发生的问题，一般从宽处理；对一时看不准的问题，向上级请示后，才作处理。通过审计，对维护国家利益、增强人们法制观念、端正党风和社会风气、促进改革管理、提高经济效益、保证经济改革的顺利进行，起到了积极作用。

二、对审计工作新路子的探索有了进展

今年，在厂长离任经济责任审计、行政事业单位定期审计和自筹资金审计方面，扩大了试点，有些地方还逐步形成了制度。

对厂长离任进行经济责任审计，是促进落实厂长责任制的一项措施。据×市统计，今年1~10月，共对××个厂的厂长进行了审计。审计结果，有一般违反财经纪律问题的××人，有严重违反财经纪律的问题的×人。×市有一个厂长，有人检举他有经济问题，并列举了13项之多。在企业整顿时，被挂了起来。经过审计，该工厂经济效益较好，没有严重违纪问题，澄清了事实，继续担任厂长职务。×县有一个公司经理，去年被提升为商业局局长，经审计，发现该公司违反财经纪律现象严重，该经理个人贪污受贿上万元，已移交司法机关处理。实践证明，这个办法可以促进厂长增强责任感和执行财经制度的观念，有利于全面考核干部的实绩。

为了逐步做到审计工作经常化、制度化，在县上××个政府部门和事业单位实行了定期审计，主要是审计财务收支是否符合国家规定和资金使用效果。×市对××个单位实行定期审计，第一个月查出违纪金额××万元，到第三个月下降到××千元，××市实行定期审计的××个单位，去年1~10月违纪金额××万元，今年头10个月已降至×万多元。××市对所有行政、事业、企业单位试行定期普遍审计的办法，成绩比较显著。实行定期审计，加强经常性监督，可以及时发现和纠正违反财经纪律问题，支持和监督财会人员履行职责，对促进政府机关保持勤俭节约风气有明显效果。

为了配合有关部门控制基建规模，各级审计机关对自筹基建资金进行了审计。据×市统计，共审计了自筹基建资金××万元。查出资金不落实和来源不正当的有×万元，占审计金额的30%。经审计后，有关部门已压缩了自筹基建投资规模×万元，对来源不正当的资金，已分别上交财政和归还原渠道，共××万元。×市已将对自筹基建资金的审计作为审批自筹基建项目的必经程序。

三、打基础的工作取得了显著成绩

今年以来，各级审计机关共办了24期培训班，参加培训的将近1000人，还开展了电大、函授教育。内部审计工作有所加强，到今年9月底，已建立内审机构800多个，配备人员2000多人，上半年共查出各种违纪金额××万元，对促进企业提高经济效益发挥了作用。许多企业的领导已逐步认识到内审工作是企业加强管理的内在需要，有些地区建立了一些社会审计咨询机构，在培训财会人员、办理委托审计等方面做了不少工作。

在审计法规建设方面，做了一些工作。

审计宣传工作，在新闻单位的支持下有所加强。今年头10个月，中央一级报纸有关我省审计工作的报道就有7篇，扩大了我省审计工作的影响。审计刊物的质量有所提高，审计科研、信息、情报工作也有了加强。

在审计工作的组织领导方面，试行了统一安排与因地制宜相结合的办法。审计项目分为三类：一是指令性的必审项目；二是指导性的选审项目；三是自行安排的自定项目。实践证明，这个办法有利于集中力量，突出重点，既做到了统一计划，又便于各地因地制宜，量力而行。各地还进行了审计对象的调查统计，加强了档案管理工作，为今后有计划地安排审计工作任务和加强审计工作管理提供了条件。

当前审计工作中存在的问题是：

1. 改革开放的深入发展，对审计工作提出了许多的新任务新要求，审计队伍的数量和素质同工作任务不相适应的矛盾日渐突出；

2. 有些地方审计机关查出的问题，受到不正常干涉，难以及时、公正地处理，有的问题不能及时向上级审计机关反映；

3. 各地审计工作发展不平衡，对各地分类指导和具体帮助不够。

×××× 年 × 月 × 日

评析：这是一篇专题工作总结，主体部分的结构形式采用"情况—经验—问题"的顺序进行总结，这是写总结的传统方法。由于周期长、工作阶段性显著，文中又采用了并列式，以具体的工作项目为顺序，把要总结的内容按性质逐条排列，夹叙夹议，这种形式较适用于专题性总结，结尾如加上建议部分则更为完整。

[例文二]

个人工作总结

我是×××教研部主任，全面负责教研部的政治思想工作及教学、科研工作。一年来，在院党委及主管院长的直接领导下，在教研部两位副主任的配合下，在同志们的大力支持下，各项工作都取得了一定成绩，现将本年度的工作总结如下。

一、一年来做的主要工作

（一）理论学习方面

能认真组织教研部的政治理论学习，重点学习了党的十六届三中全会提出的"科学发展观"和党的十六届四中全会提出的"关于加强党的执政能力建设的决定"及相关理论文章，大家加深了对党中央会议精神的理解，增强了贯彻落实党中央方针政策的自觉性……

（二）政治思想工作及精神文明建设工作方面

重视政治思想工作，经常与教研部的两位副主任交换意见，了解同志们的思想情绪，耐心地做思想工作，尽最大能力帮助有困难的同志……9月，组织教研部同志为家庭出现特殊困难的××同志捐款12800元，组织大家积极参加机关党委、工会开展的体育、文艺比赛等活动并取得好成绩。通过组织各项活动，使教研部的凝聚力大大加强……

（三）教学科研方面

积极探索教学内容和教学方法的改革，圆满完成组织交给的7个班的授课任务，并受到学员的好评，教学效果评估分平均94分……完成《科技进步与社会发展》一书的修订工作，组织大家积极申报有关省情研究的新专题，参加了两个新专题的集体备课活动。

（四）社会调研方面

5月，参加院组织的赴澳大利亚、新西兰等国的考察……8月，和教研部的部分同志到国家级生态示范××县，就农村可持续发展问题进行了专项调研……10月，参加了赴东南沿海城市的社会考察活动……通过考察调研，自己收获很大……

二、存在的不足和努力方向

一年来能圆满完成组织交给的教学科研任务，履行了一个教研部主任应履行的职责。但还存在一些不足，例如……今后除了要加强开拓创新精神，做好教研部的工作，还要在科研方面多下工夫，争取多发表高质量的论文，提高教学质量和科研水平，使自己各方面的工作更上一层楼。

评析：这是一篇个人工作总结，对一年来个人学习、思想、工作方面做了全面回顾，并客观分析了自己的不足及努力方向。总结全面，内容具体，是一篇较规范的个人总结。

【思考与练习】

一、填空题

1. 总结是对前一段的实践活动进行_____、_____，从中找出_____和_____的一种书面材料。

2. 总结的种类很多，按其内容来分，总结有_____、_____、_____、_____等。

二、选择题（每个选择题有 4 个待选答案，其中至少有 1 个是正确的）

1.《××省卫生系统 1999 年工作总结》属于_____。

　　A．文件式标题　　　　　　B．文章式标题

　　C．双标题　　　　　　　　D．单标题

2. 总结的文章式标题，可以是_____。

　　A．概括主要内容　　　　　B．概括基本观点

　　C．时限和内容　　　　　　D．单位名称

三、简答题

1. 试述计划与总结的关系。

2. 总结的主体部分一般包括哪几方面的内容？

3. 写作总结的注意事项有哪些？

四、写作题

1. ××学习总结

2. ××××年××单位工作总结

3. ××××生产总结

4. ××实习小结

第三节　述职报告

一、述职报告的概念和特点

（一）述职报告的概念

述职报告是述职人（指党政机关、社会团体、企事业单位的领导者或工作人员），向所在工作单位的人事部门、主管领导、人民代表以及上级机关陈述自己在一定时间内履行岗位工作的成绩、问题等的书面报告。

（二）述职报告的特点

1. 述职的自我性　述职的自我性即自我评述，是述职报告不同于一般的工作总结、工作报告的显著特点。述职报告首要的是"述职"，述职就是述职人述说自己在任职的一定期限内履行职责的情况，既要述（检查、总结自己的工作情况），又要评（解剖、评价自己的工作），总是用单数第一人称的口吻。因此，写述职报告要首先把握好述职的自我性特点，不能写成回顾整个单位或他人工作情况的工作总结、工作报告。

2. 论述的确定性　写述职报告是对自己在任职一定时期内所做工作的评述，以叙述、真实报告为主，兼以对自己的工作进行评议。这里有一个客观标准，就是岗位职责和一定时期的目标任务。写述职报告要依据这个标准叙述自己围绕岗位职责、目标任务做了些什么，并且评价自己的工作。

3. 内容的规定性　述职报告不像一般总结和报告那样，内容涉及面较广，而是根据当前组织人事部门考核领导干部的有关规定，要求对任职一定时期的德、能、勤、绩四个方面进行述职，尤其是绩（即政绩），它是评价干部称职与否的主要标志。述职报告要充分呈现述职人的工作政绩，应实事求是地写出来，不能因自满而夸大，也不能过于谦虚而缩小。

（三）述职报告与个人总结的异同

述职报告与个人总结的相同之处是：都是对过去工作的回顾，都可以谈经验教训，都要求事实材料与观点的统一。

二者的不同之处是：

（1）撰写目的不同。个人总结的目的在于肯定成绩，找出不足，以利于今后的工作；个人述职报告则是通过陈述自己德、能、勤、绩等方面的具体材料和数据，为上级有关部门选拔、培养、任用、调配、奖罚干部提供依据。

（2）写作重点不同。个人总结的重点，不受职责范围的限制，凡是做过的工作、取得的成果，都可写入总结之中；而述职报告则必须以履行职责方面的情况为主，重点展示履行职责的思路、过程和能力，所要回答称职与否，等等。

（3）表达形式不同。述职报告采用"报告"这一形式，有时也采用表格式，主要运用记叙的方法，叙述成分较多；总结采用的是"总结"这一文章形式，既注重论释，又注重理性分析，总结经验教训。

二、述职报告的种类

根据不同的分类标准，述职报告一般有以下两种。

（一）晋职述职报告

晋职述职报告，即有关领导者或工作人员为晋升更高一级职务时，必须向主管部门和领导报告履行岗位工作的情况。

（二）例行述职报告

例行述职报告，即担任一定岗位职务的人员，定期向有关组织和群众汇报工作情况，接受组织的考核与监督。

三、述职报告的写作方法

述职报告由标题、署名、称谓、正文、落款五部分组成。

（一）标题

标题写法有两种。

1. 直接用文种名称做标题　如《述职报告》，这是最常用的一种标题形式。

2. 用全称标题或者省略某些要素　全称标题包括单位名称、职务、姓名、任职时间和文种，如《××财政厅×××任职期间的述职报告》，或《2007年述职报告》、《××公司×××述职报告》。

（二）署名

在标题的下方或右下署明述职人的姓名，有时还要署上职务、职衔。

（三）称谓

呈送上级的述职报告，应仿照公文的习惯，顶格写明收文机关；需要向领导和所属人员面对面宣讲的口头述职报告，应使用"各位领导、同志们"之类的一般性称呼。

（四）正文

正文应有以下几部分内容：

1. 任职自然情况　在开头一般介绍自己任职的期限、背景、岗位、职责，工作的目标、任务，自我的整体评价，确定述职的范围和基调。要写得简而明，不拖沓。

2. 履行职责的实际情况　这部分是最主要的，应写得详尽、具体、全面，不要遗漏能说明问题的主要内容。

首先，要突出工作的实绩，叙述本人在任职期间主要做了哪些事情，怎样做的，取得了哪些成果，自己如何认识、评价所取得的实绩，从实绩中还可引申出经验、体会。其次，还应如实地指出存在的问题，说明自己还有哪些事情没有做好，原因何在，并从中引申出教训。

3. 今后的努力方向及建议　为了做好今后的工作，可在最后部分提出自己的工作设想、建议及相应的措施办法，可多可少，视情况而定。

（五）落款

四、述职报告写作的思路

述职报告主要陈述自己的工作实绩，要全面评述自己在德、能、勤、绩四个方面的真实情况。在对工作实绩进行评述时，可以采取不同的组织材料的方式，这些方式有：① 针对目标评述具体实绩：参照述职时间明确的岗位职责和工作目标，一一对照，分别叙述自己履行职责、完成任务、达到目标的具体过程及实际效果。② 以时间为序报告工作情况：以述职时间范围内的工作过程时间为序进行完整的陈述，但要针对述职范围抓住重点，不可面面俱到。③ 按逻辑结构组织材料：分清主次、突出重点。按听取报告者的要求，把对方需要了解或自己认为必须报告的内容按材料的性质进行分类，并按要求突出重点，注意材料详略的安排。

五、写作述职报告的注意事项

（一）实事求是

实事求是是述职报告写作的基本要求。述职是民主考评干部的重要一环。述职报告的内容真实，才能真实地反映一个干部的德才情况，使上级机关更好地使用干部；述职，又是干部自觉接受群众监督的一种有效形式。陈述工作实绩，材料要准确翔实、具体周全，评价要客观公正。不要把述职报告写成经验总结，或者以偏概全，对缺点轻描淡写，要真实客观地反映工作情况。

（二）突出重点

述职，并不是说做了什么，都面面俱到全部写下，而应抓住重点，精心选择，做到观点鲜明、实绩丰富，充分展示个人的能力和政绩。要把集体的成绩与个人贡献区分清楚。即在写作时，不要把个人的述职报告写成组织的工作报告，把集体领导的成果都归功于个人的成绩，述职人只是领导班子的一员或工作集体的一员，述职时只需讲清个人实际作用，而不应将集体功绩占为己有。

六、范文评析

[例文]

××工业局局长的述职报告

各位领导、各位同志：

我是 2003 年 12 月调到工业局任局长职务的。一年来，在县委、县政府的正确领导下，在全局系统干部职工的共同努力下，我局进一步深化和加快了工业生产和经营的改革，取得了一定的成绩。

一、主要目标的完成情况

1. 工业生产提前三个月完成全年计划，销售提前两个月完成全年计划，预计今年可实现产值××亿元，实现利税×亿元。

2. 技术输入有了明显进展，局属主要企业技术改造工作稳步发展。

3. 经济效益明显提高。去年全县工业系统亏损××万元，今年预计可实现利润××万元，一举扭亏为盈，增长幅度较大。

4. 职工素质、业务水平有了提高。今年为局属企业创办了计算机、质量检测培训班共五项，并选派部分干部、职工到高等院校和上级主管部门接受业务培训，收到良好效果。

二、一年来的工作回顾

今年，我县工业生产是在十分困难的情况下取得较快发展的。一年来，市场行情瞬息万变，原材料价格上涨、资金紧缺、电力紧缺等，都给工业生产带来严重的干扰。在这种艰难的情况下，全局干部职工同心同德，求新创新，取得了一定的成绩。具体地说，一年来有以下新的变化：

1. 观念不断更新。随着政治体制改革不断深入和市场经济的全面发展，工业生产面临着新的形势和挑战。针对这种情况，我们组织干部职工认真研究新形势，积极治理生产环境，自觉整顿生产秩序，转变经济思想，强化服务意识，保证了工业生产的顺利进行。

2. 承包不断完善。今年，全局对所属企业全部实行了承包经营，对企业的经理厂长全部实行了聘任制，并签订了承包责任书。各企业也根据本单位的实际情况分别实行了各种形式的责任制，取得了良好的效果。

3. 工贸结合是促进工业生产的根本途径。今年，全局各企业积极主动实行工贸结合，加快了生产销售的步伐。在开展工商联营的同时，我们转变经营作风，密切工贸关系，积极为销售部门排忧解难，受到销售部门的好评，从而保证了产品销售的稳步发展。

三、我本人所做的几项工作

1. 抓学习贯彻党和政府的方针政策。这是保证生产顺利开展的根本一环，凡是党和政府的政策、方针、法令，我都结合局工作实际学习好、领会好、运用好，并把精神落实到工作中去。

2. 抓目标管理。一年来，我用改革总揽全局，紧紧抓住改革这个机遇，积极在全局上下推行目标管理，同时主动与有关部门协商，制订改革方案，主持制定全局目标管理实施办法，不断督促检查，确保各项目标的落实。

3. 抓综合协调。对于局里的重大事件，在各副局长分工负责的前提下，我主动出谋划策，帮助综合协调，特别是有关全局的业务规划、技术改造，涉及上下关系、业务工作、思想工作中的难题，我都尽量参与，与各副局长一起深入实际，帮助解决。

四、存在问题和改进措施

由于年龄关系，也由于本人工作能力和业务水平较低，虽然平时尽心尽力，但有些工作仍然是没有想到或虽然想到了却没有做到。今后要注意改进以下几方面和工作：

1. 进一步加强经营管理工作。由于受到环境的干扰，自己在认识上不够高。在经营活动中，虽然我也要求和强调加强管理，但实际上要求过宽。今后要切实把经营管理当做大事抓，做到严格管理。

2. 进一步搞好调查研究。虽然工作中我也强调现场办公、调查研究，但一年来还是浮在上面多，开会研究多，下企业基层少，调查研究少。今后要制定深入调查研究的具体计划，并付诸行动。

3. 进一步加强局内建设。由于一年来忽视了局风建设问题，所以导致机关干部和企业职工思想混乱，不上班和上班干私活，职工之间、干部之间发生矛盾的事时常出现，影响了全局工作的顺利进行。今后要从局机关抓起，树立团结、求实、进取、创新的新局风。

以上述职报告，请领导和同志们评议，欢迎对我的工作多提宝贵意见。借此机会，向工作中支持、帮助过我的各级领导和同志们表示诚挚的谢意。

述职人：××县工业局局长×××

二〇〇四年十二月三日

评析： 以上是一篇例行述职报告。担任县工业局局长岗位职务的人员，定期向有关组织和群众汇报工作情况，接受组织的考核与监督。以履行职责方面的情况为主，重点展示了一年来履行职责的思路、过程和能力以及存在的问题等。

【思考与练习】

一、填空题

述职报告是述职人（指党政机关、社会团体、企事业单位的领导者或工作人员），向所在工作单位的_____、_____、_____以及上级机关陈述自己在一定时间内履行岗位工作的_____、_____等的书面报告。

二、简答题

什么是述职报告？述职报告与个人总结有何异同？

三、写作题

1．××年述职报告

2．××部门任职期间的述职报告

第四节 竞聘报告

一、竞聘报告的概念和特点

（一）竞聘报告的概念

竞聘报告也叫竞职演说词，是近年来伴随我国干部人事制度改革、公开招聘领导干部及竞争上岗而产生的一种新的应用文体。它是竞聘者在竞聘演说会上就竞聘某一岗位职务向与会者发表的阐述自己的竞聘条件、竞聘优势，对竞聘职务的认识，被聘任后的工作设想、打算等的演讲报告，目的是使听众充分了解和认识演讲者，从而鉴别其是否胜任该职位。

（二）竞聘报告的特点

1．**目的性强** 竞聘报告的目的既单一又突出，即以竞聘某一职务为目标，以竞聘成功为目的。竞聘报告的内容侧重阐述对竞聘职务的认识、个人竞聘优势以及任职设想等。

2．**竞争性强** 竞聘报告最突出的特点就是竞争。竞聘报告的竞争性，决定了竞聘者在报告中要将自身具备的优势充分表现出来。为了达到竞聘成功的目的，竞聘者在报告中不仅要陈述自己能胜任某一职务的基本素质与条件，而且要重点陈述自己与其他竞聘者相比"人无我有，人有我强，人强我新"的突出优势。

二、竞聘报告的写作方法

（一）竞聘报告的结构

竞聘报告一般包括标题、称谓、开头、正文、结语、落款几个部分。

1. 标题　竞聘报告一般直接用"竞聘报告"做标题，为突出所竞聘的职务，标题也可以是《关于××一职的竞聘报告》。

2. 称谓　一般用"各位领导、同志们"这样的泛称。

3. 正文　竞聘报告的正文包括开头、自我介绍、主体、结语、落款几部分。

（1）开头。对各位评委的感谢。

（2）自我介绍。一是介绍竞聘者个人的基本情况，包括姓名、出生年月、政治面貌、毕业时间、最后毕业院校及学历学位、现在所在单位、职务（包括与竞聘职务相关的曾任职务）或简要说明在单位负责的工作内容；二是点明要竞聘的职务。

需要注意的是，个人基本情况的介绍要实事求是，在开头部分一般只是客观介绍，不加自评；竞聘职务的提出要具体、明确。

竞聘报告的开头没有固定的写法，应遵循的总原则是：写那些与竞聘职务相关的、对竞聘成功有利的内容，给听众一个初步了解，为竞聘成功做铺垫。

（3）主体。主体部分是竞聘报告的核心部分，一般包括陈述竞聘优势、阐述对竞聘职务的认识、展示施政目标与设想等主要内容。

● 陈述竞聘优势。这部分主要介绍竞聘者在德、能、勤、绩几个方面的突出业绩及特长，阐明竞聘者凭什么理由和资格竞聘该职务，有何突出优势。如政治思想品德、工作作风、具体业务工作表现等，以及年龄、学历、专业等方面的有利因素。工作业绩最能够反映竞聘者的实际能力，应抓住与竞聘职务紧密联系的内容加以强调，详细地陈述出来，并用定性、定量的方式加以展示，使其更具说服力。

● 阐述对竞聘职务的认识。这一内容既是参加竞聘的前提，又是阐述施政目标与设想的重要的基础条件。

不同的工作岗位有不同的工作职责，不同的职务对工作者有不同的要求，竞聘者只有对竞聘的岗位职责有清醒明确的认识，才可能根据自身的实际情况衡量并确定是否参加竞聘、怎样竞聘，才能有针对性地陈述业绩，阐述任职后的设想和打算。如果对所竞聘的岗位职责不清楚或者认识模糊，就不具备竞争的基本条件；对所竞聘的岗位职责认识不准确或有所偏离，其竞争力就会大打折扣。对竞聘职务的认识，主要指竞聘者对所竞聘职务在全局工作中所处的重要地位、意义、作用等的准确认识与定位。写作时要注意实事求是，不夸大，不缩小。

● 展示施政目标与设想。施政目标与设想是在对竞聘职务有明确认识的基础上，竞聘者根据所竞聘的岗位职责，从自己的实际能力出发，将任职后的打算、设想、措施、办法、目标、效果等集中进行展示。

这部分内容是领导和群众比较关注的方面，因此也是竞聘报告的一个重要组成方面。写作时，既要有前瞻性，又要写得切实可行；既要有对工作超前的宏观计划和打算，以展示竞聘者具备长远规划、总揽全局的实际的领导能力，又要有微观解决现实实际问题的具体做法、预期目的以及使听众真正受益的鼓舞人心的指标效果等，以显示其脚踏实地的工作作风和体现出竞聘者的创新精神。

这部分写作时要注意，在岗位职责允许的范围内，为突出创新求实精神，可以展示新思路、新观点、新方法、新效果，给人以耳目一新的感觉。要重点突出，不可泛泛而谈。不必写得太多，面面俱到：一是没有必要，写得太多会冲淡了主要内容；二是时间不允许，竞聘报告一般有时间限制，超时效果反而不好。

4. 结语　竞聘报告的结尾，一般另起一行，用"谢谢大家"作结。

5. 落款　报告人姓名、日期署在文后，报告时不必讲出。

（二）写作竞聘报告的注意事项

1. 实事求是，内容可信　可信度是对竞聘报告的写作要求，也是听众衡量竞聘者是否胜任所竞聘职务的重要标准。因此，竞聘报告对工作实绩、对竞聘岗位认识、对未来目标的设计的阐述，都要做到有根有据，实事求是，内容可信。

2. 处理好相关的关系　竞聘报告写作时，要注意处理好谦虚谨慎与展示优势、个人政绩与集体合作、宏观展示与微观操作等方面的关系，不可一味强调其中的某一个方面，而偏废或否定其他方面。

3. 把握特点，突出重点　把握竞聘报告的特点，尤其要把握竞聘报告与述职报告的写作区别，分清两者不同的写作侧重，围绕竞聘报告的特点和内容侧重点进行写作。

三、范文评析

[例文]

团委委员竞聘报告

尊敬的领导、评委，亲爱的伙伴们：

晚上好，首先，我非常感谢领导和同伴们对我的信任和支持，让我有机会站在台上展现自我，我为能参加此次团委竞聘而感到自豪。我竞聘的职位是团委委员,我今天的演讲内容分为三个部分:一、我的工作经历;二、我参加竞聘的理由;三、我的工作设想。

一、我的工作经历

我叫凌欢,来自行政部,现在的工作岗位是部门秘书,中共党员,大专学历,今年25岁,未婚。活泼开朗,有较强的上进心,自信热情,有创新精神,喜欢面对挑战。我从高中起一直从事团的工作,并在18岁读高三的时候光荣地加入了中国共产党。

在1994—1997年读高中期间,我曾任市第三中学团委委员、学生会主席、团支部书记。参加过市团代表大会。

在1997—2000年读大学期间,担任系团总支书记、校学生会主席、系刊主编。

五年来,在组织的锻炼下,在从事团的工作中,提高了自己的组织管理协调能力,成功组织策划了多种文化活动与大型活动,提高了自身素质。最难忘的是大学期间参加学生会竞选,虽然我只是一个相貌平平的女孩子,但我却以我的信心与能力,当选了历届以来第一位女学生会主席。21世纪需要的是复合型的人才,因此我不断自我增值,参加工作后,我更严格要求自己。我曾经进修过形象设计学、心理学、成功潜能学和营销学。我已有三年社会工作经验。我一直以高度的责任心与使命感对待我的工作。在工作中学到许多经验的同时也受到不少的教训,更激励我在以后奋进努力工作。

二、我竞聘的理由

多年来,我坚持学习马列主义、毛泽东思想和邓小平理论,努力提高自己运用党的基本理论、基本路线、基本方针分析问题和解决问题的能力,养成了以身作则、勇于开拓的工作作风和组织纪律观念。

我有五年的团工作经验,在团工作过程中,结合青年人的特点,开展形式多样的活动,加强了团组织的凝聚力,鼓动起广大团员青年的工作干劲。

我曾先后获得市优秀团员、市宣传报道先进个人奖,"优秀党员"、"优秀团干部"、"优秀学生干部"称号,多次获得三好学生、奖学金的奖励。

我有饱满的工作热情、良好的心理素质,有并肩作战的团队精神。

我爱公司这个大家庭,我爱公司的兄弟姐妹,我愿用我的心去为伙伴们做更有意义的事。

三、我的工作设想

假若我能竞聘成功,我将以四心:"责任心、热心、信心、耐心"认真做好团的工作,全心全意为大家服务。认清形势,把握大局,切实加强团员青年的思想教育工作。围绕公司的中心任务开展工作,充分发挥团组织的助手作用。鼓励青年进行技术和业务创新,为团员青年的成才提供"舞台";组织创建共青团营业窗口活动、创建青年文明号活动、争当青年岗位能手活动和青年突击队活动;组织广大团员青年积极开展公益活动,树立联通青年的社会形象;组织电信业务应用推广活动,照顾青年特点,开展各种文体活动，并注重解决青年实际问题。通过活动吸引和团结广大青年，并通过活动增添团的自身活力。团委也将与其他部门合作，定期组织团员青年开展各项文体、娱乐活动，通过组织丰富多彩的活动，寓教于乐，陶冶情操，帮助青年树立正确的世界观、人生观和价值观，并增强青年的凝聚力和集体荣誉感。动员广大青年以志愿服务方式为社会多做好事，多办实事，奉献爱心。组织青年，通过及时满足社会的所急所需，开展各种便民、利民的义务性服务。

最后，这次竞争无论结果如何，我都会正确对待，接受组织的考验，胜不骄、败不馁。我相信，有领导和同志们的支持，再凭自己的信心、能力和努力，我是能够胜任团委委员这个岗位的。请大家投我一票。

我的演讲完毕，谢谢大家！

评析：这篇竞聘报告的内容侧重阐述对竞聘职务的认识、个人竞聘优势以及任职设想等，突出创新求实精神，以新思路、新观点、新方法、新效果，突出重点，给人以耳目一新的感觉。

【思考与练习】

一、填空题

竞聘报告是竞聘者竞聘某一领导职务时，在竞聘演说会议上，向与会者发表的阐述自己_____、_____，_____，被聘任后的_____、_____等的演讲报告。

二、简答题

什么叫竞聘报告？竞聘报告的正文主体要写哪些内容？

三、写作题

竞聘××职务的竞聘报告（班委、学生会干部或其他职务）

第五节　调查报告

调查报告是最常用的带研究性的文体之一。

调查报告主要采用叙述作为表达方法，这一点与记叙文有很多相似之处，但记叙文除叙述外，还需调动多种艺术手法去描述具体的人物形象和事件，用形象来表现主题，强调感染力量。调查报告则不需要展开形象的画面，它在记人叙事时，主要用的是概述的手法，通过对事实材料的介绍、分析和评论，总结规律，提出经验和办法。调查报告的主题也不像记叙文那样蕴涵在人物和事件中，而往往由作者直接表达出来。调查报告还常用夹叙夹议的表达方法，这一点与评论文章有相同之处，它们都要有鲜明的观点，都要以理服人。不同的是调查报告中陈述部分比评论文章材料丰满、充实得多，评论文章则主要通过论点、论据和严密的论述过程来论证观点，调查报告既不必阐述论证过程，也不允许任意发挥，它要求从典型事实的叙述中表明倾向，引出观点。调查报告也不同于总结。调查报告面向整个社会，所以多用第三人称，而总结一般只限于总结自身的实践活动，多用第一人称，侧重于谈本人的切身体会。

一、调查报告的性质

调查报告是报告调查研究成果的书面材料。它对某项工作、某个事件、某个问题，经过深入细致的调查，取得充分的事实材料，然后运用科学的分析方法进行分析研究，得出切合实际的结论，提出解决问题的对策、方法，并写成书面报告向组织和领导汇报。顾名思义，它具有"调查"和"报告"两种性质，二者有机地结合在一起。"调查"的目的，在于掌握大量真实确凿的客观事实和具体数据，对基本情况作全面、系统的了解，并进行分析，透过现象去揭示本质，从而得出结论；而"报告"则是要从事实出发，从理论上、本质上进行阐述，用书面形式说明结果。"调查"是"报告"的事实基础和理论依据，而"报告"是"调查"的具体体现。因此，调查报告是在对社会上某一事物、某一个问题和某一事件进行调查研究的基础上写出来的书面报告。这种文章一般在正题或副题上都写有"调查报告"、"考察报告"、"调查附记"等字样。它是机关、企事业单位用来反映情况、研究问题、掌握信息、指导工作的常用文体，是实际工作中经常使用的一种为决策服务的事务文书，也是报刊上常用的一种新闻文体。

调查报告与公文中的报告有所不同。公文中的报告侧重于汇报日常工作，供主管部门、上级领导机关指导工作时作参考；而调查报告不限于日常工作，凡与日常工作有关的重大情况、典型事件、经验或教训等带有普遍意义的问题，都可用调查报告的形式予以反映。相比之下，调查报告的范围更广泛，内容更复杂。此外，两者反映情况的渠道、方式有别，报告通过公文正常的渠道发送，而调查报告既可供内部参考，又可公开发表。

二、调查报告的特点

（一）以事实为基础

调查报告的基础是客观事实。不论哪种类型的调查报告，都必须以充分、确凿的事实为根据，通过具体的情况、数字、经验、问题等说明观点。调查报告这种用事实说话、凭数据立论的特点，要求我们从大量翔实的材料中提炼观点，再选择具有典型意义的材料来说明观点，绝不允许道听途说、捕风捉影、主观臆测。因此，充分了解实情和全面掌握真实可靠的素材是写好调查报告的基础。撰写调查报告，要深入调查研究，对材料尤其对数据反复核实，这样才能为领导机关或主管部门进行决策、指导工作提供可靠的客观依据。

（二）以科学分析为手段

调查报告不是材料的堆砌，也不是对调查对象的具体描述。它通过运用科学的分析方法，对大量的材料进行分析和综合，得出结论性意见。它注重用资料说明问题，围绕对事实的介绍，展开分析，逐步上升到理性认识，提炼出理论观点、调查结论。因此，撰写调查报告一般是通过对事实的概括叙述和简要说明，由事论理，最后引出结论，在表达上多采用夹叙夹议、叙议结合，以叙述为主、议论为辅的表达方式。

（三）以得出正确的结论为目的

所谓结论，是指事物的本质和规律。总结经验的调查报告要阐述清楚取得成绩的原因；揭露问题的调查报告，要分析问题产生的原因，确定问题的性质，并提出解决问题的方法、措施；研究问题的调查报告，要预测新事物、新问题的发展趋势；等等。没有结论的调查报告，只是情况反映，不能称为调查报告。

三、调查报告的分类

从内容性质和写作侧重点综合起来考虑，常用的调查报告可分为以下三类。

（一）总结经验的调查报告

主要是反映社会实践中具有一定典型性的新经验。如《腾飞的法宝——广州白云山制药厂调查》。这类调查报告指导性较强，常用于交流推广新做法，以典型带动一般，从而指导和推动某方面的工作。

（二）揭露问题的调查报告

主要是揭露具体问题及危害，反思失误和教训。具体分为两种：一是批评存在问题和不良倾向，以引起社会和有关部门的重视、注意，促进问题尽快解决。如《数万保姆谁来管——北京市保姆问题调查》、《关于影响交通事故发生率因素的调查报告》。二是通过对某一案件的专项调查，澄清事实真相，明确问题的原因和性质，确定造成的危害，并提出解决问题的途径和建议，为问题的最后处理提供依据，如《解放牌汽车为什么亏损？》。这类调查报告以反映情况为主，材料性较强。

（三）研究问题的调查报告

这种调查报告内容比较广泛，可反映社会各领域的情况，包括社会各阶层的状况以及新动向、新情况，目的是为上级或有关部门提供情况，让有关人员了解相关动态、信息，便于他们估计形势，制定有关方针政策。如《眼镜业面临行业改造的新课题》、《日用消费品市场竞争探秘——洗衣粉购买动机的调研报告》。

四、调查报告的结构和写法

调查报告结构上分标题、正文、落款三部分。

（一）标题

1. 单行标题

（1）文章式标题。

● 直接交代调查的观点或结论。如《调整教育政策　增加教育投入》。

● 用提问句提示调查内容。如《解放牌汽车为什么亏损?》。

（2）公文式标题。一般由调查对象（内容）＋调查（调查报告）构成。如《关于大学生消费结构的调查》。

2. 双行标题（正副标题结合）　正标题直述调查的结论，副标题标明调查的对象和内容。如《他山之石可以攻玉——佛山市大规模引进先进技术的调查报告》。

（二）正文

调查报告的正文，一般由前言、主体、结尾三部分组成。

1. 前言　前言，又称引言，起总起和提示的作用，灵活多样，但总的要求是：统领全文、开门见山、言简意赅，为正文写作做好铺垫。常见的写法有：

（1）突出成绩法。即在开头处以高度概括的笔法，把调查对象的成绩集中地介绍出来，有了成绩再介绍经验，顺理成章，读者心服口服。这种写法多用于总结经验的调查报告。

（2）基本状况交代法。即在开头处介绍有关对象的概况，如组织规模、有关背景、历史与现状以及事件形成的简单过程等。如：

财政部 1981 年颁发的《关于中外合资经营企业中方投资部分若干财务问题的处理意见》中规定，合营企业属于中方投资的各项所得和分配交纳情况，包括从合营企业分得的利润、场地使用费收入、工资差额等，中方必须另立账户，编制报表。此项规定实施转眼 13 年过去了，如今回过头来看，各地执行情况怎么样? 就这一问题，最近笔者对北京、辽宁、大连、吉林、河北、河南、湖南、南京、广州 9 个省市的部分外商投资企业进行了专题调查，现将调查情况综合归纳如下：

（3）有关问题说明法。即在开头扼要地介绍调查对象本身的概况，如调查的起因或目的、时间、地点、对象和范围、经过以及调查方式、方法等。这种写法多用于研究问题的专题调查报告，目的是增强调查报告的可信度。

如《关于四个市州国税工作的调查报告》一文的开头：

按照省国税局的安排。我们调查组一行 8 人于 4 月 2 日至 5 月 26 日先后对××等 4 个市、州局所属的 13 个县（市）国税局，进行了为期两个月的调查，共调查走访了 14 个基层分局、36 家重点企业和 152 家个体私营工商业户，发放调查问卷 2350 份，并同县（市）党政领导、县（市）局领导班子成员以及部分基层国税干部进行了座谈。现将调查情况汇报如下：

（4）问题、成绩对比承转法。这种写法多用于总结经验或揭露问题的调查报告。总结经验的调查报告先谈问题，用"但是"笔锋一转，再肯定成绩。揭露问题的调查报告则先谈成绩，后谈问题，重点交代种种问题所在。

这种写法的长处是用辩证的眼光分析、观察问题，对比明显，既容易使人接受，又能激发读者的阅读兴趣。

如《关于农村中小学收费问题的调查报告》的开头：

8月下旬至9月上旬，由我办牵头、国家计委、财政部、教育部、农业部、国务院纠风办、国务院法制办等有关单位组成联合调查组，在河南、安徽、湖南、陕西4个省的12个县市、50多所学校，对农村中小学义务教育收费情况进行了调查。总的印象是，通过近几年的专项治理，农村中小学乱收费现象蔓延的势头总体已有所遏制。但是，收费不规范的问题仍普遍存在，有的地方还相当严重，群众对此反应十分强烈。现将有关情况报告如下：

（5）直述主旨法。即在开头处开门见山地概述有关调查或研究的结论，如肯定意义、指出影响、提示结论意见或点出报告的主要原因和内容等。这种写法的长处是单刀直入，笔法明快，多用于总结经验、研究问题的专题性调查报告之中。采用这种写法，也多是以领导部门对调查组所调查的对象、目的、方式、时间等活动内容了如指掌为条件的。

如《职工幼儿园里的忧虑——来自市总工会女工部的调查》一文的开头：

目前，我市职工幼儿园存在着师资水平低、教工待遇差的问题，亟待解决。这是最近市总工会女工生活部对我市十多家工厂企业所办的幼儿园现状调查后发出的呼吁。

（6）提问开头法。这种写法是围绕主旨，在开头处用设问的语气提出问题，吸引读者的注意，再引出下文，这种写法的特点是自问自答。

2. 主体　主体是正文的核心部分，它对调查得来的事实和有关材料进行叙述、分析，对调查研究的结果和结论进行说明、概括，是结论的依据所在。主要包括两方面的内容：一是调查到的事实、情况，包括情况产生的前因后果、发展经过、具体做法、存在问题等；二是研究材料所得出的具体观点及作者所作的评价等。

主体部分以叙为主，叙议结合，有步骤、有次序地表现出主旨和内容。

主体部分的主体结构形式，主要有三种：

（1）纵式结构。即按事情的发生、发展的先后顺序，层层分析，说明事件的来龙去脉。这种结构方式脉络清楚，有助于对事物发展作全面深入的了解，适用于内容较简单、事物本身的发展过程就能体现出阶段性或规律性的调查报告。

（2）横式结构。又称并列式结构，即根据事物的内在联系，分别归纳成几个问题、几条经验或几个原因来写，每个问题可以加上小标题，每一部分均先显示观点。如"情况—成果—问题—建议"式结构，多用于研究问题的调查报告；"成果—具体做法—经验"式结构，多用于介绍经验的调查报告；"存在问题—产生原因—意见或建议"式结构，多用于揭露问题的调查报告；"事件过程—事件性质结论—处理意见"式结构，多用于揭示案件是非的调查报告。

这种结构方式的好处是逻辑性强，有概括性，且条理清楚，便于抓住要点，显示事物间的内在逻辑联系。它适用于内容丰富、背景广阔、综合性较强的调查报告。

如《长江资金管理模式——武汉无线电厂用活资金的调查》一文的主体分为三个部分：变"死钱"为"活钱"；变"虚钱"为"实钱"；变"吃钱"为"攒钱"。三个小标题均是小观点，分别说明调查结论。调查报告从不同侧面对长江资金管理模式作了全面介绍，勾勒了年度总额控制、量入为出、月度超支受罚、开源节流受奖的资金管理模式，使主体眉目清楚，有很强的概括性。

（3）综合式结构。这种结构兼有纵式结构和横式结构的特点，往往以一种结构为主，另一种结构为辅，交叉使用，穿插配合，纵横交错。一般是：在叙述和议论事理（问题—原因—结果）的发展过程中用纵式结构；表述收获、认识、经验教训时，则用横式结构；当二者有机地结合、夹叙夹议时，则采用综合式结构。

主体部分不论采取哪种结构方式，都要注意先后有序，主次分明，详略得当，层层深入或条分缕析，以更好地表现主旨。

3. 结尾　调查报告的结尾，又叫"结论"，是调查报告的结束语。结尾的写法要根据报告的实际内容来定。

（1）研究问题的调查报告。归纳全文主要观点，深化主旨，加深读者的印象，增强报告的说服力；对所调查的现状作归纳性说明，并指出其发展前景。

（2）总结经验的调查报告。大多不加结尾，调查报告介绍完相关内容后自然收笔；也可说明所调查问题的实际意义，深化主题。

如《平原农区县城经济的发展之路——鹿邑县加强财源建设情况的调查》一文的结尾：

鹿邑县成功地进行财源建设的实践告诉我们，只要在尊重县城客观实际的基础上，正确选择本县在社会主义市场经济中的适当位置，迅速发展经济，摆脱困境的前景是广阔的。

（3）揭露问题的调查报告。提出解决问题的办法、措施、意见或建议。调查报告的结尾方式主要有补充式、深化式、建议式、激发式等。

（三）落款（具名和日期）

具名，署调查组之名，体现出权威性；署个人之名，以示文责自负，其位置可在正文末尾下一行右侧，也可在标题的正下方。日期须写全年月日，以示时效。

五、调查研究的方法

调查研究的方法可分为三大类：现场直接调查法、文献调查法、问卷调查法。

（一）现场直接调查法

现场直接调查可分为询问法、观察法、试验法三种。其中询问法有当面询问、座谈集体询问、电话询问、信函询问等。

（二）文献调查法

文献调查法是调查研究活动的重要手段。文献可分为社会性文献、单位内部文献、电子文献三类。

社会性文献指各种公开出版的报纸、杂志、书籍、年鉴、资料汇编。其中报纸、杂志的资料内容比较新，书籍的内容一般要滞后一些，但通常具有经典性。

单位内部文献是文书档案，对了解实情非常必要。

电子文献是最新的文献形式，内容丰富、新颖，查阅快捷，使用方便，可在网上查寻，也可在电子阅览室查寻，应当充分利用。

（三）问卷调查法

问卷调查法是通过设计问卷的方式向被调查者了解情况的一种方法。按照问卷发放的途径不同，可分为当面调查、通讯调查、电话调查、留置调查四种。

1. 当面调查　即亲自登门调查，按事先设计好的问卷有顺序地依次发问，让被调查者回答。

2. 通讯调查　是将调查表或问卷邮寄给被调查者，由被调查者填妥后寄还的一种调查方法。这种调查的缺点是问卷的回收率低。

3. 电话调查　是按照事先设计好的问卷通过电话向被调查者询问或征求意见的一种调查方法，其优点是取得信息快，节省时间，回答率较高；其缺点是询问时间不宜太长。

4. 留置调查　是指调查人员将问卷或调查表当面交给被调查者，由被调查者事后自行填写，再由调查人员约定时间收回的一种调查方法。这种方法可以留给被调查人员充分的独立思考时间，可避免受调查人员倾向性意见的影响，从而减少误差，提高调查质量。

六、调查问卷的设计

在访问类方法中，通讯调查、留置调查、当面调查、电话调查也可采用问卷调查法，因此问卷设计就成为调查前一项重要的准备工作。问卷设计的好坏，在很大程度上决定着调查问卷的回收率、有效率，甚至关系到调查研究活动的成败。可见，问卷设计的科学性在调查研究活动中具有关键性意义。这里我们就来详细探讨一下如何设计调查问卷。

（一）调查问卷的设计步骤

设计调查问卷的目的是为了更好地收集信息，因此，在问卷设计过程中，首先要把握调查的目的和要求，同时力求使问卷取得被调查者的充分合作，保证提供准确有效的信息。具体可分为以下几个步骤：

第一步：根据调查目的，确定所需的信息资料，然后在此基础上进行问题的设计与选择。

第二步：确定问题的顺序。一般而言，简单的、容易回答的问题放在前面，逐渐移向难度较大的问题。问题的排列要有关联、合乎逻辑，便于被调查者合作并产生兴趣。

第三步：问卷的测试与修改。在问卷用于实地调查以前，先初选一些调查对象进行测试，根据发现的问题进行修改、补充和完善。

（二）调查问卷设计的程序

设计是由一系列相关的工作过程构成的。为使问卷具有科学性、规范性和可行性，一般可以参照以下程序进行：① 确定调研目的、来源和局限；② 确定数据收集方法；③ 确定问题的回答形式；④ 决定问题的措辞；⑤ 确定问卷的流程和编排；⑥ 评价问卷和编排；⑦ 获得各相关方面的认可；⑧ 预先测试和修订；⑨ 准备最后的问卷；⑩ 实施。

（三）调查问卷的构成

一份比较完善的调查问卷的构成包括标题、称谓、说明词（也称前言）、提问部分、调查证明记载、问卷的编号等部分。

1. 前言部分　前言部分主要包括询问人代表的单位、询问的目的、请求被调查者合作等。例如：

您好，我是××公司访问员，我们为了了解家庭中食用肉鸡、鸡蛋的情况，想打扰您几分钟，请教您几个简单的问题，一切资料对外绝对保密且不单独向外发表。这是我们送给您的一点礼品（送礼品），谢谢您的帮忙！

2. 提问部分　这部分是问卷的主体部分，可采用封闭式问卷和开放式问卷两种方式。题型有问答题、单项选择题和多项选择题三种。

（1）问答题。直接提出问题，问题本身并不提示任何暗示的答案，让被调查者自由发表自己的看法。例如：

××牌电视机的质量和它在广告中所承诺的一致吗？请问，你为什么要购买××牌空调？你觉得我们企业的售后服务如何？

（2）单项选择题。一般设置相互对立的两个答案，让被调查者选出其中一项，例如：

请问您夏季喝汽水吗？

A. 是　B. 否

（3）多项选择题。一般设置三个以上的答案（答案的多少视情况而定，可以多达十余个），包括被询问人的姓名、职业、性别、年龄等其他与调查内容相关的项目以及调查人的姓名、调查地点、调查时间和方式等，让被调查者选出其中的一项或多项。例如：

请问您是在哪一种情况之下嚼口香糖的？

A. 口渴时　B. 无聊时

C. 看电影时　D. 郊游时　E. 约会时　F. 运动时　G. 看书时　H. 有口臭时　I. 预防蛀牙时　J. 其他（请列明）

七、调查报告的写作要求

撰写调查报告，应着重抓好以下几点。

（一）认真做好调查，占有充分材料

这是写好调查报告的前提和基础。没有深入的调查研究，就无法占有丰富的第一手材料，就无法从材料中提炼出正确的观点，也就无法得出符合事物规律性的认识。

（二）观点明确，以事论理

调查报告要以调查得来的材料反映情况，坚持以事论理，观点明确，靠事实、材料与观点的统一来增强调查报告的说服力。

调查报告如何获得观点与材料的有机统一？常用的方法有三种：一是选用典型、具体的事例和数据来阐明观点；二是运用比较的方法突出观点；三是在叙述事实的基础上进行评议，揭示观点与材料之间的联系。在调查报告中，只有运用调查得来的事实进行说理，才有说服力。

（三）以叙为主，叙议结合

调查报告中"叙"是陈述事实，"议"是表明观点，不能离开事实而空发议论，也不能没有观点只叙事实。只有将调查得来的材料加以分析、归纳，提炼出观点，调查报告才有理论深度，给人以启示。

（四）要做深入的分析研究，注重写好调查结论

要写好调查报告，不能仅仅停留在对事实的陈述上，一定要对调查的资料进行深入的分析研究，要分析本质、分析联系、分析规律，要从事实中分析出理论性的结论。结论要准确而有分量。

八、范文评析

[例文]

关于天津市以保护环境优化经济增长典型经验的调研报告
国家环境保护总局调研组
(2006 年 6 月 24 日)

"十五"以来，在天津市委、市政府的强有力领导下，成功创建了国家环境保护模范城市，全面实现了环境保护"十五"计划目标。事实表明，天津环保工作取得的显著成就，使全市居民的生活环境和生活质量进一步改善和提高，为经济社会与资源环境协调发展和可持续发展提供了重要支撑。天津环境保护经验的核心是以保护环境优化经济增长。

一、主要成绩

长期以来，一些地方重经济增长、轻环境保护，甚至不惜以牺牲环境为代价换取一时的经济增长。造成这种情况的根本原因在于没有正确认识和处理好发展经济与保护环境的关系，只顾眼前，不计长远，考虑局部利益多，考虑全局和整体利益少。古人说："不谋全局者不足以谋一域，不谋万世者不足以谋一时。"事实证明，靠过量消耗资源和牺牲环境维持经济增长是不可持续的，必须转变发展观念，创新发展模式，提高发展质量，把经济社会发展切实转入科学发展的轨道。

……

天津市委、市政府历来高度重视环境保护工作，努力处理好经济发展与环境保护的关系，积极探索以保护环境优化经济增长的路子，直接表现在以下三个方面：

第一，经济发展高增长。（略）

第二，资源消耗低增长。（略）

第三，环境污染负增长。（略）

二、基本做法

天津市委、市政府于 1994 年提出"三五八十"四大奋斗目标，即到 1997 年提前三年实现国内生产总值比 1980 年翻两番，用五至七年时间基本完成市区成片危陋平房改造，用八年左右时间对国有大中型企业进行嫁接改造调整，用十年左右时间基本建成滨海新区。进入新世纪，"三五八十"四大奋斗目标即将提前实现，市委、市政府认真分析发展形势，认为天津要实现可持续发展，关键是要解决环境与发展的矛盾，突破资源能源的制约，提升城市的整体功能，决定提出创建国家环境保护模范城市的目标，把加强环境保护作为落实科学发展观、构建和谐天津的重要举措，摆在更加突出的战略位置。

（一）编制环保计划，优化国民经济和社会发展目标。（略）

（二）开展规划环境影响评价优化城市整体生态建设格局。（略）

（三）实施工业战略东移，优化城市布局。（略）

（四）严格环境准入，优化产业结构。（略）

（五）大力发展循环经济，优化经济增长方式。（略）

（六）落实环保专项工程，优化城市环境承载能力。一是实施以保护水源和河道治理为重点的碧水工程。……二是实施以改燃和控制扬尘为重点的蓝天工程。市财政建立改燃专项资金，每年投入5600万元，对全市现有燃煤设施改燃和拆除并网工作提供补助资金或政府贴息贷款。……

（七）完善环境法规优化环境管理。近年来，陆续制定或修订了《天津市环境保护条例》、《天津市引滦水源污染防治管理条例》、《天津市节约能源条例》、《天津市城市排水和再生水利用管理条例》等地方法规，对原有的《天津市水污染防治管理办法》、《天津市环境噪声污染防治管理办法》等政府规章进行了修订。同时，根据贯彻实施《行政许可法》的有关要求，对天津市现行的16部环境保护地方性法规和政府规章进行了全面清理。通过对环境法规的进一步完善和清理，增强了环境法规的针对性、可操作性，优化了调控环境管理的能力。

三、重要启示

总结天津以保护环境优化经济增长的经验，可以得到以下几点启示：

第一，"三五八十"是基础，体现一个"新"字。（略）

第二，领导重视是前提，体现一个"超"字。（略）

第三，资源制约是动力，体现一个"省"字。（略）

第四，部门协调是关键，体现一个"和"字。（略）

第五，完善法规是保障，体现一个"严"字。（略）

第六，群众参与是方向，体现一个"众"字。（略）

评析：以上例文的标题标明了调查对象、调查的问题和文章种类，比较完整、规范。正文的第一自然段也即前言部分，写明进行调查的背景、时间、地点、对象、范围等，这是对基本情况的介绍；主体部分全面、系统地报告情况、反映问题，其中既有对事实的客观描述，也有对问题的明确及其原因的分析。最后是意见和建议的阐释，材料翔实，内容具体，对问题的分析比较深入，对问题的处理意见也颇具实用价值。在主体部分，作者采用分条列项的写法，并以序码加小标题的形式概括各部分内容要点，层次分明，条理清楚。从总体上看，主体部分的各个部分之间具有递进关系，由现状的描述到问题的明确及原因的探寻，再由原因的探寻到对策的提出，层层推进，衔接紧密。

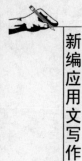

【思考与练习】

写作题

请你模仿例文的结构形式及写法，写一篇《对我校在校生（业余大专生或高职生、技校生、中专生）课外阅读现状的调查及分析》或《对我校毕业生就业情况的调查》的调查报告。要求在写作前进行深入细致的调查研究，并运用个别访谈法与问卷调查法获得事实材料及有关的数据。字数不限，可以根据实际情况而定。

第六章　财经应用文

【学习目的】本章重点学习合同、劳动合同、经济活动分析报告、市场策划书的概念、特点、写法，掌握它们的写作格式及写作要求。

第一节　经济合同

一、经济合同的概念和特点

（一）经济合同的概念

经济合同是民事主体的法人（指依法成立并能够以自己的名义行使权利、承担义务、进行经济活动的组织）、其他经济组织、个体工商户、农村承包经营户相互之间为实现一定的经济目的并经双方当事人或多方共同商定、确立相互权利和义务的协议。

市场经济的实质是法制经济。在社会主义市场经济条件下，经济合同为我国市场经济下的各类经济组织之间的经济合作的公允、有效性提供了法律保证，对维护社会主义市场竞争秩序起着十分重要的作用。

（二）经济合同的特点

经济合同是合同类文书的一种。它除了具有合同类文书共有的特征，如依法签订的严肃性、合同签订的自主性、当事人地位的平等性等之外，还具有自身的突出特征。

1. 合法性　合同的合法性主要表现在主题、内容、订立程序和表达形式符合法律规定几方面上。

（1）合同的当事人必须是法人。订立合同的当事人，应当是具有相当民事权利能力和民事行为能力的自然人、法人或组织，即具有法人资格。法人是指具有一定的组织结构、独立的财产或独立预算，能够以自己的名义进行经济活动，享有权利和承担义务，依照法定程序成立的国家机关、企事业单位、社会团体等。当事人可委托代理人订立合同。《中华人民共和国合同法》明确规定，合同主体既包括法人，也包括自然人或其他组织。

（2）合同的内容必须合法。《合同法》第七条规定："当事人订立、履行合同，应当遵守法律、行政法规，尊重社会公德，不得扰乱社会经济秩序，损害社会公共利益。"否则为无效合同，不受法律保护。

（3）订立程序必须合法。任何一种经济合同都必须依据国家有关法规和条例签订。合同的订立一般应分两个步骤进行。

● 要约。所谓要约，是指当事人一方向当事人另一方提出订立合同的建议。其建议的主要内容可包括订立合同的愿望，合同的主要条款，要求对方予以答复的期限，等等。合同的要约方所提出的合同建议文本仅供受约方考虑是否接受要约或提出修改意见的参考。在受约方未与要约方正式协商并订立合同之前，其要约方的建议文本中所有条款均不具法律效力。

● 承诺。所谓承诺，是指受约方完全接受要约方要约的表示。如果受约方对要约方的条款提出任何一点修改要求，就不能视作承诺。只有在要约方与受约方就提出的新要约协商一致后，方能视作承诺，合同也就成立。一般来说，在合同的订立过程中，双方当事人总要为着自身利益而与对方讨价还价，所以合同要经过要约、再要约的多次反复和协商才能最后签订。

《合同法》规定："依法成立的合同，对当事人具有法律约束力。当事人应当按照约定履行自己的义务，不得擅自变更或者解除合同。""依法成立的合同，受法律保护。"根据国家规定，必须经过公证或鉴证的合同，在公证或鉴证后才能生效。合同一旦订立，即具有法律约束力，当事人必须全面履行合同规定的义务，并享有合同规定的权利，任何一方不得擅自变更或解除合同。

（4）合同的文本格式必须合法、统一。除某些有特殊要求的合同外，一般合同的文本格式，应尽可能采用合同管理机关或有关行业主管部门规定的统一的文本合同格式，以保证合同的完整、齐备、规范和可靠。

2. 合意性　经济合同的双方当事人都享有一定的权利，同时须承担相应的义务。因此，合同双方的当事人在签订合同时，应本着平等自愿、公平、公正、诚实信用的原则，既反映当事人各方的权利，又反映当事人各方的责任和义务，任何一方不得把自己的意愿强加给对方。

（1）平等。《合同法》第三条规定："合同当事人的法律地位平等，一方不得将自己的意志强加给对方。"平等原则包括：当事人的法律地位一律平等；合同中的权利义务对等；合同当事人必须就合同条款充分协商，取得一致，合同才能成立。

（2）自愿。《合同法》第四条规定："当事人依法享有自愿订立合同的权利，任何单位和个人不得非法干预。"自愿原则包括：当事人依自己的意愿自主决定是否订立合同；签订合同时，当事人有权选择对方当事人；合同内容由当事人在不违法的情况下自愿约定；合同履行过程中，当事人可以协议补充、协议变更合同有关内容；当事人可以协议解除合同；发生争议时，当事人可以自愿约定解决争议的方式。

（3）公平。《合同法》第五条规定："当事人应当遵循公平原则确定各方的权利和义务。"公平原则包括确定各方的权利和义务；根据公平原则确定风险的合理分配；根据公平原则确定违约责任。

（4）诚实信用原则。《合同法》规定："当事人行使权利、履行义务应当遵循诚实信用原则。"

诚实信用原则包括：订立合同时，不得有欺诈或者其他违背信用原则的行为；履行合同时，当事人根据合同的性质、目的和交易习惯履行及时通知、协助、提供必要条件、防止损失扩大、保密等义务；合同终止后，根据交易习惯履行通知、协助、保密等义务。

（5）双向、等价有偿性。经济合同是双向有偿合同。经济合同所反映的商品交换关系，是建立在平等互利基础上的，必须体现等价交换的原则，每一方当事人要为自己获得的财产利益向对方偿付相应的代价，双方当事人的权利义务是对等的，因而当事人之间的行为是等价有偿的。

二、经济合同的种类

经济合同种类繁多，可以从不同角度对其进行分类。

（一）按合同的不同格式分类

按合同的不同格式，可分为自拟式（指合同双方当事人依法自主协商一致拟订的合同格式）、专业式（指由专业部门依据其专门业务特殊需要而拟订的合同格式）、规范式（指由国家级合同管理部门颁布的各种合同统一文本格式）。签订合同时，一般无特殊情况和要求的均应采用规范式合同。

（二）按合同的内容和业务范围分类

按经济合同的内容和业务范围，可分为 15 种合同：

1. 购销合同（包括供应、采购、预购、购销结合及协作、调剂等合同）　指供方提供产品给需方、需方接受产品并按约定价款支付的协议。

2. 建筑工程承包合同（包括勘察、设计、建筑、安装合同）　指建设单位作为发包方，勘察设计或建筑安装单位作为承包方完成建设工程任务，并经验收合格，以约定酬金支付的协议。

3. 加工承揽合同（包括加工、定做、修缮、修理、复制、测试、检测等）　指承揽方完成定做方加工承揽的要求，而定做方按约定酬金支付的协议。

4. 货物运输合同（包括铁路、公路、水路、航空运输合同和联运合同）　指承运方按托运方的要求将托运物品安全完好运达指定地点并经收货人验收，托运方按约定运输费支付的协议。

5. 供用电合同（包括工业、农业、生活用电合同）　指供电方按要求为用电方输送电力，用电方按约定用电并支付电费的协议。

供用水、供用电合同，参照供用电合同的有关规定。

6. 保管合同　指保管方按存货方的要求保管物品，到期完好归还存货方，存货方按约定保管费支付的协议。

7. 仓储合同　保管方储存存货方托管的仓储物，存货方支付仓储费的合同。

8. 租赁合同　指出租方将租赁物交由承租方在约定时间内使用，承租方按约定租赁期满时间归还财产并支付约定租金的协议。

9. 借款合同　指由国家金融机构作为贷款方，将货币交付借款方使用，借款方按约定用途使用，并在贷款期满后按时归还本息的协议。

10. 财产保险合同（包括财产、农业、责任、保证、信用等保险合同）指投保方以财产或某种权益为保险标的向保险机构投保，保险方在出现保险事故时按规定负责赔偿责任的协议。

11. 委托合同　指委托方和受托方约定，由受托方处理委托方事务的合同。

12. 行纪合同　指行纪人以自己的名义为委托方从事贸易活动，委托方支付报酬的合同。

13. 居间合同　指居间方向委托方报告订合同的机会或者提供订立合同机会的媒介服务，委托方支付报酬的合同。

14. 技术合同　指当事方就技术开发、转让、咨询或服务订立的确立相互之间的权利义务的合同，包括技术开发合同、技术转让合同、技术咨询合同、技术服务合同、成果推广合同。

15. 赠与合同　指赠与人将自己的财产无偿给予受赠人，受赠人表示接受赠与的合同。

（三）按经济合同的表现形式分类

按经济合同的表现形式分，可分为：① 条款式经济合同；② 表格式经济合同；③ 条款表格结合式经济合同。

三、合同的基本要素、格式及写法

（一）合同的基本要素

按《经济合同法》第十二条规定，经济合同应具备以下主要条款：

1. 标的　标的是双方或多方当事人权利义务共同指向的对象，即双方当事人要求实现的具体目的。不同性质的经济合同其标的各不相同，一般有四种：① 实物。如租赁合同中的租赁物、购销合同中的商品等。② 行为。即劳务，如加工承揽合同中的加工行为等。③ 工程项目或智力成果。如建筑承包合同的建筑工程项目或技术转让合同中的专利技术等。④ 货币。如借贷合同中的货币、财产保险合同中的赔偿金等。

经济合同中的标的决定着合同的性质和要求，反映了双方当事人签约的目的要求，是确立双方权利义务的基础，因此必须具体明确。没有标的或标的不明确的合同是无法履行的，如标的是商品货物，就应写明该商品的名称、规格、型号、商标、产地等。

标的要用准确的语言表达，绝不能用含糊不清或有歧义的词语，以免发生纠纷。

2. 数量　数量是以度量衡计量的标的重量、个数、长度、面积和体积等。数量是衡量双方权利义务大小的尺度。在不同性质的经济合同中，应根据不同的标的物使用相应的计量单位，同时应按国家有关度、量、衡的统一规定和方法计量，而且要规定得准确、具体，切忌使用模棱两可的抽象单位。如购销合同，除写明总数量外，还应写明按季、按月、按旬直到按日、按批提供的数量。

除计量单位要具体外，亦应写明计量方法。有的还需写明交货数量或者正负尾差、合理磅差、超欠幅度及损耗等。如果标的以劳务为内容的，计量方法一般用工作量或劳务量来计量（如加工件数、天数）；标的以货币为内容，计量方法一般以货币单位来计量。

3. 质量 质量是对标的质的要求，反映标的的产品或劳务的优劣程度，是标的内在素质（包括物理的、机械的、化学的、生物的等）和外观形态的综合。它包括两方面的具体要求：一方面是指产品的外观形态，如造型、结构、色泽、味觉等；另一方面是指产品的内在成分，物理和机械性能、生物特征等。合同标的质量要求应力求规定得具体、明确，应当包括技术、等级、检测依据等。

有法定标准可依的，要明确指出遵循的是国家标准、地方标准或企业标准；没有法定标准可依的，要明确双方协议的具体标准，如规格、标准、等级等。此外，还应另附协议书或提供样品，并写明技术要求、验收规则，以便执行中检查、监督。

订合同时，质量的表述方法可灵活多样。如：① 附说明书和图纸；② 封存货样做验收依据；③ 写明品牌、商标、产地名称；④ 规定标的规格、标准、等级；等等。总之，标的质量规定应明确、具体，否则发生纠纷难以分清责任。

4. 价款或酬金 两者简称价金，是取得合同标的一方向对方支付的以货币数量表示的代价。取得对方产品而支付的代价，叫价款。如购销合同的货款、供用电合同的电费等。获得对方劳务或智力成果而支付的代价，叫酬金，如进行设计、施工、运输、保管等劳动服务而得到的报酬金额、加工承揽费、货物运输费等。价金条款一般包括价格组成、作价办法、作价标准、调价处理办法等。价款中有单价和总金额。表格式合同以阿拉伯数字写单价，以大写汉字写总价，条款式合同则用汉字大写。产品价格应按国家规定的价格及作价办法作价，国家没有规定价格的商品，可由双方当事人协商议定价格，价款必须标明币种，并注明是否含税价。

5. 履行期限、地点和方式 履行的期限是指合同双方当事人相互向对方履行义务的具体时限，即交付标的和支付价金的时间，它是判断经济合同是否按时履行的标志，也是检查违约责任的依据。如在加工承揽合同中，一方面要写明承揽方完成劳务的具体时限，另一方面也要写明定做方支付酬金的具体时限。如购销合同中交货日期的计算：送货制以需方收货戳记为准；提货制以供方通知提货为准；代运制以发运产品时承运部门的戳记为准。

如属分期完成劳务或分期支付酬金，则应写明分期履行时限。如按季、按月，还是按旬、按日，少数产品有连续供应关系的，可按生产周期，但不能把类似"年内交货"的含糊词句写进合同。

合同的履行期限与合同的有效期限不是同一概念。有效期限是指合同具有法律效力的时间范围。在有效期限内，合同的履行期限往往可以分期履行。但如果合同的有效期限和履行时间一致，则只需写明履行期限。

履行地点，是指当事人履行合同规定义务的地点，即交（提）取货、提供劳务、验收、付款的具体地点，它关系到履行合同的费用和时间，必须表述确切。如承运货物的地点、供用电区域，都应准确、具体。我国类似地名、同音地点很多，为避免差错，要写清省、市、县的全称。凡是合同履行与地点有密切关系的，必须注明履行的确切地点。如货物运输合同中，装货和卸货地点就非常重要。无论是装货或卸货地点出现差错，都会给承运方造成损失，引起合同纠纷。为了避免因地点同名、同音出现错误，地点应写明省、市、县名称。

履行方式是指合同当事人履行义务的方式、方法。如购销合同中的提货方式、借款合同的还贷方式等。不同的合同标的有不同的履行方式。一般有三种类型，即货物交付方式、价款结算方式和任务完成方式。货物的交付方式应明确规定货物是一次交付还是分期交付，是自提还是代办托运。价款结算方式应明确规定是委托银行收款还是支票转账，是一次付清还是分次付清。任务完成方式则应明确规定是由当事人自己履行还是委托他人代为履行等。上述履行方式的选择采用，均需经双方当事人协商一致确定。

履行期限、地点、方式是合同中最容易引起纠纷的条款，因此，双方当事人在签订合同时，对这三点的规定应力求具体、明确。

6. 结算 结算方法要根据具体情况，按照我国银行结算方法的规定，分别采取银行汇票、支票、汇兑、委托收款、一次付款、分期付款六种信用支付工具和结算方式。合同履行义务时，除法律另有规定外，必须用人民币计算并通过银行结算，允许预付款的商品，订立合同时，必须注明开户银行、账号以及结算方式等。

7. 违约责任 违约责任又称罚则，是指当事人因过错不履行或不完全履行合同义务应承受的经济制裁措施。这些措施包括支付违约金、支付赔偿金、承担因违约而造成合同履行增加的费用等。这是对不按合同规定履行义务一方的制裁措施，核心问题是经济责任，它是维护合同法律严肃性的法定必备条款，是确保签约当事人权益的一种担保形式。此外，它还是仲裁合同纠纷、认定合同责任的依据。

承担违约责任的主要方式是支付违约金和偿付赔偿金。违约金是不履行、不完全履行合同的一方当事人，依照法律或规定的条款，偿付给对方一定数量的资金，这是合同的法定必备条款。法定的或预先约定的，不管是否给对方造成实际损失，违约方都要支付违约金。一方违约给另一方造成财产损失而没有违约金或违约金不足以弥补损失时，要偿付赔偿金，其作用是补救一方的损失。书写这两项内容时，应格外谨慎，要写明给付的条件、数额和比例。

违约金和赔偿金的数额有法定标准的应按法律规定签订，没有法定标准的则由双方当事人协商约定。违约责任的签订对于督促合同当事人履行合同义务，并在违约发生后依法解决经济纠纷、维护正常经济秩序都具有十分重要的作用。为了确保经济合同顺利实施，双方当事人还可协商采用司法公证和担保的方式。担保的形式有违约金、定金、保证金、抵押和留置五种形式。

8. 解决争议的方法　发生经济合同纠纷时，当事人可以通过协商或者调解解决，当事人不愿通过协商解决或协商调解不成的，可以依据合同中仲裁条款或事后达成的书面仲裁协议向法院起诉。

经济合同的主要条款除上述内容外，《经济合同法》第十二条还明确指出，"根据法律规定的或按经济合同性质必须具备的条款，以及当事人一方要求必须规定的条款，也是经济合同的主要条款"。这里所谓"按经济合同性质必须具备的条款"，是指各类性质的经济合同除经济合同通用条款外，还包括根据不同标的的特殊情况拟订的条款。如财产租赁合同，除通用条款外，还可写明租赁用途、租赁期间的财产保养和维修条款。

（二）格式与写法

1. 合同的格式　合同的格式有条文式、表格式、表格条文结合式三种。

（1）条文式。条文式合同是把双方或多方当事人协商一致的内容逐条写入合同中。条文式合同的特点有：① 灵活性较大：内容繁复，条文亦多；内容简单，条文亦少。② 书写内容详尽、完备，能把双方协商一致的意见表达得更完整、更充分，适合于相对比较复杂或缺少惯例的权利义务关系的确立。③ 便于检查、监督，若执行中发生纠纷，举证方便。适合于标的数量大、内容复杂、当时不能结清的非经常性的经济业务。

（2）表格式。表格式合同是按国家工商行政管理局制定的《中国经济合同统一文本格式》要求，将合同涉及的内容设计在一份表格中，预先印出统一固定的合同表格，签订时把双方协商一致的内容逐一填入表中。表格式合同醒目简便，且印有约定俗成的、较为完备规范的条款，可减少经办人员因缺少经验或粗心大意而造成的疏漏，节省起草时间，提高工作效率，同时也便于存查，适合于标的单一、计算简单、经常性的经济业务。

（3）表格条文结合式。即将合同的部分内容如标的、数量、金额等以表格形式列出，其余内容用条款形式来表达。它兼有表格式醒目简便和条文式细致全面的优点。

2. 合同的写法　经济合同的结构依次由标题、当事人名称、正文和签订日期组成。

（1）标题。经济合同的标题一般由合同的性质和文种构成。如《购销合同》、《建设工程承包合同》等。

（2）合同编号、签订地点、签订时间、当事人的名称。于标题下方靠右标明合同编号、签订地点和签订时间。部分合同书不标签订地点，签订时间放在合同末尾。

标题（或签订时间，无签订时间时写合同编号）下方靠左，标明当事人名称。首次出现应写全称。为下文行文方便，可在当事人名称旁后加冒号，然后注明"甲方"、"乙方"或以不同性质的合同习用称谓注明。如租赁合同，可用"承租人"、"出租人"；购销合同可用"供方"、"需方"；建筑工程承包合同可用"发包方"、"承包方"；等等。如果合同要求有编号的，当事人名称应置于标题下面的左方，当事人名称上下排列，编号置于标题下面的右方。

（3）正文。合同的正文包括前言、合同条款和结尾三部分。

● 前言。说明订立合同的目的和依据。经常用"为了……，经双方协商同意，签订本合同，并共同遵守"之类的句式表述。

例如，《商品房买卖合同》的开头是："根据《中华人民共和国合同法》、《中华人民共和国城市房地产管理法》及其他有关法律、法规之规定，买受人和出卖人在平等、自愿、协商一致的基础上，就买卖商品房达成如下协议。"

● 合同条款。即双方协议的内容，这是条文式合同的关键部分。按《经济合同法》第十二条规定，经济合同应具备以下主要条款：必备条款（法律规定或按合同性质必须写明的条款）和选择条款（双方协商一致的内容），即标的、数量、质量、价款或酬金，履行期限、地点和方式，违约责任，解决争议的方法、有效期限，文本份额与保存，附件及其他条款。

合同条款的内容要注意完备、齐全，表述要准确、具体。

● 结尾。经济合同的结尾一般包括合同正副本的份数，交存机构，生效和终止期限，附件名称，当事人单位及代表签章，合同订立日期，当事人单位的地址、邮编、电挂、电话、开户银行、账号，等等。

四、写作合同的注意事项

经济合同一经签订、鉴证，即具有法律效力，因而经济合同的撰写是异常严肃的工作。为确保合同的顺利履行，撰写时必须注意以下几点。

（一）条款内容要全面、周详

条款内容体现着双方的利益和目的。合同订立时应首先注意条款是否完整全面地表达了双方的权利和义务，即合同的必备条款不能残缺，表达的内容不能有遗漏，避免引起纠纷。

合同必须具备三项条款：

第一，合同或法律规定的主要条款。如标的、数量、质量、价款或酬金，履行期限、地点和方式，违约责任。

第二，根据合同性质应写上的条款。如购销合同涉及的产品包装问题，保管合同涉及的损耗问题，都应写进合同。

第三，当事人一方提出要求，并经双方协商一致的内容。如购销合同中，需要对货物运输、包装有特殊要求的，经双方协商一致后作为主要条款写入合同中。具体来说下面几个方面的内容要书写翔实：① 产（商）品名称、规格；② 产（商）品的数量和计量单位；③ 产（商）品质量的要求；④ 产（商）品的等级、价格；⑤ 交接方法、时间、地点；⑥ 产（商）品运输途中的损耗及验收方法；⑦ 结算方式、开户银行、账号及其代转、代收单位；⑧ 违约责任划分；⑨ 双方协议的其他事项。

（二）合同的规定要具体、明确

合同是具有法律约束力的文书，是执行的依据，只有内容具体、明确，才便于各方履行及检查，以免发生纠纷。如供货合同中，供货方负责日后维护，而人员的旅费、工资由谁支付，都应在合同中具体规定清楚。

（三）合同的措词要准确、严密、简练

合同兼具法律文书和经济文书的双重性质，它既督促双方按合同履行义务，又直接关系到签约双方的经济利益或其他权益。因此，写作合同时要字斟句酌，做到无懈可击，杜绝由于措词含糊不清、语义不明而造成纠纷。

（四）合同不得随意涂改

合同一经签订，即可生效。任何一方不得从己方的利益出发，擅自修改内容。如发现合同内容有欠缺、文字有错漏，或者发生特殊情况确需补充或更正的，应由双方协商，并将协商一致的改动意见另立函件交换，作为合同的附件，并加以签章后方为有效，必要时需公证部门鉴证。

1. 要符合合同当事人的实际　当事人在签订经济合同时，对另一方的要约条款能否承诺一定要本着实事求是、量力而行的原则，绝不可抱着先签了再说的态度，盲目签订。这种现象往往是造成合同不能履行或不能完全履行的重要原因，它会给当事人的经济利益甚至国家计划的完成带来不利影响。

2. 要准确充分表达双方当事人的要求和意愿　经济合同签订之前，有关当事人都是经过充分协商的。合同的撰写者必须准确理解、把握双方当事人权利和义务的关键所在，并给予精当、确切的表述，切忌用语模糊，存在歧义。

3. 不可随意涂改　经济合同一旦签订后不得随意涂改、修正，若确实需要修订或补充内容时，必须经双方当事人共同协商，并在合同修改处加盖双方印章；若合同须重新签订，则应先签订撤销原合同的协议。无论是原合同作了修改或是原合同撤销重新签订，若原合同是经过司法机关鉴证的，都应通知原鉴证机关备案。

五、范文评析

[例文]

购销合同

甲方：××市服装公司

乙方：××棉纺厂

经双方共同协商同意，订立本合同以资共同遵守。

一、产品名称、货号、品种、规格、质量、数量、交货期。（以下表格略）

上表所列各项，如双方遇到实际困难时，可在各档花色品种、数量的10%范围内予以调剂。如需要大量变更时，必须取得对方同意，否则应承担由此造成的经济损失。

二、产品的规格、质量、技术标准，按部颁标准执行。

检验方法，以乙方自检为主，甲方在流通过程中，如发现规格、质量不符，应由乙方负责处理，甲方应予以协助；如发现数量不符，由双方共同处理，应分析情况，明确责任，经济损失由责任方负担。

三、产品出厂价格，按国家统一规定价格执行。

执行过程中，如遇国家统一调整价格时，则按国家统一调整的价格执行。

四、产品的包装标准，按统一规定的针织品包装标准，进行分箱包装，包装物由乙方负责。

五、产品的包装纸和宝塔线，由乙方在签订合同时提出计划，甲方应保证供应，费用由乙方负担，如甲方按计划供应，乙方不负延期交货的责任。

六、乙方应保证按合同规定的日期，按月分期交货，按季结算。如遇特殊情况，可在5%的范围内欠交或超交。

七、货款结算，甲方应在乙方送货验收后，从货到验收日起3天内付款。如遇假日顺延。

八、乙方未能履行合同，应负下列经济责任：

1. 产品花色、品种、规格、质量不符合同规定，必须返修或重新加工的，则按质量论价；如要大量变更花色品种，则须经双方根据实际情况商定，否则应偿付甲方变更部分货款总值的5%的罚金。

2. 产品数量不符合合同规定，少交产品，而甲方仍需要的，应照数补交，并承担延期交货的罚金。如不能交货而需要撤销合同的，则应偿付甲方以不能交货的货款总值20%的罚金。

3. 甲方验收时，发现产品外包装不符合合同规定，必须返修或重新包装，不符合合同规定造成货物损失的，应由乙方负责赔偿。

4. 产品交货时间不符合合同规定，每延期一天，应偿付甲方以延期交货部分货款总值5%的罚金。

5. 不符合合同规定的产品，在甲方代管期内，乙方应及时处理。万一发生天灾人祸等意外事故，则由乙方自行负责。

九、甲方未履行合同，应负下列经济责任：

1. 中途变更产品的花色、品种、规格、质量或包装的规格、质量，由双方根据实际情况商定，否则应偿付乙方部分货物总值或包装价值5%的罚金。

2. 中途撤销合同，应偿付乙方以撤销部分货物总值20%的罚金。

3. 未按合同规定日期付款，每延期一天，应偿付乙方以延期付款总数5%的罚金。

4. 按照双方联系的送货日期，无故拒绝接货，应偿付乙方该批货款总值每天5%的罚金。

5. 产品在运输途中发生丢失、短缺、残损等责任事故，应负责向承运部门交涉索赔，乙方亦予以协助交涉。

十、上述应该偿付的罚金，其总额不得超过未履行合同部分的货款总值。应偿付的违约罚金，应在明确责任后10日内，按银行结算办法拨付，否则按延期付款处理。任何一方不得用自行扣发货物或扣付货款来冲抵。

十一、由于人力不可抗拒或确非企业本身造成的原因而不能履行合同的，经仲裁机关查实证明，免予承担经济责任。

十二、以上各条经双方有工商行政管理机关付印鉴证后生效，至合同任务完成时终止。如有未尽事宜，则可由双方商定补充，并报鉴证机关备案。

十三、本合同一式9份，正本2份，甲、乙方各执1份；副本7份，分送各有关部门存查。

甲方   乙方
单位：_____服装公司（公章） 单位：_____棉纺厂（公章）
代表：_____（签章）   代表：_____（签章）
地址：_____   地址：_____
电话：_____   电话：．_____
开户行：_____   开户行：_____
账号：_____   账号：_____
鉴证机关：_____市工商行政管理局（公章）
签约日期：_____年_____月_____日

评析：这是一份购销合同。标题标明了合同的性质和文种。在前言之前写了双方当事人的单位名称，省略了签订地点，签订时间在落款中。合同编号未写，这不利于双方当事人对合同的管理与保存。全文为表格条文式写法。开头用文字写出订立合同的目的、依据与原则，语言高度精简。主体为表格条文结合式，标的（产品名称、货号、品种、规格）、数量、质量、交货期用表格列出，简单清楚，一目了然。其他内容用条文写出，内容全面，语言表述清楚。

结尾部分的内容全面清晰。

【思考与练习】

一、填空题

1. 合同是平等主体的＿＿＿＿＿、＿＿＿＿＿、＿＿＿＿＿之间设立、变更、终止民事权利义务关系的协议。

2. ＿＿＿＿＿指合同当事人意愿的真实表述。

3. 表格式合同是根据业务实践经验和教训而设计定型的，比较＿＿＿＿＿，可以避免签订合同双方的经办人因缺乏经验而造成的＿＿＿＿＿。

4. ＿＿＿＿＿是合同双方当事人权利义务所指向的共同对象。

5. ＿＿＿＿＿是指取得对方的产品或劳务等成果时所支付的代价。

6. 违约责任是对不按合同规定履行义务的＿＿＿＿＿措施。这是维护合同双方＿＿＿＿＿的保证。

7. 合同的特点是＿＿＿＿＿、＿＿＿＿＿。

8. 合同的内容一般包括＿＿＿＿＿、＿＿＿＿＿、＿＿＿＿＿、＿＿＿＿＿、＿＿＿＿＿、＿＿＿＿＿、＿＿＿＿＿八项。

二、判断题

1. 凡具有平等民事权利的法人、自然人或其他组织之间签订的合同，都受法律保护。（　　）

2. 合同的标的指的是双方权利义务所针对的实物。（　　）

3. 不管是否给对方造成损失，合同的违约方都要支付违约金。（　　）

4. 不管是否给对方造成损失，合同的违约方都要支付赔偿金。（　　）

5. 合同中最容易引起纠纷的地方是价款。（　　）

三、改错题

指出下面这篇合同存在的问题，并加以修改。

经 济 合 同

甲方：××技工学校

乙方：××建筑公司××施工队

为建筑××技工学校室内体育馆，经双方协商，订立本合同。

1. 甲方委托乙方建造室内体育馆，由乙方负责建造。

2. 全部建造费（包括人工、材料）14万元。

3. 甲方在签订合同后先交一部分建造费，其余在体育馆建成后抓紧归还所欠部分。

4. 工期待乙方筹备就绪后立即开始，争取11月左右完工。

5. 建筑材料由乙方全面负责筹备。

6. 合同一式两份，双方各执一份。

技工学校（公章）

代表人×××（签章）

××建筑公司××施工队（公章）

代表人（签章）

年　月　日

1. 这是一份什么性质的合同？
2. 这份合同条款是否周全？应怎么改写？
3. 条款中哪些语言不符合合同语言的要求？

四、写作题

根据下面提供的材料，写一份条款式合同。要求：符合规范的格式，语言准确，书写工整，标点正确。

××超市代表×××与××纺织品公司代表×××经过协商，决定由纺织品公司向超市供应下列商品：彩条毛巾，货号211，规格330克，单位10条，数量100，单价18元，金额1800元；提花枕巾，货号2121，规格1100克，单位10条，数量50，单价42元，金额2100元；印花枕巾，货号210，规格1100克，规格1000克，单位10条，数量50，单价39元，金额1950元；彩条浴巾，货号2133，规格1650克，单位10条，数量50，单价53元，金额2650元。以上四个品种合计金额8500元。双方商定，四个品种按上述顺序分别在今年7、8、9、10月，每月15日前，由纺织品公司送货到超市后街仓库交货，运费由超市负担。从货到验收后3天内付款，由工商银行托收承付。双方商定，产品质量及技术标准按部颁标准执行，检验以纺织品公司自检为主，超市在货到时抽检。产品包装质量应符合统一规定的针织品包装标准，费用由纺织品公司负担。双方还商定，如果不按规定交货，延期交货一天，纺织品公司应向超市偿付延期供货部分货款总额千分之五的罚金。如果超市未按规定付款，每延期一天，应偿付纺织品公司延期供货部分货款总额千分之五的罚金。双方提出，根据这些内容即日签订一份合同。如有未尽事宜由双方协商解决，或另订协议附件。双方一致同意，合同签订后请本市街坊路工商行政管理所鉴证，从鉴证之日起到本年12月31日为有效期。××超市地址是××市××路××号，电话：×××××××，开户银行：工商银行××路办事处，账号：×××××××。××纺织品公司地址是××市××路××号，电话：×××××××，开户银行：工商银行××路办事处，账号：×××××××。双方在×××年×月×日正式签订合同，并于×月×日由××路工商行政管理所进行鉴证，都盖了公章。合同共5份，正本一式两份，双方各执行1份；副本3份，鉴证机关1份，分送双方主管机关各1份。

第二节　市场调查报告

一、市场调查报告的含义及作用

市场调查是指了解市场需求情况的过程，它运用各种手段，有目的、有计划地对市场供需变化、市场营销等情况进行调查研究，得出正确的结论，提出合理化建议，为企业确定计划目标和经营决策提供科学依据。市场调查报告是把市场调查所搜集的关于商品、顾客、竞争者的情况资料进行分类、整理、分析和研究之后写成的书面报告。

市场调查对搞好企业营销工作具有重要作用，具体表现在以下几方面：

1. 有利于了解市场现状及趋势，按照消费者需求组织生产　市场供求关系常受到商品供应量和用户需求这两方面因素的制约，市场调查报告可以为企业提供市场商品供求现状的信息和数据，对市场供求现状进行分析，有利于企业预测市场供求趋势，及时调整经营方向和销售计划，按照消费者的需求生产适销对路的产品，从而加速资金周转，以获得更大的经济效益。

2. 有助于改善企业管理，增强竞争能力　企业开发新产品及产品发展都要依赖市场。企业的兴衰荣辱与市场息息相关，因此，企业能否及时掌握市场状况，直接影响到企业经营决策的科学性，从而影响到企业的命运。一个企业要在竞争中立于不败之地，必须搞好市场调查，并针对市场变化情况，不断改善经营管理，兴利除弊，发挥优势，增强竞争能力。

3. 有利于加快产品更新换代，提高市场占有率　企业要提高产品的竞争力，适应市场瞬息万变的需求形势，必须依靠深入、及时、准确的市场调查，随时掌握消费者对商品数量、质量、花色品种需求的变化，这样才能迅速研制和生产适销对路的产品，制定有效的广告策略，提高产品的市场占有率。

二、市场调查报告的种类

按照调查的内容划分，市场调查报告可分为以下三种。

（一）关于产品情况的调查

该类报告主要是反映消费者对某种产品的质量、数量、价格、性能、售后服务等各方面的情况的评价、意见及要求。它对企业摸清产品的市场占有率、及时更新换代、增强市场竞争力有重要作用。

（二）关于销售情况的调查报告

该类报告是使用最广泛、数量最多、容量最大的市场调查报告，它主要反映产品销售市场特点、销售状况、影响销售的因素等方面的调查情况，对企业安排生产、组织进货有直接作用。

（三）关于竞争情况的调查报告

该报告主要反映产品竞争能力（质量和价格）、同类企业生产水平和经营特点、开拓新市场等方面的情况，以便为企业提高产品市场占有率、确定产品发展方向和策略提供准确的决策依据。

三、市场调查的步骤和方法

市场调查报告是反映市场调查结果的书面报告，全面、深入的市场调查是高质量市场调查报告的基础，缺乏对第一手调查资料的直接接触，不亲身进行市场调查，是难以判别各种资料的真实性和实际价值的。因此，亲自进行调查，是写好市场调查报告的首要任务。

（一）市场调查的步骤

按调查展开的程序，市场调查分以下步骤：

1. 明确和选择调查课题及其目标　市场调查的第一步，就是确定调查研究的课题。调查课题的选择正确与否，关系到调查报告写作的成败。明确调查的目标、内容和范围，是市场调查报告命题的依据。市场调查的主要目的是通过收集和分析资料，研究、解决经济管理或企业经营过程中存在的问题，然后针对问题寻找正确可行的措施。因此，应根据预测、决策和计划的需要或经济活动中发现的新问题、新情况，确定调查课题。调查课题的项目包括调查的问题及目的要求、调查范围和对象、调查内容、制订调查计划。

2. 明确调查重点　市场调查报告涉及的范围非常广泛，凡是直接或间接影响市场营销的情报资料都是市场调查收集、分析、研究的对象。一般来说，市场调查的重点视调查目标的不同而有所侧重。

（1）消费者情况的调查重点。包括消费者的数量、分布地区、购买力和消费水平、购买动机、购买习惯和心理、消费者对企业及其产品的态度、消费者需求及变化规律等等。

（2）产品情况的调查重点。包括本企业产品在市场上的地位及市场占有率的变化，消费者对企业现有产品的质量、性能、价格、技术服务等方面的评价、意见、期望和要求，产品的外观与包装、商标、广告、售后服务方式是否令人满意及实际效果，产品的竞争力与前景预测，等等。

（3）销售情况的调查重点。包括市场销售指数及发展趋势，销售渠道是否畅通，销售方式、销售网点、销售人员分布是否合理，产品储运情况，等等。

（4）竞争对手情况的调查重点。这里所谓的竞争对手，是指生产同一产品的企业。调查研究的重点是这些企业的总体情况，如生产规模、产品的花色品种、技术工艺、资金状况、拥有人才及其产品的销售量、市场占有率。此外，还要广泛搜集竞争对手每种产品的价格与特征；竞争对手销售的方式、途径以及经销商的数量；竞争对手的广告方式及广告宣传费用、商品和商标的知名度与美誉度；等等。通过对有关信息的分析、比较，判断本企业在竞争中所处的地位、优势和劣势。

3. 制订调查计划　具体内容有四方面：① 确定调查课题；② 确定调查对象、范围及重点；③ 选定具体的调查方法、设计调查提纲或问答题及调查表格；④ 选择调查路线、确定调查目标以及组织人员等。

（二）市场调查的方法

1. 询问法　询问法是根据事先确定的调查内容和顺序，通过提问方式获取调查资料的方法。询问法分访问调查、电话调查和问卷调查三种形式。

在现今的市场调查中，较流行的、使用频率最高的是表格调查和问卷调查。

表格或问卷调查是根据企业一定的目的和要求，事先设计和拟定一些问题，要求被调查者书面回答，然后经由对答卷的分析得出结论的方法。问卷或表格调查的优越性在于省时、省事，准确度较高。由于往往采用无记名方式，所以能搜集到被调查者面对面不愿说出的一些真实资料，许多大规模的市场调查常采用这种方法。

设计调查表格或拟定问题时应注意以下几点：

（1）限制性问题和开放性问题相结合。限制性问题角度小，便于明确回答，利于统计结果的分析；开放性问题可自由作答，有利于调查者进一步开拓思路，对新问题、新动向作进一步的追踪、探索。

（2）对调查的问题量要有所控制，提问的意义须清楚、准确，以突出调查重点。

（3）调查问题的排列应具有逻辑性，一般是从浅到深地按照思维的逻辑顺序排列。

（4）所提问题最好以"中性"面目出现，应避免诱导成分、感情色彩和倾向性。否则，所反馈的信息难以客观、真实，调查者的主观看法、期待出现的情况会掩盖调查对象的实际想法。

询问法操作简便，所获信息量大，可直接听取用户反映，便于调查者从真实性、意见性或判断性的回答中分析、综合调查结果，归纳出恰当的结论，具有全面、具体、灵活的优越性。

2. 观察法　观察法是调查者在调查现场考察和统计调查对象有关情况的方法。这种方法由于是在调查对象毫无感知的情况下取得第一手资料，调查结果较客观、真实，但调查面易受时间、精力限制，且耗时长、费用高，往往难以了解潜在的某些因素。

3. 实验法　实验法是指有目的地控制一定的条件或创设一定的情境，以引起实验对象一定的反应或行为的一种研究方法。这一方法的应用目的是通过小规模的试验，并对实验结果进行分析，从而得出是否值得大面积推广的结论。近年来国内普遍采用的开展销会、交易会、订货会、新产品试销专柜等，让用户、经销者直接鉴定和评价产品的方法，就属于实验法。

这种方法在收集调查对象对商品设计、更改包装、调整价格、确定广告宣传重点和创新商品陈列方式或需了解新产品需求情况、预测新产品销售前景时效果较好。由于产销、产需直接见面，因而具有信息反馈快、数据准确、形式活泼等优点。但可变动因素难以掌握，成本较高，资金短缺的企业难以承受，一般只适宜拟大批量投产、上市、需预测产品销售量的产品。

4. 资料研究法　资料研究是在室内对现有资料进行整理、分析，以掌握市场动向的方法。调查人员根据确定的调查主题，将现有资料，如国家和有关部门公布的经济政策、法规和情报、统计资料、报纸杂志等登载的信息和企业的销售资料、会计资料等进行分析，并加以分析和综合，得出结论。资料研究是直接的市场调查的基础，这种方法不受时间限制，资料来源广，费用低廉。但不足的是，借以研究的多为第二手资料，难以判断其准确性，且受到资料不全的限制。运用这种方法须具有资料齐全和调查人员分析、判断能力较强两项前提条件。

上述市场调查方法、方式各有利弊。如询问法中的访问调查，可使调查者直接听取调查对象的意见，反馈迅速，保证资料的准确性，但人力、费用、时间耗费较多，调查结果受调查者的业务水平、工作态度和工作作风的制约。问卷调查法，应用于分布广、距离远、调查项目众多的调查对象时，可节省人力、物力、费用，但答复率难以控制。电话调查，可迅速及时获取资料，但费用较高，不能具体深入地调查问题。按照市场调查必须迅速、准确，以最短时间、最少的费用，取得最理想的调查内容为原则，在实际调查时，应灵活运用上述各种方法，使它们相互配合，相互验证，得出接近实际的科学结论。

四、调查材料的分析

整理资料，就是把调查得来的各种资料归纳、鉴别、筛选，使之条理化；分析资料，就是在整理资料的过程中，对资料进行分析、归纳、比较、研究，得出正确的科学的结论。占有大量资料后，能否写出高质量的调查报告，关键在于整理、鉴别、分析资料的工夫是否充分，方法是否科学。一般来讲，分析研究可按以下步骤展开。

（一）整理核实资料

对资料进行核实，纠正资料中的错误，补充资料中的疏漏，确保资料的准确性和完整性。

（二）对资料进行分类

对资料进行分类，即依照一定的标准、性质对资料加以筛选，将其整理得较系统，便于日后查找、归档、统计、分析和引用。各种资料可用代号表示。

（三）归类统计

旧类统计，即将分类的资料汇总归类后，统计、计算，将各类数据制成直观清晰的图表，如计算表、统计表、统计图等。

（四）进行科学分析

采用各种科学的分析方法，如因素分析法、回归分析法、对比分析法等对资料作分析，理清其因果关系及相互影响。

（五）编写调查报告提纲和撰写调查报告

五、市场调查报告的结构和写法

为便于处理和阅读，市场调查报告的结构一般是固定的，它一般包括标题、前言、主体、结尾四部分。

（一）标题

1. 单标题　大体有两种类型。

（1）公文式标题。由调查单位、调查对象、范围（内容）和文种构成。如《摩托车厂关于205型两轮摩托车产销情况的调查报告》。一般较常见的只写调查对象（内容）、文种，如《气压式保温瓶的市场调查》。文种名称可用"调查"、"考察"或再加上"报告"。

（2）调查报道式标题。直接提示调查报告的主要观点和基本结论。如《胡椒市场由滞转畅》、《电冰箱生产亟待解决厂多、质次、价高的问题》。

2. 双标题　由正副标题组成，正标题提示调查报告的观点，副标题交代调查对象、文种。例如《亟待补虚的主渠道——上海国有批发市场调查》。

市场调查报告的标题可灵活多样，但无论采取哪种形式，都应高度概括，简洁精练，并力求新颖醒目，引人入胜。

（二）前言

前言，即市场调查报告的开头部分，一般可简明扼要地介绍两项内容：① 调查者开展调查的有关情况，如调查目的、背景、时间、地点、对象和动机，采用的方法。② 点明全文的主要内容或基本结论，使人一目了然。这一部分应当采用第一人称的写法。例如：

当前市场的整个走势仍处于疲软状态。这主要体现在两个方面：一是流通领域，部分商品难以动销，产品积压过多；二是居民"惜购"现象加重。而对市场这种"病"情，各级政府、社会各界纷纷都在进行诊断，提出了各种各样的对策与建议。为着重从居民消费角度出发来描述出目前居民消费意向及消费心理现状，安徽省城调队组织了一次问卷调查以供决策部门参考。

由于这次调查要求时间短，因此调查方案设计力求简单明白，将所要调查的四大类问题浓缩在一张问卷表上，表上除数量问题外，其他的问题都采用封闭性问卷，力求问题清晰明白，以便被调查者容易回答，调查的实施即资料的搜集过程，是委托全省11个城住户调查点，将问卷送到被调查家庭里填写的。此次调查发放问卷550份，回收有效问卷484份，有效率达88%。下面就所调查的问题分别简析如下。

（摘自《2001年中国市场价格形势分析和2002年价格趋势预测》）

例文写明了调查的缘由、目的、方法、范围、对象和经过。例文在报刊以新闻方式发表，人称作了变化，成了第三人称，其初稿还是应当用第一人称。

前言部分要求文字简洁、概括，紧扣主题。有的市场调查报告不写前言，开头直接写主体。

（三）主体

主体是市场调查报告的核心。在这一部分里，要根据材料性质和内在联系，对材料作科学的分类和合乎逻辑的安排，并按照认识的规律和习惯安排层次。主体部分由以下三部分组成：

第一部分：概述市场调查现状。这是全文的基础，是得出调查结论的依据。可交代和介绍调查对象今昔占有市场的具体情况，包括供求关系、市场对产品的需求状况、产品和价格情况等。写作这部分要注意：① 概述与详述相结合，一般的情况用概述，具体情况要详尽地阐述；② 文字说明与数字说明、图表说明相结合，使情况更直观、清楚。

第二部分：分析、预测。这是现状的自然延伸，通过对市场历史和现状的分析，预测市场今后的发展趋势和变化规律，或预测调查对象的发展前景。这是写好市场调查报告的关键所在。调查者的市场知识和经验、分析能力和判断能力对市场预测的科学性、准确性起决定性作用。

这部分写作时须注意：① 使用科学的方法，严格进行归纳推理；② 运用评论的方式和结论性语言揭示趋势或规律；③ 若内容丰富，可分条列项，逐一书写。

第三部分：建议或设想。这部分体现市场调查报告的最终目的。市场部调查、预测，是为了作出生产发展的决策。因此，市场调查报告的结尾部分一般应根据分析或预测所作的结论，提出供企业参考的行动计划和措施，或提供解决问题的途径。

这部分写作时应注意：① 所提建议应从实际出发，合理、可行；② 照应上文，考虑与分析预测结论的因果对应关系。如：

通过对居民消费意向问卷调查剖析，我们多少了解到目前市场"病"情状况及其发展趋势，针对此"病"必须开出一副良"药"，使"病"情完全或基本消除。笔者在此提供一些思路性对策：① 完善商业服务工作，转变商业销售中的不良作风，重新唤起消费者的消费热情。……② 大力拓宽消费领域，填补居民的消费空白，合理增加消费者的应有负担，逐步将"暗补"走向货币化。……③ 创造一个舒适的消费外部环境，使消费者能够进行恰当的消费投入。……（例文出处同上）

（四）结尾

结尾是全文的收笔部分，有两种情况：一是报告的正文写完，自然而然地结束；二是总结全文，照应开头，以加深读者的印象。

（五）落款

落款一般是由调查报告的作者署名和写作日期构成。为了文责自负，用于写给有关单位、部门做决策参照的调查报告通常在尾部落款，并注明报告完成的日期。用于向社会公开发表的市场调查报告，作者的名字写在标题之下、正文之前，正中位置署名。结尾就无需注明写作日期了。

六、市场调查报告的写作要求

（一）材料翔实，结论科学

市场调查报告是对市场供求关系及其变化趋势的客观反映。而经济活动和市场情况是瞬息万变的，搜集和尽可能地占有材料，在此基础上进行的分析才有可靠的依据。材料充分、翔实，视野可更加开阔，考虑问题可更加全面，写作时筛选材料才更有余地，所作的结论才能更符合客观事实。

（二）精选材料，突出重点

在有限的篇幅中，我们不可能把搜集到的材料全部写进调查报告中，只有挑选那些能反映市场趋向、对分析现状和规律起决定作用的材料，才能写出高质量、对领导正确决策起积极作用的市场调查报告。相反，如果在市场调查报告的撰写中，不注意材料的分析、取舍，把偶然当做必然，把非关键因素当做关键因素，把不能反映市场趋向的材料当做能反映市场趋势的材料，写成的调查报告就会产生巨大的负效应，对企业的资金投向、产品发展方向产生"误导"，从而蒙受损失。

（三）叙议结合，观点与材料相统一

市场调查报告介绍调查所得的事实和材料，离不开叙述；而要阐明材料的分析过程和结论，则靠议论。叙是摆情况，议是表明观点。缺少叙述，观点会显得空泛，缺少依据；缺少议论，则流于罗列现象、堆砌材料。因此，必须借助叙述，让事实说话，才可使结论令人信服，借助议论才能使结论更加鲜明突出。由此可见，叙议结合，是观点与材料相统一的理想搭配。

（四）讲究时效，编写迅速、及时

市场情况是瞬息万变的，因此，写市场调查报告要讲究时效，即市场调查要及时，搜集材料、分析情况要迅速，编写工作要快捷，时过境迁会使搜集到的资料和计算的数据失去效用，所写的市场调查报告自然也不具备实际价值。

七、范文评析

[例文]

2007 年 7 月中国用户手机市场关注的调查报告

暑期的到来，使得手机市场上低端产品关注出现波动。但由于中国手机市场较为成熟，因而整体变化并不是很大。诺基亚在整体市场以及音乐手机

市场仍霸占近五成的关注度，而在智能手机市场上更是独霸七成以上比例。

通过调查，互联网 IT 产品消费调研中心 ZDC 总结本次调查报告的以下亮点：

其一，诺基亚与索爱关注度继续保持上涨，三星与摩托罗拉市场不容乐观。

其二，音乐手机仍是市场的主流，但是其与智能手机市场关注均出现下滑。

其三，手机市场趋于稳定，主流价位区间停留在 1000～2000 元之间不变，并把持四成以上的关注比例。

其四，200 万像素产品暂时不会受到其他像素产品威胁，市场主流地位稳定。

一、整体市场品牌关注对比

2007 年 7 月份，三星与摩托罗拉发布了各自的二季度财报，虽然三星在全球市场上的手机销量超出摩托罗拉至少 140 万部，但是，据互联网 IT 产品消费调研中心 ZDC 的关注数据显示，三星在中国市场上的关注度并没有超过摩托罗拉，并且二者在关注比例上同比 6 月份均出现下跌的势头。

下图是 2007 年 7 月中国手机市场最受关注的 15 大品牌排行榜。（图略）

调查结果显示，诺基亚以 48.1% 的关注比例继续捍卫手机市场冠军的宝座。索爱与摩托罗拉随后，关注比例在 10～16 个百分点之间。当前，摩托罗拉在手机市场上不容乐观，虽然 V8 等系列新产品开始逐一面市，但是很大程度上还带有 V3 的影子，可见至今摩托罗拉仍未突破 V3 产品外观设计的圈子。

三星的关注比例已经降至 10 个百分点以下，为 9.1%。位居第五至第七的联想、多普达与 LG 关注比例在 2～3.5 个百分点之间，由较小的关注比例差别可见，三者在排行榜上争夺较为激烈。随后厂商关注比例均降在 2 个百分点以下。

以下是 2007 年 6 月与 7 月最受关注的前十大厂商关注比例对比状况。（表略）

通过横向与纵向对比来看，可以发现 2007 年 7 月手机市场品牌格局呈现出以下主要特征：

首先，诺基亚、索爱继续上升，诺基亚独占市场近半壁江山。

由数据调查结果可见，与上月相比，诺基亚关注比例继续保持上升的势头，使得关注比例达到 48.1%，接近整体市场的一半。在本月，诺基亚 N95、E90、N76、8600 等高端机型纷纷上演高台跳水，带动关注提升。但是由于关注基数较大，因而上升幅度不及 1 个百分点。

在主流厂商当中，关注比例保持上升的还有索爱。暑期的到来，使得索爱音乐手机更为年轻学生消费群体青睐，致使其关注比例同比高出上月 0.5 个百分点。在 ZDC 的关注调查中显示，虽然索爱关注比例保持了 4 个月的上涨势头，但是涨速缓慢。

其次，摩托罗拉与三星下跌，市场关注不容乐观。

同上月相比，摩托罗拉下跌了 1.1 个百分点，成为 7 月份手机市场降幅最大的厂商。随后的三星也保持下跌的势头，但是下滑幅度相对于摩托罗拉来说较小。针对三星在全球销量已经超过摩托罗拉这一状况，赛迪顾问预测，到 2007 年底，三星将会在中国手机市场超越摩托罗拉，而低端机型将成为三星在中国市场进入"第二春"的重要因素。

但是诺基亚与索爱的销量持续上涨，不断蚕食市场份额，对三星与摩托罗拉来说，市场形势均不容乐观。

最后，手机市场排名较为稳定，其他厂商关注悬殊较小。

在手机市场主流的十大厂商当中，整体排名处于相对稳定的状态。除了诺基亚、索爱、三星与摩托罗拉占据较高的市场份额外，其余厂商关注比例较小。

而从 6 月份和 7 月份对比结果来看，手机市场仍处于高度集中的状态。仅诺基亚一家厂商就独占了整体市场四成以上的关注比例，并不断吞食其他厂商份额。而三星与摩托罗拉这两家厂商在中国手机市场面临市场争夺的战役。

二、七大区域品牌分布调查

1. 区域分布对比（图略）

据 ZDC 调查结果显示，各个区域市场关注度同上月相比保持平稳的状态。华南区域仍保持整体市场 1/3 以上的关注比例。其次是华东市场，关注比例为 19.5%。华北与华中区域关注比例在 10 ~ 16 个百分点之间振荡，同上月相比波动幅度不大。东北、西北以及西南区域市场关注比例处于 5 ~ 7 个百分点之间，彼此悬殊较小。

2. 区域市场品牌关注对比

根据本月最受用户关注的手机排行榜分布状况，ZDC 对市场主流的前十大厂商在全国七大区域分布状况进行调查，各大厂商区域分布比例对比见下表（表略）。

首先，从横向十大手机厂商在不同区域市场的关注分布状况来看：

诺基亚在七大区域市场上均具有较强的竞争力，各个区域市场关注比例均超过 40 个百分点。其中华南区域表现最为突出，关注比例超过 50%。但是在西北市场，诺基亚关注比例稍有削弱。

索爱在各个区域市场稍有不平衡，其在华南市场表现较为突出，关注比例超过 20 个百分点。而在华北市场关注劣势也较为突出，仅占据 12 个百分点。与索爱相似，摩托罗拉关注也出现不均衡的现象，在华南市场关注较低，不足 7 个百分点左右，同比低于华北市场 7 个百分点以上。

三星在华南市场的劣势也是较为突出的，其关注比例不足 7 个百分点，在其他区域市场上关注比例均在 8 ~ 11 个百分点之间波动。随后的其他六大厂商关注比例均在 5 个百分点以内，且各个区域悬殊不大。

其次，从十大厂商在不同区域的纵向关注对比来看，诺基亚市场老大位置最为稳定。索爱与摩托罗拉争夺激烈，但除了东北市场摩托罗拉稍占优势外，其余六大区域索爱的优势较为突出。

三星排名较为稳定，仅对摩托罗拉构成较大的市场威胁。联想与多普达在区域市场上的排名不稳定，但是联想占优势。其他厂商在各个区域当中关注比例悬殊不大，导致排名波动相对频繁。

三、不同功能产品关注调查

1. 音乐与智能手机（略）

2. 音乐手机品牌调查（略）

3. 智能手机品牌调查（略）

四、产品关注调查

由于 6 月份与 7 月份处于暑期前与暑期期间，在时间上具有一定的特殊性，因而 ZDC 主要从这两个月当中不同价位与不同像素产品的关注变化来分析市场状况。

1. 不同价位区间产品

当前，手机市场的价位区间已经处于相对稳定的状态，主流价位区间停留在 1000~2000 元之间不变，但受到新品上市、降价促销等影响，关注比例出现上下波动。同比上月，7 月份关注比例轻微下跌 2.1 个百分点，降至 41.4%。

同比上月，除 4001~5000 元之间产品关注度与上月持平外，其他价位区间产品关注度均出现轻微上扬，但是幅度均较低。

2. 不同像素产品调查

7 月份暑期期间，处于市场主流的 200 万像素产品关注出现上涨，但是，由于手机市场相对稳定，因而关注比例上升幅度不大，不足 2 个百分点。

其他像素产品均出现不同幅度的下跌。其中，100 万像素产品已经退出市场主流，关注比例下跌势头较为突出，同比上月下滑 1.2 个百分点，降至 24.1%。

300 万像素产品数量较少，关注比例不足 15 个百分点，对 200 万像素产品不会产生市场威胁。500 万像素及以上产品由于价位偏高，因而不是暑期学生用户关注的焦点，导致同比上月关注比例下跌 0.6 个百分点。

通过产品关注调查结果来看，虽然进入暑期，但是手机市场由于相对成熟，导致关注比例波动幅度较小。1000~2000 元之间的产品仍把持四成以上的关注比例，200 万像素产品暂时不会受到其他像素产品威胁，市场主流地位稳定，机型获得了 2 个百分点以上的关注比例，可见其大有后发制人的势头。

（摘引自 CNET 中国·ZOL，2007 年 8 月 13 日，作者：中关村在线叶侍文）

评析：例文第一部分写明了调查的缘由、目的、方法、范围、对象、经过和调查结果的亮点。前言部分文字简洁、概括，紧扣主题。有的市场调查报告不写前言，开头直接写主体。该市场调查报告的主体核心是概述市场调查现状，文中采用数字说明和图表说明相结合的方法，使情况更直观、清楚。最后调查、预测结论部分虽然简短，但调查者的市场知识和经验、分析能力和判断能力对市场预测的科学性及准确性令人信服。

【思考与练习】

一、简答题

试述市场调查报告的结构。

二、写作题

根据自己所学专业的特点，写一篇市场调查报告。

第三节　经济活动分析报告

一、经济活动分析报告的概念和特点

经济活动是指人们从事物质生产及相应交换、分配、消费的活动。经济活动分析就是以经济理论和经济政策为指导，以计划指标、会计核算、统计资料以及调查研究所取得的有关资料为依据，运用科学分析方法和手段，对企业的全部或部分经济活动进行分析研究，作出客观评价，从中找出规律性和存在问题，分析成败原因，提出建议措施，借以改善经营管理的活动。经济活动分析报告是表述经济活动分析过程和结果的书面报告。

经济活动分析报告具有以下特点。

（一）分析性

经济活动分析报告要对过去或正在进行中的经济活动作客观分析，以便及时评价，从而准确地认识经济活动的态势，科学地开展和组织经济活动。表述经济活动的分析过程，要具体分析研究各种资料、数据及其相互联系。在经济活动分析报告中常用以下的分析方法：

1. 对比分析法　对比分析法又叫比较法，是通过指标对比，以找出产生原因的一种方法。其作用在于具体地说明工作成绩和差距，以采取有效措施，挖掘潜力。常用的形式有：

（1）实际指标与计划指标对比，考查计划完成程度。

（2）本期实际指标与上期完成的实际指标对比，以考查企业经济发展情况，预测经济活动的发展趋势。

（3）本企业实际指标与先进企业指标对比，指通过与国内外同类型、同规模的先进企业的指标对比，以考查本企业各项指标的先进性或落后性，寻求扬长避短、发挥优势、改善管理、挖掘潜力的对策。

2. 因素分析法 因素分析法是依据分析指标与其影响因素之间的关系，按一定程序和要求，从数值上测定影响某一指标的各种因素以及差异影响程度的分析方法。通过因素分析，可以衡量各种因素影响程度大小，有利于分清原因和责任，使评价企业经营活动更有说服力。常用的方式有：

（1）连环替代法。它是将分析指标的各个因素的实际数依次逐个替代基数（计划数或上期数等），每替代一个因素后就计算出分析指标数值，并对比该因素替代前后分析指标数值，两者的差异表明该因素变动对分析指标的影响。

（2）差额分析法。它是先确定各因素本身的差异，再据此计算各自对分析指标的影响的一种因素分析法。其分析结果与连环替代法相同，但计算过程却简单扼要，在实际工作中应用广泛。

3. 比率分析法 比率分析法是利用两个指标的相互关系，通过计算它们的比率，用以考查、计量和评价经济活动业绩优劣的技术方法。常用的形式有相关比率分析法。

相关比率分析法是将两种性质不同但又相关的指标进行对比（相除）算出比率，用以反映生产经营情况的分析方法。例如，将生产成果同职工人数对比，得出劳动生产率，以说明企业生产工人的劳动效率；将利润同产值、销售成本、销售收入等指标分别进行对比，计算出产值利润率、成本利润率、销售利润等经济效益指标，从不同角度反映利润水平。

（二）指导性

进行经济活动分析的目的在于了解影响经济效益提高的薄弱环节，以克服消极因素，改进经营管理，取得最佳的经济效益。因此，经济活动分析报告必须体现鲜明的指导性，对企业经营发展指出明确的方向，为制订新的计划提供真实可靠的依据。

（三）客观性

经济活动的分析是一种客观分析，它根据计划指标、会计核算、统计资料、业务结算或通过调查掌握第一手经济活动反馈资料等来反馈经济活动情况。经济活动分析是一种客观的统计分析、量性分析，而较少主观分析成分。因而，经济活动分析十分注重数据、统计、核算、指数及经济变化因素的客观分析等。经济活动分析报告还十分注重准确真实，虚假的经济活动分析会失去分析的意义和价值。

二、经济活动分析报告的种类

经济活动分析报告种类繁多，按照分析的目的和内容，可分为专题分析报告和综合分析报告。

（一）专题分析报告

指针对经济活动的某个较为突出的问题，进行深入具体的分析后形成的报告。这种分析报告，内容集中，项目单一，一事一议，形式灵活，分析问题透彻，反映问题迅速及时，可以根据需要随时进行。常见的有：

1. 企业成本分析报告　指企业为了正确认识和掌握成本变动的规律性，及时发现在物化劳动和活劳动使用上的节约与浪费情况，便于有效控制成本目标的实现，通过对成本计划情况、成本效益以及主要技术经济指标对产品单位成本的影响等的分析而形成的报告。企业成本分析报告能帮助企业揭开其经营管理上存在的问题和各方面工作中的薄弱环节，从而为制定成本措施提供重要依据。

2. 企业赢利分析报告　指企业为了查明生产经营管理的成绩和存在问题，正确评价各方面的经营业绩，以充分挖掘赢利的潜力，通过对利润计划的完成情况、影响利润的各项因素和影响程度等展开分析而形成的报告。

3. 企业财务状况分析报告　指企业为了优化资产结构，合理使用各类资产，以便于提高其使用的经济效益，通过对企业流动资产、长期投资、固定资产、无形资产、递延资产等的使用状况和使用效益的分析而形成的报告。

4. 企业生产经营分析报告　指企业为了能对生产经营活动进行合理的组织、指挥和调度，以保证其健康有序地运行，从而实现最大的经济效益，根据既定的生产经营计划，对影响计划完成的各种因素、产品质量的达标、资金的周转、销售计划的完成以及人力、物力、财力的利用情况等进行分析而形成的报告。

（二）全面分析报告

又称综合分析报告，是指通过对企业经营过程及其成果进行比较完整系统的分析而形成的报告。报告可供领导和职能部门、各岗位人员全面了解企业的经济活动情况。它一般根据各项主要经济指标完成情况，联系各方面的因素，在全面分析的基础上，抓住生产经营中关键性的问题，进行总结、检查、考核和评价，并从中找出加强管理、进一步提高经济效益的途径。

（三）简要分析报告

又称岗位分析报告，是指一般基层单位的各类人员按岗位职责，对各人分管经济责任指标的预测或完成情况进行分析而形成的报告。多数采用填写表格并附以简要文字说明的形式进行。

三、经济活动分析报告的写法

经济活动分析报告由标题和正文两部分组成。

（一）标题

经济活动分析报告的标题一般由单位名称、时间、分析内容和文种组成。如《××供销公司 2006 年第一季度经营情况分析报告》。具体形式有：

（1）以分析结论为题。例如《关于加强流动资金管理的建议》。

（2）以分析对象做标题。例如《关于××公司库存上升、周转减慢情况的分析》。

（3）以分析时限＋对象为题。例如《×月份××产品成本分析》。

（4）以一般文章标题为题。例如《信贷资产下降的问题必须尽快解决》。

（二）正文

经济活动分析报告的正文通常由概述、主体和结尾组成。

1. 概述　概述部分也称前言部分或引言部分，是正文的开头部分，主要交代经济活动分析对象的基本情况、分析的背景、分析原因或目的、分析的范围和时限等内容，一般起点题和引入主体的作用。有的分析报告则略去该部分。具体写法有：

（1）阐述分析的意义或目的。即先对分析的背景、重要性、必要性作简要的阐述，以引起读者的注意，达到引入主体的作用。

例如，《国内棉花市场价格缘何持续上涨》一文的开头：

2003 年，国内棉花市场供求关系趋紧，价格大幅上涨，社会各界对棉花市场行情和价格走势高度关注。我们根据农产品价格调查资料对棉花价格上涨的原因作一简要分析。

（2）概述分析的结论。

例如，《2003 年第一季度财务情况分析》一文的开头：

进入今年以来，××市场出现稳定增长势头，但商业经营的困难仍然很大，经济效益仍不理想。一季度全市商业系统主要财务指标完成情况是：

（3）介绍分析对象的概况，为下文的具体分析做铺垫。

例如，《××××上半年财务分析报告》一文的开头：

我们百货大楼是我市首批"四放开"试点单位，今年上半年在省政府《关于进一步搞活流通若干问题的决定》、市政府《关于深化国营商业改革实行"四放开"的通知》的精神鼓舞下，充分利用政府为搞活企业、不断改善外部条件的有利时机，在转换经营机制、搞活经营、强化管理上，克服困难，不断改革，大胆开拓，初步建立起适应大楼发展的机制，取得了较好的经济效益和社会效益。

经济活动分析报告的前言并非全文的重点部分，应略写，以避免占太多的篇幅。有的分析报告直截了当地进入分析内容的表述。

2. 主体　主体是全文的核心部分，应详写，包括情况介绍和分析评价两个部分。它要求从分析的目的和要求出发，紧扣主题，运用数据和资料，进行具体的分析，得出明确的结论。分析时，既要评价经济活动的成效，又要分析原因。

主体部分的重点是作透彻的分析。分析的深度是衡量报告质量的一个决定性因素。分析的过程要避免罗列相关数据，而应透过数据资料的相互联系，看到它所揭示的问题、原因，所预示的经济活动发展的趋向与态势以及由此揭示的经济规律。

分析报告的主体篇幅长，内容丰富，结构要讲求条理性。常见的结构方式有：

（1）分列小标题式。即分析报告的每一部分均以小标题概括，每一部分显示的是一个方面的分析内容。

例如，《2003 年第一季度财务情况分析》一文的主体结构为：

一、商品销售情况分析

二、商品销售毛利情况分析

三、商品流通费用情况分析

四、利润完成情况分析

五、流动资金使用情况分析

六、今后工作的意见

（2）文字图表结合式。这种方式是定量分析和定性分析的结合，即以一目了然的图表显示相关的数据，再辅之针对性很强的文字分析，从而收到分析材料更清晰、说服力更强的效果。下面是一段文字和图表结合表达的分析：

1. 企业结算资金增长速度大大超过流动资金的增长速度，全市工商企业结算资金和流动资金比去年增长情况见下表：

指　标	流动资金增长（%）	结算资金增长（%）	结算资金占全部流动资金（%）		
			本期	同期	±%
工业企业	42	76.2	44.9	36.1	8.8
商业企业	37.2	3405	40.1	40.9	-0.8
粮食企业	15.9	20.4	39.1	37.6	15
供销企业	9	37.8	42	33.2	8.8
乡镇企业	25.2	15.9	50.9	54.9	-4
合计	33.9	57.7	43.8	37.2	6.6

（转引自刘润田、李裕祥、赵培东编著：《银行综合秘书与常用文写作》，山西经济出版社 1992 年版）

（3）分条列项式。为了使分析内容更明确，眉目更清晰，经济活动分析报告常采用分条列项的写法，即在每段的开头以序码标示序列，并以精简的文字概括整段文字的主要意思，以收到统领全段的作用。

3. 结尾　经济活动分析报告的结尾部分，一般写三项内容：一是结论；二是建议；三是附件。

经济活动分析报告的结尾部分应略写，切忌拖泥带水。若非有需要改进的问题，分析意见写完后也可就此收束全文。

四、写作经济活动分析报告的注意事项

(一) 掌握材料准确、全面

经济活动分析是建立在既有的资料基础上的。所以，要写好经济活动分析报告，就必须保证材料的广度、准确度，避免片面和失误。企业经济活动分析所依据的资料有：① 计划资料，它是企业进行经济活动分析时的重要尺度；② 核算资料，它是考核企业经济计划完成情况的主要依据；③ 历史资料，它是考核企业经济效益比率、认识企业经济活动规律的依据；④ 先进企业资料，它是横向考核企业的参考资料；⑤ 调查研究资料，它是企业在进行经济活动定量分析后用以说明情况和原因的第一手资料。

(二) 抓住主要矛盾，突出重点

经济活动中有各种各样的因素在发生作用，经济活动分析不可能面面俱到，搜集到资料后，要对资料进行加工整理和深入的分析研究，即对有关资料进行解剖对比和综合归纳。解剖对比和综合归纳可采用筛选、求同、求异、逻辑推理等方法进行。在解剖对比和综合归纳的过程中，防止满足于矛盾的一般揭示，而应力求抓住主要矛盾，找出决定性因素，使分析研究由此及彼、由表及里地深入进行，只有这样，才能揭示潜在的问题，提出有针对性的建议，促进经济效益的提高。

(三) 科学运用分析方法

恰当使用分析方法可以保证经济活动分析的有效性和说服力。另外，经济活动的成败得失往往与外部的经济环境，如宏观上的国家颁布的产业政策、微观上的企业的具体生产经营环节相联系，因此，进行经济活动分析要注意宏观和微观分析相结合。

(四) 运用准确、简洁、清楚的语言

经济活动分析报告的写作目的是正确评价经济活动，从而控制企业的经济活动，改善企业的经营管理，降低成本，增加企业利润，提高经济效益，因此经济活动分析报告的写作要一目了然、清楚明了，语言运用要注意准确、简洁、清楚，要使用专业的概念、术语、数字、符号等要确保准确无误；判断要肯定，不可模棱两可、含糊其辞。

(五) 经济活动分析必须实事求是，注重实效

经济活动分析具有鲜明的针对性和实用性特点，也就是说分析必须从企业实际出发，进行实事求是的分析，为改善企业经营管理、提高企业的经济效益服务。如果把撰写经济活动分析报告视作例行公事，那就完全失去经济活动分析的意义了。

(六) 分析影响企业各项指标完成的因素时，应特别注意对企业自身因素的分析

一般来说，影响企业各项经济指标完成的因素，既有客观的，也有主观

的。客观因素如政策调整、市场形势、相关行业的变化等，对此应该实事求是地加以分析，指出其对企业产生的有利和不利影响，以便决策机构从宏观上研究这些影响的利弊，并予以平衡。主观因素如企业内部的生产经营管理、财务管理、人事劳资管理、分配管理等等，对企业内部这些方面的问题更应深入分析，力求抓住症结所在，这样才有利于企业自身机制的健全。

五、范文评析

[例文]

×××百货大楼上半年财务分析报告

我们百货大楼是我市首批"四放开"试点单位，今年上半年在省政府《关于进一步搞活流通若干问题的决定》、市政府《关于深化国营商业改革实行"四放开"的通知》的精神鼓舞下，充分利用政府为搞活企业、不断改善外部条件的有利时机，在转换经营机制、搞活经营、强化管理上，克服困难，不断改革，大胆开拓，初步建立起适应大楼发展的机制，取得了较好的经济效益和社会效益。

一、主要财务指标完成情况

商品总销售完成 873.6 万元，较上年同期 736.9 万元增加产品品种 136.7 万元，增长 18.55%。

实现税利 46.8 万元，完成挂钩基数 84 万元的 55.71%，较上年同期减少 7.6 万元，按同比口径计算实现 30.9 万元，增长 3.00%。

费用水平 7.05%，较上年同期 5.25% 上升幅度 1.80%，按同比口径计算费用率为 5.64%，上升 0.39%。

全部流动资金周转 3.51 次（51.3 天），较上年同期 3.11 次（57.9 天）加快 0.4 次（6.6 天）。

二、各项指标升降原因

（一）销售总额 873.6 万元，增加产品品种 136.7 万元，增长 18.55%。其中：一营业厅完成 450.1 万元，较上年同期增长 100.60%；二营业厅完成 206.6 万元，和上年同期基本持平；三营业厅完成 204.6 万元，增加 26.2 万元。5 月中旬开展批发业务以来，短短一个月时间销售额 13 万元。上半年根据我楼"四放开"方案，在经营上进一步拓宽，抓住机遇，面向市场。1～2 月是市场旺季，我们在全市开展了"即开型"有奖销售活动，广大消费者纷纷前来我楼光顾，最高日销售额达标 14 万余元，1～2 月份销售额达 402 万元，较上年同期增长 38.49%；5～6 月份我楼又增加了黄金首饰和批发业务。仅黄金业务，20 天时间销售即达 16 余万元，改变了淡季商品销售不畅的状况，使前 6 个月较上年同期有不同程度的增长，6 月份较上年同期增长 15.53%。

（二）实现税利 46.8 万元，其中利前税 29.1 万元，较上年同期增加 4.7 万元，这是随销售增长相应地增加了营业税等。利润实现 17.7 万元，较上年同期 30 万元减少 12.3 万元。利润减少主要是政策性费用和支出增加：一是实行工效工资挂钩（总挂总提）后工资和新增效益工资全部列入费用，按上级核定全年税利基数 84 万元，工资基数 41.84 万元计算含量；百元税利应提工资额为 51 万元，上半年应提拨 23.8 万元，实际提取 21.7 万元，再加上按规定进成本的各种补贴，共增加 9.7 万元；二是按销售额的 0.2%，流动资金列入费用 1.8 万元；三是修理费增提 2%，0.9 万元；四是退休统筹基金比例提高后上半年多支出 0.9 万元，剔除以上诸因素且并入利润，上半年可实现净利润 30.9 万元，较上年同期 30 万元增长 3%。利润和销售增长不同步，主要是开展有奖销售让利于消费者，影响了效益的增长。

从附表一看影响利润的因素：由于总销售额增加产品品种 136.7 万元，影响利润增加 6.5 万元。销售毛利下降 0.37 万元，影响利润减少 3.2 万元。从各营业厅毛利看：一营业厅下降 1.25 个百分点，二、三营业厅分别上升 1.16% 和 0.95%，加之 5 月份以来批发业务的开展和销售结构的变化致使全楼毛利率下降。费用水平上升 1.80%，影响利润减少 15.7 万元。上半年费用总支出 61.6 万元，较上年同期 38.7 万元增加 22.9 万元（请参看附表二）。从费用对比看，大部分呈上升趋势，变化较大的有：① 利息增加 1.2 万元。是因为随着销售的增长和经营业务的拓宽，必然要占用一定的资金，货款增加了，利息相应地要上升。② 工资项增加 9.7 万元，除实行工效挂钩资金进成本因素外，从去年 5 月份以来国家两次提高粮食统销价格后发给职工的粮价补贴增加 1.2 万元。③ 业务费共支出 7 万元，其中有奖销售奖品及费用 5 万元，其他业务接待及会议费 2 万元（包括去年庆祝建店 10 周年部分支出）。④ 其他费用增加 2.2 万元。

（三）流动资金管理和运用

上半年全部流动资金平均占用 249 万元，较上年同期 233.2 万元增加 15.8 万元，周转 3.51 次（51.3 天），较上年同期 3.11 次（57.9 天）加快 0.40 次（6.6 天）；商品资金平均占用 131.5 万元，和上年同期基本持平，上半年 6.64 次，较上年加快 1.27 次。

从流动资金结构变动表（附表四）看，期末全部流动资金占用 261.3 万元，较上年 242.5 万元增加 18.8 万元，流动资金结构不够合理，商品资金所占比重太小，而结算资金所占比重过大，其主要原因：一是营业厅对已付款不能按月入库做财务处理；二是在结算货款上，一般延长至月底付款较多，和我楼月财务截止日期矛盾；三是销售计划前松后紧，月底几天营业款回收量大，造成库存减少，银行存款加大。

在资金管理方面，我们充分发挥内部银行的调控作用，加强企业内部资金管理，根据"四放开"方案规定，进一步将资金定额核到柜组、商品部和营业厅，并列入考核制度，上半年平均调剂内部银行贷款 40 余万元，共节约利息 2 万余元。百元销售占用流动资金 20.50 元，较上年同期减少 3.68 万元，流动资金利税率（按同比口径计算）23.94%，较上年同期提高 4.30%。

三、存在问题及今后意见

上半年，我楼在贯彻"决定"转换机制方面做了大量工作，并取得了良好的效果，各项经济指标都比上年有不同程度的增长。但由于主客观因素影响，在经营管理方面还存在一定的问题，主要是：一是经济效益和销售没有同步增长，费用总额增大，费用水平上升，管理不严，开支较乱，大部分项目都呈上升状态；二是资金管理制度没有严格执行，特别是营业厅，货款不能及时做财务处理，造成大楼未达账项多，结算资金在全部流动资金所占比重极不合理；三是对有问题商品清查不认真、不彻底，处理不及时，资金不能及时解决、不能参与周转。

下半年，我楼财会工作应围绕转换经营机制，提高经济效益，进一步完善"四放开"实施方案，搞好会计核算和财务监督，建立健全财务监督检查制度，针对财务管理中存在的问题，把好财务关，当好领导参谋。同时建议我楼各级领导严格费用开支审批制度，杜绝一切不合理的开支，以保证全年利润计划的完成；对资金的管理也应引起我楼各级领导和财会人员的重视，彻底清理未达账和一切悬账悬案，使国家财产免遭损失。各级管理人员要坚决克服重经营轻管理的思想，为完成我楼今年的各项经济指标共同努力。

附表（略）

×××市××百货大楼

二×××年×月××日

（转引自《新编现代应用文写作大全》，广西师范大学出版社 2003 年版，有删减）

评析： 这是一篇全面分析报告，对本单位上半年的经营情况，即主要财务指标完成情况进行了全面分析。

这篇报告由标题、正文、落款、附表等部分组成。文章格式完整，格式齐备，内容也较充实。它体现了以下特点：

1. 标题规范。该标题是一个完整式的标题，包括分析单位、分析时限、分析内容与文种几个要素。

2. 结构完整，格式齐备。该分析报告的前言部分，简明扼要地概述了上半年经营活动的总体情况。正文的主体部分又包括基本情况、内容、存在问题及今后意见三部分，符合经济活动分析写作的基本型。第一部分是"情况"部分，以具体的数据反映了各项经济指标的完成情况；第二部分是"分析"部分，具体分析了各项指标升降的原因，即明确指出了取得成绩和存在问题的主要原因；最后一个部分是"建议"部分，针对问题，提出了改进今后工作的意见。

3. 充分运用了准确数据，并结合文字分析，有较强的说服力。为了准确地说明各项经济指标，文中使用了大量的数据，这也是经济活动分析报告的一个特点。

4. 灵活运用了多种分析方法。文章在正文主体部分，先运用比较分析法，通过计划、统计和会计核算数字，对本单位在 2000 年上半年总销售额、税利、费用和资金周转天数等各项财务指标逐项进行了分析，比较全面地反映了商店经营活动的状况和效果。其后用因素分析法，对各项经济指标升降的原因进行了深入的分析。

5. 材料翔实，重点突出。该报告的整个分析是建立在充分的数据和材料基础上的，它既包括计划、统计资料、会计核算资料、定额资料，又包括去年同期的历史资料。文章没有离开情况堆砌和罗列材料，孤立地搞定量分析，而是抓住重点，把握关键，突出了各项指标升降原因这一重点，体现了重在分析的特点。

【思考与练习】

一、填空题

1. 经济活动分析报告的主要特点是_____、_____、_____、_____。

2. 经济活动分析报告常用的分析方法有_____、_____。

3. 运用比较方法分析经济活动，可以从_____、_____、_____三个方面进行比较.

4. 经济活动分析报告的主体部分一般包括_____、_____、_____。

二、写作题

请根据下列资料，编写一份财务分析报告。

1. 湘春工具厂是一家具有 30 年经营经验的老厂，1988 年该厂利润的计划情况如下：

产品销售利润	220000 元
其他销售利润	10000 元
营业外支出	20000 元
利润总额	210000 元

1989 年实际利润情况如下：

产品销售利润	243000 元
其他销售利润	12000 元
营业外支出	24000 元
营业外收入	2000 元
利润总额	23000 元

2. 该厂流动资金利润为 10%，流动资金余额为 243000 元。1988 年国家计划要求该厂流动资金利润额提高 11%，同期同行业流动资金利润率为 11.7%。

3. 1988 年该厂固定资产原值为 5600000 元。

4. 1988 年账面折损额为 600000 元。

5. 固定资金利润公式为：

$$固定资金利润率 = \frac{产品销售利润率}{固定资产平均总值} \times 100\%$$

同期计划规定固定资产利润率为 4.4%.

6. 该厂只生产 H－13 一种产品，产品的总成本上升 283000 元，单位成本上升 203 元/台，与计划相比，单位成本提高 13 元/台，与同行业产品相比，邻省相同产品的单位成本仅为 194 元/台。

第四节　市场营销策划书

一、市场营销策划书的概念和特点

市场营销策划书是指运用信息资料和可靠数据，对产品目标市场的现状和发展趋势进行市场分析，并对企业的重点产品定位、目标市场定位、竞争性定位及实现企业获利目标作出完整合理的战略性决策的文书。具体地说，市场营销策划书要分析选择企业定位的目标市场，确定企业产品营销对象、服务地区、价格策略、销售渠道策略等策略，对企业系列营销活动做出战略性的安排。

市场策划是企业市场营销活动中很重要的一个部分，良好的市场策划书是公司品牌建设和产品销售乃至企业的生存发展的决胜利器。

二、市场营销策划书的种类

市场策划书的种类较多，随着企业营销活动的发展，市场营销涉及的范围和可运用的载体增加，市场策划书的种类还会增多。

（一）从企业自身活动角度分类

从企业自身活动角度来划分，市场策划书有企业形象策划书、企业营销策划书、企业广告策划书、企业产品策划书、企业市场定位策划书、企业营业推广策划书、企业新产品营销策划书等。

（二）从企业活动与公众关系角度分类

从企业活动与公众关系角度来划分，市场策划书有企业供应商策划书（或采购策划书）、企业融资策划书、企业整体营销策划书、企业公共关系策划书、企业营销中间商策划书等。

（三）从现代科技对营销的影响分类

从现代科技对营销的影响来划分，市场策划书在现代科技发展中有了新的种群，如市场绿色营销策划书、市场产品直销策划书、市场直复营销策划书、企业国际营销策划书（或大市场营销策划书）等。

三、市场营销策划书的写法

市场营销策划书的写法依据产品或营销活动的不同要求，在策划的基本内容与写作格式上也有变化。但是，从企业市场营销策划活动的一般规律来看，其中有些要素是共通的。因此，我们可以探讨市场策划书的一些基本内容结构和写作格式。

1. 标题 市场营销策划书的标题一般置于策划书的封面。标题可提供以下信息：① 策划机构（或策划人）的名称；② 被策划的客户（或产品）的名称；③ 策划书的种类名称；④ 副标题，注明本策划适用时间段和策划书完成日期。

因为市场营销策划具有一定的时间性，不同时段市场的营销状况不同，企业市场营销策略执行的效果也不一样，所以市场策划书的制作时间是策划成功与否的一个重要因素。

2. 正文 市场营销策划书一般包括下面八个方面的内容：

（1）前言（策划目的）。即市场营销策划所要达到的目标、宗旨，以此作为执行本策划的动力或强调其执行的意义所在，以使全员统一思想，协调行动，共同努力，保证策划高质量地完成。

例如，《"瘦身男女"促销活动方案》对策划书的目的说明得非常具体：

近年来，中国美体市场竞争激烈，在市场销售居前列的产品促销投入巨大，各种品牌纷纷采取相应的促销措施。为了扩大市场占有率，提高产品知名度，广州天龙美健美容公司生产的"瘦身男女"减肥产品计划开展促销活动：

《百洁产品市场策略（2000—2001年）》则更直截了当：

（一）分析的目的旨在解决如下问题
"百洁香皂"的推广策略
"百洁香皂"的发展策略

（2）当前市场营销环境状况的分析。营销策划书是对市场机会的把握和策略的运用计划，因此，分析市场机会就成了营销策划的关键。只有清醒地认识同类产品市场状况、竞争状况及宏观环境，才能制定相应的营销策略。"知己知彼方能百战不殆"，这一部分写作要求策划者要准确地掌握相关的数据，把握关键问题所在。

（3）市场机会与问题分析。此部分具体包括以下内容：

● 针对产品目前营销现状进行问题分析。如：产品的现实市场及潜在市场状况；市场成长状况，产品目前处于市场生命周期的哪一阶段，企业的营销侧重点如何，相应营销策略效果怎样，需求变化对产品市场的影响；消费者对本产品的接受状况。

● 市场营销中存在的具体问题。如竞争者状况、企业形象、产品销售渠道、产品质量、产品功能、产品包装、产品价格定位、促销方式、产品知名度、企业售后服务质量及售后保证等都可能是营销中存在的问题。

● 产品特点及优劣势分析。从问题中找劣势予以克服，从优势中找机会，发掘其市场潜力。

● 对产品市场影响因素进行分析。主要是对影响产品的不可控因素进行分析。如宏观环境，政治环境，居民经济条件，消费者收入水平、消费结构的变化、消费心理等，尤其是对各目标市场或消费群特点进行市场细分，抓住主要消费群作为营销重点，找出与竞争对手的差距，把握利用好市场机会。

（4）营销策划目标。营销目标是企业在前面目的任务基础上在一定时间内所要实现的具体目标，即营销策划方案执行期间的经济效益目标，包括市场占有率、总销售量、预计毛利等。

（5）营销战略（具体的行销方案）。根据策划期内各时间段的特点，推出各项具体行动方案。行动方案要细致、周密，操作性强又不乏灵活性。还要考虑费用支出，一切量力而行，尽量以较低费用取得良好效果为原则。尤其应该注意季节性产品淡、旺季营销侧重点，抓住旺季营销优势。

● 营销宗旨。一般企业可以注重这样几个方面：以强有力的广告宣传攻势顺利拓展市场，为产品准确定位，突出产品特色，采取差异化营销策略；以产品主要消费群体为产品的营销重点；建立起点广面宽的销售渠道，不断拓宽销售区域；等等。

● 产品策略。通过前面产品市场机会与问题分析，提出合理的产品策略建议，形成有效的4P组合，达到最佳效果。

1）产品定位。产品市场定位的关键主要是在顾客心目中寻找一个定位，使产品迅速启动市场。

2）产品质量功能方案。产品质量就是产品的市场生命，企业对产品应有完善的质量保证体系。

3）产品品牌。要形成一定的知名度、美誉度，树立消费者心目中的知名品牌，必须有强烈的创牌意识。

4）产品包装。包装作为产品给消费者的第一印象，需要能迎合消费者、使其满意的包装策略。

5）产品服务。策划中要注意产品服务方式、服务质量的改善和提高。

● 价格策略。这里只强调几个普遍性原则：拉大批零差价，调动批发商、中间商的积极性；给予适当数量折扣，鼓励多购；以成本为基础，以同类产品价格为参考，使产品价格更具竞争力。

若企业以产品价格为营销优势的，则更应注重价格策略的制定。

● 销售渠道。产品目前销售渠道状况如何？对销售渠道的拓展有何计划？应采取实惠政策调动中间商、代理商的销售积极性或制定适当的奖励政策。

● 广告宣传。

1）广告宣传原则：① 服从公司整体营销宣传策略，树立产品形象，同时注重树立公司形象。② 长期化：在一定时段内应推出一致的广告宣传，以强化、巩固消费者对产品的认识。③ 广泛化：选择广告宣传媒体多样化的同时，注重抓宣传效果好的方式。④ 不定期地配合阶段性的促销活动，掌握适当时机，及时、灵活地进行。如重大节假日、公司有纪念意义的活动等。

2）广告宣传实施步骤可按以下方式进行：① 策划期内前期推出产品形象广告；② 销后适时推出诚征代理商广告；③ 节假日、重大活动前推出促销广告；④ 把握时机进行公关活动，接触消费者；⑤ 积极利用新闻媒介，善于创造和利用新闻事件提高企业产品知名度。

（6）策划方案各项费用预算。这一部分记载的是整个营销方案推进过程中的费用投入，包括营销过程中的总费用、阶段费用、项目费用等，其原则是以较少投入获得最优效果。费用预算方法在此不再详谈，企业可凭借经验，具体分析制定。

（7）方案调整。这一部分是作为策划方案的补充部分。在方案执行中可能出现与现实情况不相适应的地方，方案的贯彻和实施必须随时根据市场的效果测试，及时对方案进行调整或取舍。

（8）策划方案效果测试方法。有意见与态度测试法、实地调查法等，一般较多地使用后者，具体的可采用单一变量测试法和多种变量测试法。单一变量测试法是一种分区比较法，即采用本策划的地区与未采用本策划的地区比较；多种变量测试只是增加测试的变量而已。

四、写作市场营销策划书的注意事项

为了提高市场营销策划书撰写的准确性与科学性，市场营销策划书的写作要注意以下几个问题。

（一）主题明确

市场策划书的写作要直接说明利益点，在确定了唯一的主题之后，受策划的企业才能够接受我们所要传达的信息，才有接受策划建议的冲动，只有策划者看到与企业有直接关系的利益点，在策划活动中才有共同的策划目标。

（二）数据真实可靠

市场营销策划书的写作是在市场调查的基础上作出策划决策的，只有市场调查的数据真实可靠，才能作出有效的市场决策。企业产品市场状况和竞争者状况的调查，如产品销售量、市场营销费用支出、市场容量、同类产品消费量、同类产品价格、市场所在地的政策法规、当地有关产品的消费变化、当地居民收入变化及影响市场营销的其他因素等均要真实可靠、分析准确。

（三）逻辑思维要强

市场营销策划的目的在于解决企业营销中的问题，按照逻辑性思维的构思来编制策划书。首先是设定情况，交代策划背景，分析产品市场现状，再把策划中心目的全盘托出；其次是对具体策划内容进行详细阐述；最后是明确提出解决问题的对策。

（四）突出重点

要注意突出重点，抓住企业营销中所要解决的核心问题，深入分析，提出可行性的相应对策，针对性强，具有实际操作指导意义。

（五）可操作原则

市场营销策划书主要用于指导营销活动，其指导性涉及营销活动中每个人的工作及各环节关系的处理，因此其可操作性非常重要。不具操作性的方案，其创意再好也无任何价值；不易于操作的方案也必然要耗费大量人、财、物，管理复杂、绩效低。

（六）创意新颖独到

要求策划的"点子"（创意）新、内容新、表现手法也要新，给人以全新的感受。新颖的创意是策划书的核心内容。首先要根据企业本身的实际问题（包括企业活动的时间、地点、预期投入的费用等）和市场分析的情况（包括竞争对手当前的广告行为分析、目标消费群体分析、消费者心理分析、产品特点分析等）作出准确的判断，扬长避短地提出新颖的策略。

五、范文评析

[例文]

百洁产品市场策略
2000—2001 年

（一）分析的目的旨在解决如下问题

- "百洁香皂"的推广策略
- "百洁香皂"的发展策略

（二）市场现状

1. 来自企业本身的信息

- 目标人群：女性，20~40 岁
- 主要竞争对手：立白、拉芳、飘影
- 零售价：2.8 元/125 克

市场分布及主要市场

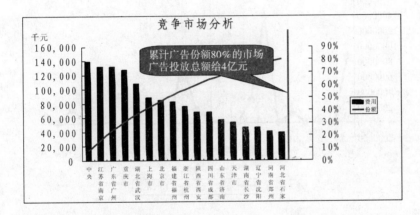

2. 来自市场的信息

主要消费者分析（图略）

- 她们是 30 ~ 45 岁的女性
- 行业竞争态势：品牌竞争分析

竞争激烈：累计广告投放近投入 14 亿元

竞争最激烈的城市：16 市场

领导型产品：7 个

主要竞争对手：拉芳、立白、飘影

"百洁香皂"广告投入低于同类广告投入平均水平

"百洁香皂"在主要竞争对手中的广告占有率仅 6.6%

（三）市场现状分析

1. 影响销售的主要因素

2. 可控与不可控因素

- 不可控因素：价格、功能、竞争、市场宏观因素
- 可控因素：市场选择、广告投入、推广方式

影响因素

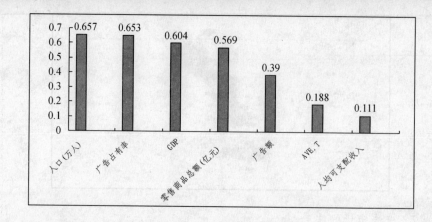

- 主要影响因素：人口量、广告占有率

回归分析

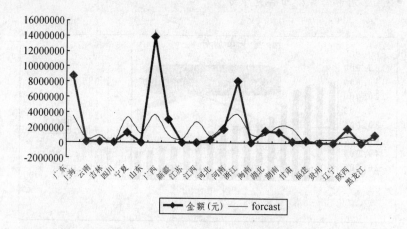

主要因素对"百洁香皂"销售的影响程度（图略）

（四）解决方案

1. 解决方案面临的挑战

1）市场目标是什么

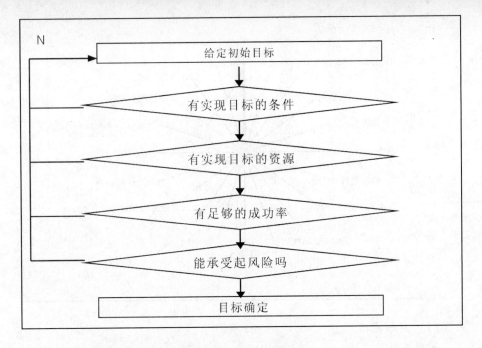

2）如何选择市场使投资回报最大化（图略）

3）按销售的主要影响因素细分市场（图略）

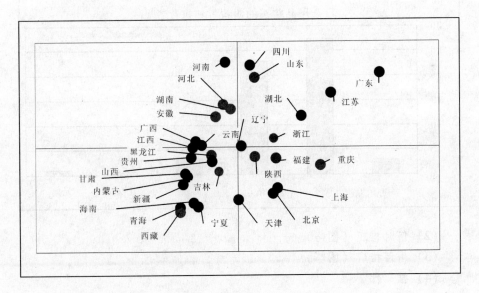

2. 选择何种推广方式使推广更有效

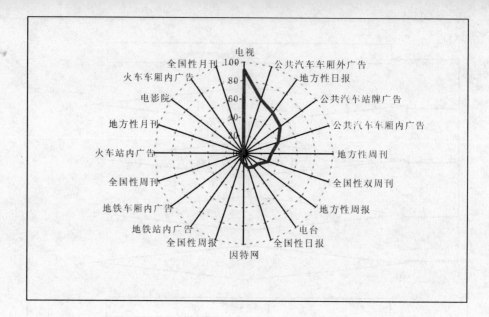

(1) 对谁推广

● 对女性推广

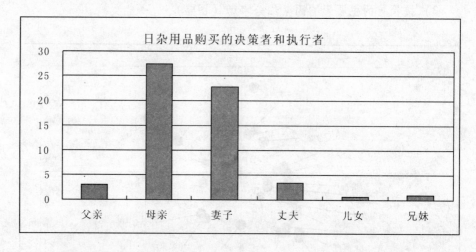

(2) 何时推广（图略）

(3) 用何推广（图略）

(4) 推广什么

● 同一品牌线下各产品的推广是可互动的（图略）

3. 推广策略

香皂类产品广告季节性变动

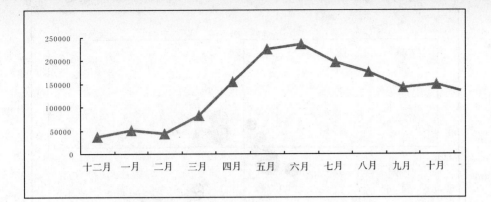

诉求：产品的相关性＋差异性＋利益点

相关性：清香。淡化、祛除色斑及色素

差异性：百洁提取成分和中药精华

利益点：浴后清香、白嫩肌肤

媒体策略：广告＋试用装＋终端促销（略）

● 面对市场竞争是进取还是保守？如果保守……

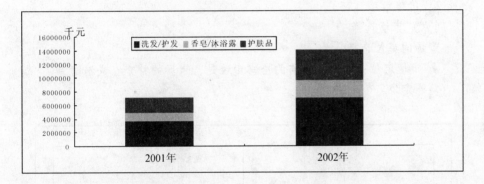

4．主要解决的问题

竞争是无情的

品牌价值无情地下降

（五）洁肤用品的发展战略

1．主要解决的问题

● 理顺品牌和产品结构（略）

● 品牌塑造（略）

● 目标群定位

目标消费者定位

谁是个人洁肤用品目标消费者

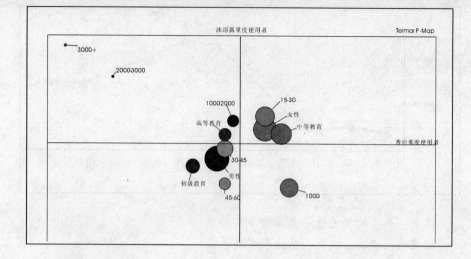

- 价格定位（略）
- 功能定位（略）
- 市场定位（略）
- 产品定位（略）

2. 价格策略（略）

（六）市场选择

市场的定位选择

- 市场定位：显然，当前的恰当定位是，市场的补充者或追随者

功能定位

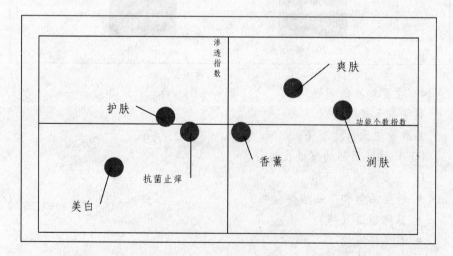

- 市场选择主要考虑的因素

—市场规模：渗透率×人口量，越大越好

—竞争程度：广告量，越大越差

- 护肤

- 润肤
- 杀菌止痒

定位小结

重点市场：广州、深圳、武汉

次要市场：其余市场

主要功能：护肤、润肤、杀菌止痒

主要消费者：高收入、高学历
　　　　　　年轻的、时尚的

价格：19.8 元/300ml

（以下略）

评析： 此市场策划书抓住了企业营销中所要解决的核心问题，先点出策划目的：“百洁香皂”的推广策略和“百洁香皂”的发展策略，然后从当前市场营销环境状况的分析、市场机会与问题分析入手，推出了策划期内各时间段特点、营销策划目标和具体的行销方案。分析深入，提出了可行性的相应对策，针对性强，具有实际操作指导意义。

【思考与练习】

写作题

结合市场调查报告的学习，仿照以上市场策划书的内容和结构，在市场调查的基础上，为某企业的洗衣粉产品设计一份产品商业推广策划书。

第五节 劳动合同

一、劳动合同的概念与特点

劳动合同，又称劳动契约，劳动协议，是劳动者与用人单位依照法律规定，在平等自愿、协商一致的基础上，为建立劳动关系，明确双方权利义务而订立的书面协议。《劳动法》第十六条规定：“劳动合同是劳动者与用人单位建立劳动关系，明确双方权利和义务的协议。”

劳动合同除具有合同主体法律地位平等、以权利义务为内容、意思表达真实一致和具有法律约束力等一般特征外，还具有如下特点。

（一）劳动合同的主体是特定的

劳动合同的双方当事人一方为劳动者（雇员），另一方为用人单位（雇主），合同主体特定，不能由他人代理。签订劳动合同的劳动者必须是具有劳动权利能力和劳动行为能力的自然人。用人单位指我国境内的企业、个体经济组织、民办非企业单位等组织，也包括与劳动者建立劳动关系的国家机关、事业单位、社会团体。

（二）劳动合同双方当事人的关系属从属关系

根据劳动合同，劳动合同双方当事人存在管理与被管理、服从与被服从的从属关系。劳动者在用人单位的组织和指挥下进行生产劳动，遵守用人单位的各项劳动规则和相关规章制度。用人单位有权指派劳动者完成劳动合同规定的职能范围内的工作任务。这种职业上的从属关系，是劳动合同区别于其他合同的重要特点之一。

（三）劳动合同的内容具有法定性和强制性

劳动合同确定的双方当事人的权利和义务，特别是劳动者的基本权利和义务，是国家通过劳动立法直接规定的，劳动合同双方当事人必须遵守。如关于工资、工时、劳动保护、保险福利待遇的标准等，合同双方都必须遵照执行，不得违反。同时，劳动合同的订立、变更、终止和解除的程序与条件，也必须遵守国家法律法规的规定，否则应承担相应的法律责任。

（四）劳动合同以建立劳动关系、实现劳动过程为目的

劳动者通过与用人单位签订劳动合同，与用人单位建立起劳动关系。订立劳动合同的目的，在于劳动过程的实现，而不仅仅是劳动成果的给付，因此，劳动者一般只要按时按量地完成约定的工作量，就有权获得相应的劳动报酬。

二、劳动合同的种类和形式

（一）劳动合同的种类

1. 按劳动者的身份划分　按照劳动者的身份不同，劳动合同可以分为职工与用人单位签订的劳动合同、农民与用人单位签订的劳动合同、城镇待业人员与用人单位签订的合同等。

2. 按合同产生方式划分　按照合同产生方式的不同，劳动合同可以分为录用合同、聘用合同和借调合同等。

3. 按合同期限划分　按照合同期限的不同，劳动合同可以分为有固定期限合同、无固定期限合同和以完成一定工作为期限的合同。

（二）劳动合同的形式

劳动合同必须采用书面合同形式，这与普通合同可以采用书面、口头或其他形式有所不同。《劳动合同法》第十条规定："建立劳动关系，应当订立书面劳动合同。"书面合同是双方当事人将达成的协议内容用书面文字的形式固定下来，经双方签章后成立的协议。书面形式具有明确、具体、便于取证等优点，因此，劳动法律法规将书面合同形式作为劳动合同的唯一法定形式。

三、劳动合同的内容和结构

（一）劳动合同的内容

劳动合同的内容，即劳动合同中所确定的双方当事人的劳动法律权利和

义务以及与其相关的其他权利和义务，在合同中即表现为劳动合同所包含的合同条款。依照法律规定，劳动合同的内容分为合同必备条款和合同约定条款。

1. 劳动合同的必备条款　必备条款又称法定条款，指法律规定的在劳动合同中必须具备的内容。根据《劳动合同法》第十七条的规定，劳动合同应当具备以下条款：

(1) 用人单位的名称、住所和法定代表人或者主要负责人。

(2) 劳动者的姓名、住址和居民身份证或者其他有效身份证件号码。

(3) 劳动合同期限。

(4) 工作内容和工作地点。

(5) 工作时间和休息休假。

(6) 劳动报酬。

(7) 社会保险。

(8) 劳动保护、劳动条件和职业危害防护。

(9) 法律、法规规定应当纳入劳动合同的其他事项。

2. 劳动合同的约定条款　约定条款也称补充条款，指双方当事人在劳动合同中除法定条款外协商约定的其他内容。

一般而言，劳动合同的约定条款主要是有关试用期、劳动培训、保守秘密、补充保险和福利待遇等问题或事项。约定"其他内容"是双方当事人的自由权利，但是，这种约定不得有悖于法律法规和劳动政策，不得损害其他组织或个人的合法权益。

（二）劳动合同的结构

劳动合同的结构指的是劳动合同的制作一般包括几个部分以及各部分之间的相互关系。劳动合同属于格式合同，在写作结构上，劳动合同一般需按劳动合同文本的标准来设定。

劳动合同内容的写法一般包括首部、正文、尾部三个部分。

1. 首部　劳动合同的首部内容一般独自设为合同的封面，其具体内容包括合同名称、合同编号、用人单位（甲方）名称及地址、劳动者（乙方）姓名及其身份证明等五方面的内容，合同的扉页附上合同的使用说明。

2. 正文　正文是合同的主体部分，包括劳动合同的必备条款和约定条款。劳动者和用人单位有其他事项需要另行约定的，可以在平等协商后就双方权利义务内容在约定条款中进行约定和补充。

劳动合同的必备条款和约定条款一般采用条款式的方式来表述，劳动法和劳动合同法都将有关劳动者合法权益的规定作为劳动合同的主要内容，合同的主体部分也应以有关劳动者合法权益的规定为依据，并设定合同的主体部分的条款，使劳动合同成为劳动者合法权益的重要保障。

在合同的主体部分，其条款内容、数量和救济手段的规定，都应向劳动者倾斜，占有合同必备条款和约定条款的一定比例。

3. 尾部　劳动合同尾部一般包括合同双方（甲方乙方）署名及签章、

合同签订日期（年月日）、鉴证机构署名及签章、鉴证日期（年月日）等等。

四、劳动合同的写作特点

如前所述，劳动合同与一般民事、经济合同相比有不同的特点，这些特点决定了劳动合同在写作上也与一般合同有所不同。

一般而言，劳动合同具有以下写作特点。

（一）合同文本标准化

为了有利于保护劳动者，防止用人单位利用相对优势，借签订劳动合同损害劳动者的合法权益，我国正在逐步推行劳动合同文本的标准化，由当地劳动行政管理部门制定劳动合同标准文本，辖区内用人单位与劳动者签订劳动合同都要照此进行。因此，劳动合同一般属于格式合同。如果劳动者和用人单位有其他事项需要另行约定的，可以在平等协商后就双方权利义务内容在约定条款中进行约定，但是这种约定不能违反国家有关强制性规定。

（二）合同内容有侧重

在劳动关系中，劳动者相对于用人单位处于弱势地位，劳动者的合法权益在实现劳动过程中很容易受到不法侵害。因此，劳动法和劳动合同法都将有关劳动者合法权益的规定作为劳动合同的主要内容，劳动合同成为劳动者合法权益的重要保障。在内容上，劳动合同必然更多地倾向于保护劳动者的合法权益，在条款内容、数量和救济手段的规定上，都向劳动者倾斜。

（三）合同条款规范化

为保护合同双方当事人，特别是劳动者的合法权益，劳动合同的内容具有一定的法定性和强制性，体现在大量的法定条款上，同时劳动合同文本也实现了标准化。因此，劳动合同条款比其他一般民事、经济合同的规范性更强，不但合同条款的形式要求更规范，而且条款内容也必须符合劳动法律法规和劳动政策的要求。

（四）文字表达要准确

与一般的应用文写作不同，劳动合同作为法律合同的一种，在文字表达上要更准确。一是要注意法律术语的准确使用。劳动合同有大量的法定条款，会使用不少法律术语。法律术语的特点之一就是表达精练、内涵确定，往往有着区别于常人理解的特定含义。如"工作时间"、"工资"、"社会保险"、"检举控告"、"合同解除"、"合同终止"、"违约责任"等，要在了解这些术语的确切含义的基础上准确使用。二是尽量避免使用模糊字词，如"大约"、"约为"、"可能"、"大概"、"左右"等，特别是在工作时间、工作地点、劳动报酬、违约责任等方面，以减少歧义，避免纠纷。

五、范文评析

[例文]　广州市劳动合同

编号：

广 州 市

劳 动 合 同

用人单位（甲方）：＿＿＿＿＿＿＿＿＿＿＿＿＿

地　　址（甲方）：＿＿＿＿＿＿＿＿＿＿＿＿＿

职　　工（乙方）：＿＿＿＿＿＿＿＿＿＿＿＿＿

劳动合同政策法规咨询电话：12333

使 用 说 明

一、用人单位与职工签订劳动合同时，双方应认真阅读劳动合同。劳动合同一经依法签订即具有法律效力，双方必须严格履行。

二、劳动合同必须由用人单位（甲方）的法定代表人（或者委托代理人）和职工（乙方）亲自签章，并加盖用人单位公章（或者劳动合同专用章）方为有效。

三、合同参考文本中的空栏，由双方协商确定后填写清楚；不需填写的空栏，请打上"/"。

四、乙方的工作内容及其类别（管理或专业技术类/工人类）应参照国家规定的职业分类和技能标准明确约定。变更的范围及条件可在合同参考文本第十二条中约定。

五、工时制度分为标准、不定时、综合计算工时三种。如经劳动行政部门批准实行不定时、综合计算工时工作制的，应在本参考文本第十二条中注明并约定其具体内容。

六、约定职工正常工作时间的工资要具体明确，并不得低于本市当年最低工资标准；实行计件工资的，可以在本参考文本第十二条中列明，或另签订补充协议。

七、本单位工会或职工推举的代表与用人单位可依法就工资、工作时间、休息休假、劳动安全卫生、保险福利等事项集体协商，签订集体合同。职工个人与用人单位订立劳动合同的各项劳动标准，不得低于集体合同的约定。

八、双方经协商一致后，对劳动合同参考文本条款的修改或未尽事宜的约定，可在参考文本第十二条中明确，或经协商一致另行签订补充协议；另行签订的补充协议，作为劳动合同的附件，与劳动合同一并履行。

九、签订劳动合同时请使用钢笔或签字笔填写，字迹必须清楚，并不得单方涂改。

十、本文本不适用非全日制用工使用。

甲方（用人单位）： 乙方（职工）：

名称：_____ 姓名：_____

法定代表人（主要负责人）：_____ 身份证号码：_____

户籍地址：_____

经济类型：_____ _____

通讯地址：_____ 通讯地址：_____

联系人：_____电话：_____ 联系电话：_____

甲乙双方根据《中华人民共和国劳动合同法》（以下简称《劳动合同法》）和国家、省市的有关规定，遵循合法、公平、平等自愿、协商一致、诚实信用原则，订立本合同。

一、合同期限

（一）合同期限

甲、乙双方同意按以下第_____种方式确定本合同期限：

1. 有固定期限：从____年____月____日起至____年____月____日止。

2. 无固定期限：从____年____月____日起至法定的终止条件出现时止。

3. 以完成一定的工作为期限：从____年____月____日起至_____
_____工作任务完成时止，并以_____
_____为标志。

（二）试用期限

双方同意按以下第_____种方式确定试用期期限（试用期包括在合同期内）：

1. 无试用期。

2. 试用期从____年____月____日起至____年____月____日止。

（合同期限三个月以上不满一年的，试用期不得超过一个月；合同期限在一年以上不满三年的，试用期不得超过两个月；三年以上固定期限和无固定期限的合同，试用期不得超过六个月。以完成一定工作任务为期限的合同或合同期限不满三个月的，不得约定试用期。同一用人单位与同一劳动者只能约定一次试用期。）

二、工作内容和工作地点

（一）乙方的工作内容：_____。

（二）乙方工作内容确定为（填"是"）：（____）管理和专业技术类/（____）工人类。

（三）甲方因生产经营需要调整乙方的工作内容，应协商一致，按变更本合同办理，双方签字或盖章确认的协议书或依法变更通知书作为本合同的附件。

（四）乙方工作地点：_____。

（五）除临时性工作或者短期学习培训外，如甲方需要乙方到本合同约定以外的地点或单位工作和学习培训，应按本合同第七条处理。

三、工作时间和休息休假

（一）甲、乙双方同意按以下第_____种方式确定乙方的工作时间：

1. 标准工时制，即每日工作____小时，每周工作____天，每周正常工作不超过40小时，并至少休息一天。

2. 不定时工作制，即经劳动行政部门审批，乙方所在岗位实行不定时工作制，每周至少休息一天。

3. 综合计算工时工作制，即经劳动行政部门审批，乙方所在岗位实行以（填"是"）：年（　　）、半年（　　）、季（　　）或月（　　）为周期的综合计算工时工作制。

（二）甲方因生产（工作）需要，经与工会和乙方协商后可以延长工作时间。除《劳动法》第四十二条规定的情形外，一般每日不得超过一小时，因特殊原因，最长每日不得超过3小时，每月不得超过36小时。

（三）甲方执行法定的及企业依法自行补充的有关工作、休息、休假制度，按规定给予乙方享受节日假、年休假、婚假、丧假、产假、看护假等带薪假期，并按本合同约定的正常工作时间工资及有关政策法规规定的计算方法支付工资。

四、劳动报酬

（一）乙方正常工作时间的工资标准（计算加班工资基数），按下列第（　　）种形式执行，并不得低于当地最低工资标准及本单位集体合同约定的标准：

1. 计时工资：_____元/月（_____元/周）；

2. 计件工资：_____（70%以上职工在正常工作时间内可以完成的，本项约定方为成立）；

3. 其他形式：_____。

（二）乙方试用期工资为_____元/月［不得低于第（一）款约定工资的80%或单位同一岗位最低档工资，并不得低于本市最低工资标准］。

（三）甲方依法安排乙方加班的，应按《劳动法》第四十四条的规定支付加班工资。

（四）工资必须以法定货币支付，不得以实物或其他有价证券等形式替代货币支付。

（五）甲方与乙方可以依法根据本单位的经营状况、物价指数情况，经过双方协商或者通过集体协商，确定工资正常增长的具体办法。

（六）甲方给乙方发放工资的时间为：每月____日（或周____）。如遇节假日或休息日，应提前到最近的工作日支付。

五、社会保险

（一）甲、乙双方按照国家和省、市有关规定，参加社会保险，缴纳社会保险费，乙方依法享受相应的社会保险待遇。

（二）乙方患病或非因工负伤，甲方应按国家和地方的规定给予乙方医疗期和享受医疗待遇，并在规定的医疗期内支付病假工资或疾病救济费。

（三）乙方患职业病、因工负伤或者因工死亡的，甲方应按国家和省市的工伤保险法律法规的规定办理。

六、劳动保护、劳动条件和职业危害防护

（一）甲方按国家和省、市有关劳动保护规定为乙方提供符合国家劳动卫生标准的劳动作业场所，切实保护乙方在生产工作中的安全和健康。如乙方工作过程中可能产生职业病危害，甲方应如实告知乙方，并应切实按《职业病防治法》的规定，保护乙方的健康及其相关权益。

（二）甲方按国家有关规定，发给乙方必要的劳动保护用品，并按劳动保护规定每____（年/季/月）免费安排乙方进行体检。

（三）甲方按国家和地方有关规定，做好女职工和未成年工的劳动保护工作。

（四）如甲方违章指挥、强令冒险作业危及人身安全的，乙方有权拒绝，并可以随时解除本劳动合同。对甲方及其管理人员漠视乙方安全和健康的行为，乙方有权要求改正并向有关部门检举、控告。

七、劳动合同的变更、解除、终止

（一）符合《劳动合同法》规定的条件或者经甲、乙双方协商一致，可以变更劳动合同的相关内容或者解除固定期限合同、无固定期限合同和以完成一定工作为期限合同。

（二）除因乙方不胜任工作，甲方可以依法适当调整其工作内容外，变更劳动合同，双方应当签订《变更劳动合同协议书》。

（三）《劳动合同法》规定的终止条件出现，终止本劳动合同。

八、经济补偿金、医疗补助费的发放

解除或者终止本合同，经济补偿金、医疗补助费等发放按《劳动合同法》和国家、省、市有关规定执行。

九、通知和送达

甲、乙双方在本合同履行过程中相互发出或者提供的所有通知、文件、文书、资料等，均可以当面交付或以本合同所列明的通讯地址履行送达义务。一方如果迁址或变更电话，应当及时书面通知另一方。

十、因履行本合同发生纠纷的解决办法

乙方认为甲方侵害自己合法权益的，可以先向甲方提出，或者向甲方工会反映，寻求解决。无法解决的，可以向就近的劳动行政部门投诉。属双方因履行本合同发生争议，应当先协商解决；协商不成的，可自争议发生之日起30日内向甲方劳动争议调解委员会申请调解，或者60日内向劳动争议仲

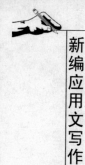

裁委员会申请仲裁。

十一、本合同的条款与国家、省、市新颁布的法律、法规、规章不符的，按新的法律、法规、规章执行

十二、双方需要约定的其他事项

_____

_____

_____

_____

_____

_____

_____

_____

_____

_____

_____

本合同（含附件）一式两份（鉴证时需一式三份，其中鉴证机构留存一份），双方签字后，甲方必须将其中一份交给乙方持有，均具有同等法律效力。甲方不把其中一份交给乙方持有的，视为尚未与乙方签订本劳动合同；发生纠纷时，不得以已签订本合同为由对抗乙方的主张，并由甲方承担相应的法律责任。

甲方：（盖章）   乙方：（签名）

法定代表人

（委托代理人）：_____

_____年___月___日   _____年___月___日

评析： 本文是一份劳动合同的标准文本。合同的封面内容和使用说明构成合同"首部"；甲、乙双方基本情况和合同条款构成合同"正文"；合同最后双方签章和日期等构成合同"尾部"；其中，"正文"是合同主体部分。

在合同"正文"涉及的 12 个条文中，前 11 条属于必备条款，第十二条属于约定条款。必备条款中，规定了用人单位与劳动者双方必须约定的合同事项，但是各合同事项的具体内容，如合同的具体期限、劳动报酬的具体数目等由合同双方平等协商一致后共同确定；约定条款中，用人单位与劳动者可以就需要明确的其他合同事项进行约定，平等协商达成一致意见后写入合同。

【思考与练习】

分析题

比较新旧劳动合同法的差别，你作为未来的劳动者，试分析、了解新的劳动合同写作的优点。

第七章 公关应用文

【学习目的】通过学习，掌握求职信、请柬、邀请书、申请书、演说词等常用公关应用文的特点、格式要求、写作注意事项等，能在不同的场合和社交环境中规范地使用相应的公关应用文。

第一节 求 职 信

求职信是求职者为求得某一职任而向用人单位着重陈述自己的学识、才干和经历，进行自我推销的书面材料。求职信的内容主要由三个方面组成：求职信、个人简历和证明材料，这三个部分在格式和写作风格上各有差异，但又有内在的联系。

一、求职信的含义

（一）求职信的概念及特点

1. 求职信的概念 求职信是以个人名义向有关企事业单位申请某种职位的一种常用书信。

2. 求职信的特点

（1）求职意向明确。求职者应写明应聘的具体部门和岗位。

（2）内容简洁真实。求职简历力求简洁明了、重点突出，材料中的每一个字都要能推销你自己。字数一般在1000字以内，以不超过一页为宜。

（二）求职信的种类

求职信从性质上划分，可分为自荐信和应聘信两种。

1. 自荐信 即主动向某单位介绍自己的情况，自我推荐，申请某种职位、职务的信。

2. 应聘信 即根据对方的招聘广告，应聘其中某一职位的书面申请。

（三）求职信的写作方法

求职信的结构由称呼、问候语、正文、结尾、结束语、落款六部分构成。

1. 称呼 顶格加冒号，要写清招聘单位负责人或联系人姓名并加上适当的职务称呼，如"××负责人："、"××经理："、"××校长："等。

2. 问候语 一般写"您好"、"你们好"或"向你们问好"等，表示敬意。

3. 正文

（1）开头部分。开头部分说明为什么应聘。这部分要交代清楚"我是谁"，为什么写此信。在"我是谁"部分，用一句话简单介绍自己，如："我是××大学大四的学生。7月份毕业，专业是生物学"等等，在这部分只要把最重要也是与未来雇主最相关的信息写清楚就可以了。在"为什么写此信"部分，要列举用人单位的优点及吸引人之处，表达自己对加盟到该单位的渴望和对该单位真诚的关心，充分表达对该单位的历史、现状、未来的认识。但要得体、中肯，以免引起反感。

（2）主体部分。

• 说明自己希望承担什么工作。这里应说明所应聘的专业与岗位，但无须过于具体，太具体了容易缩小范围或与用人单位对不上口径，行文要有回旋余地，以使相类似的工作也有中选的可能。

• 推销自己，说明自己的条件、能力、水平等。这是关系到求职成败的关键部分，可用段落或提示号的方式把用人单位雇佣你的理由陈列出来。求职者对自己应实事求是地科学评估，充分展示自己具备的种种有利条件，列出相关材料，重视证据，以取得用人单位审评人员的理解和认可。可从两个方面去写：

首先，思想素质，介绍自己对学习工作的责任心、对遵纪守法的认识和态度以及道德品质方面的修养。

其次，业务素质，包括专业修养、业务专长。专业修养主要阐明自己求学期间所学知识与专业能力形成的关系，并说明这种发展的关系与日后工作的联系。业务专长主要说明自己的实际本领，如在校期间的学习成绩，取得技术等级证书，实习单位的评价鉴定，参加过的大型活动、比赛与技术、业务锻炼及与日后工作有联系的情况，都应说清楚，特别是在重能力的今天，社会实践活动等方面的经历、评价内容尤为重要。

4. 结尾 进一步沟通，加强彼此了解。这不仅是求职信的结尾，更是开启面试这扇门的部分，可感谢对方的阅读，希望得到回音。

5. 结束语 另起一行，空两格。可用"此致敬礼"收尾；也可用"顺颂财安"、"颂祝春（夏、秋、冬）安"等表示。

6. 落款 在右下方署明自己的姓名及年月日。

二、写作求职信的注意事项

（一）坚持实事求是、谦虚有度的原则

对于国人而言，谦虚是一种美德。一个谦虚的人，可以使对方产生好感。谦虚不是自我否定，而是实事求是、恰如其分地表现自己。谦虚有度要视具体情况而言，由于文化背景的差异，对外资企业可多自我赞许，对国内企业则多一份谦虚。

（二）采用"点对点"表述方式，突出求职信的针对性

针对某家招聘单位的某个招聘职位，一封"放之四海而皆准"的求职信，一定是模棱两可、毫无价值的。专家告诫说："求职信必须经过对目标公司和职位的认真考察后写成。请先取得你未来潜在雇主的信息，衡量你是否合适，愿意从事某项工作，再动手写求职信。"

（三）行文流畅，用语精练、礼貌

俗话说："字如其人，文如其人。"求职信是用人单位对求职者获取第一印象的凭证，是用人单位对求职者的一次非正式考核，通过信件可了解求职者的语言修辞和文字表达能力。一般来说，求职信也能体现出求职者一定的文化素养与思想素质，所以求职信意思表述要直接、明了，切忌有错字、别字、病句。篇幅不宜太长，一般不超过 1000 字。全文流露出你是一个乐观、自信、有责任心的人。如："我虽刚刚毕业，但我年轻，有朝气，有能力完成任何工作。尽管我还缺乏一定的工作经验，但我会用时间和汗水弥补，请领导放心，我一定保质保量地去完成各项工作任务。"

（四）突出个性，注重包装

写求职信，正如精心策划一则广告，要求不落窠臼，立意新颖，以独特的语言、多元化的思考方式，给用人单位留下良好印象，并引起他们的兴趣。有一位学生写道："其实我并不觉得贵公司的条件很好，只是感觉比较适合我的专业，而且觉得最后能不能入选，关键在于实力而不是在于运气。"这种写法往往让招聘者眼前一亮，起到好的效果。

写作求职信，要简明扼要、条理化、实事求是，但并不妨碍修辞手法的运用。一个毕业生这样介绍自己："我用一双眼睛，正把你们深情地注视；我用一双耳朵，正聆听你们求贤若渴的心声；我是一匹千里驹，正寻觅伯乐！"热情、诚恳，充满人情味，寥寥数语，使此信文采飞扬，让人刮目相看。

写作求职信，也要求注意外壳包装。让人家选中你的求职材料，靠运气，也要靠求职资料的与众不同。认真设计一张求职资料封面则显得很重要。一般而言，有人事决定权的人较为保守，求职信外表不应过于出格，以免弄巧成拙。

三、求职简历

（一）求职简历的概念

简历，顾名思义，即是简要概括个人情况的文字材料。

（二）求职简历的写作方法

简单地说，个人基本情况、教育背景、获奖情况、科研成果等，是一份求职简历的基本构成。调查表明，招聘人员初选应聘者时会有一些硬性的选择项目，这里以招聘人员使用项目的频繁程度为序，列出常见的项目：英语等级证书、户口、专业背景、学校名声、在校成绩。

以下为个人简历的基本项目设置：

1. 个人资料（又叫基本信息） 包括姓名、性别、民族、出生日期、户口所在地、毕业学校、专业、学位、联系电话、联系地址、兴趣爱好、身体素质、婚姻状况等。基本信息不一定全列出来。如果用人单位没有特别强调必须注明，则认为这个职位应该列出的信息你才列出。

2. 求职意向 明确求职意向，写明应聘的具体部门和岗位，只有当你明白这个职位是做什么的之后才能在求职简历中突出自己的知识与专长。现在大多数学生都这样表达求职意向：政府机关、企事业单位，从事与本专业相关的工作；在会计师事务所、财政税务系统、工商企业、金融机构等部门从事财务管理、评估及分析、审计、会计电算化等方面的工作。这一类表述，最大的不足是求职意向指向不专、不明、不具体，让招聘单位感到求职者对本单位不了解和缺乏诚意。

3. 教育背景 就读学校及专业、在校期间所获表彰奖励、证书、资质认证、理论修养、所学课程等，这些体现了一个人的职业素养。本项设置也可分解设为外语水平、计算机水平资质认证、科研能力、专业课程等。

4. 社会实践 强调出你适合这个职位的成功经验和经历。如果能回答得比较专业，会给用人单位眼前一亮的感觉。

5. 兴趣爱好与个性 个性要与所应聘的工作相适应。有人会随信写下不少兴趣爱好，如绘画、唱歌、排球、篮球、计算机、读书、交际。兴趣爱好不能随便写，否则容易在面试时出现纰漏。如果真有特别突出的个人特长，可强调写出。

（三）写作求职简历的注意事项

文字要准确、简练、质朴、得体。求职材料中最忌有错别字和不通顺的句子。调查发现，招聘人员一看到句子不通顺或有错别字的求职简历，马上会将其淘汰，他们认为句子通顺与否，是一个人文化素养的体现，文字表达不规范是大忌。因此，写作一份令招聘单位满意的求职简历，应注意以下几项：

1. 内容：重点突出 不同企业、不同职位有不同的要求，求职者应事先进行必要的分析，有针对性地设计和准备求职简历，突出自己的优势，表现自己的个性。

2. 语言：简明扼要、准确清楚 言简意赅、令人一目了然的求职简历是最受欢迎的，也是对求职者的工作能力、人文素养最直接的反映。

3. 形式：版面设计清晰，便于阅读

4. 传递有效的信息 求职简历要有明确的求职意向，重点介绍与工作相关的学历、证书、知识、技能和实践经验。

四、范文评析

[例文一]

求职简历

尊敬的领导：

您好！感谢您能在百忙之中翻阅我的求职材料。

我是一名××大学外国语言文学系的应届本科毕业生，毕业在即，希望在贵单位寻得一份英语教师的职位。

在校四年的系统学习，我已掌握扎实的英语基本功，听、说、读、写、译等都达到了较高的水平。尤其在口语方面，已相当流利，这对我今后从事教师工作来说无疑是至关重要的。一直以来，成为一名优秀的人民教师是我梦寐以求的理想。虽就读于经济院校，但在课余时间里，我努力为自己充电，认真阅读了《教育法》，选修及旁听了《演讲与口才》、《心理学》等相关课程。此外，为了适应新时代的多媒体教学，我还刻苦钻研了计算机，现在能熟练运用 Office 软件、Windows、Word、Excel 及其他基本操作。寒暑假在学校的教学实践中得到多方家长的认可，便是对我最大的鼓励和肯定。

按照我的理解，无论从事什么职业，从业人员不仅要有扎实的专业基础知识，更重要的是要有敬业精神。作为一名学生，我一直勤勤恳恳，努力学好每一门功课，四年的成绩变化便是见证。

在当今充满竞争的社会里，团队精神无疑是不可缺少的因素。在校期间，我有意培养团队意识并付诸实践。课中，积极配合老师；课下，认真做好老师布置的任务。每当有小组任务时，同学都乐意跟我合作。

"我是一滴水，融入大海永不干涸。"希望贵单位给我一个展示能力的机会，我热切地期待着您的回音，并由衷地祝贵单位事业蒸蒸日上！

随函附上个人简历一份和发表的论文代表作一篇，敬请参考。

此致

敬礼

求职者：×××

200×年××月××日

评析：以上是一份典型的求职信。从格式上讲，称呼、问候、敬语、署名、日期、附件都写得正确、完整，符合书信的规范。从内容上讲，一是简明扼要，目的性强，谦虚诚实，给用人单位留下一个好的印象。二是详略得当，重点突出。求职者将自己在校学习的课程及成绩略写，只以附表的形式在信后出现，而重点突出了自学的科目和技术实践方面的能力，使录用单位认为求职者既有理论水平又有思想水平，且动手能力强，这是企业最欢迎的新型人才。三是层次分明，语言得体。全文六部分安排得井然有序，行文流畅简练，不卑不亢。本文的不足之处是被录用后的打算和决心写得比较少。

[例文二]

×××简历

求职意向：英语教师

个人资料：

姓　　名：×××　　　　　　　性别：女

民　　族：汉　　　　　　　　出生年月：××××年×月

政治状况：团员　　　　　　　健康状况：良

专　　业：英语　　　　　　　学历：本科

教育背景：

200×—200×　×××××外国语言文学系

199×—200×　××中学

主修课程：

基础英语　高级英语　英语口语　英语听力　英语口译　英语阅读
英语笔译　英语写作　英美文学　英美国家概况　语言学概论
　写作　中国文化史　中国诗歌史　演讲与口才　二外（日语）　公共
关系学　高级语言程序设计

获奖情况：

200×—200×学年第一学期荣获"先进个人"称号

200×—200×学年第二学期荣获"先进个人"称号

200×—200×学年第一学期荣获"先进个人"称号

200×—200×学年第二学期荣获"系三好学生"称号

个人能力：

较强的英语听、说、读、写、译能力，通过英语专业四级（TEM4）、
国家六级（CET6），待考英语专业八级（TEM8）。

能熟练操作 Windows 98、Word 97，熟悉 Excel 表格制作及 Vbasic 高级
语言程序设计，通过计算机二级（CCn）。

有牢固的日语基础，现可达三级水平。

实践与培训：

兼职数份家教，深得家长的一致好评。曾给一个很顽皮的 8 岁男孩教少
儿剑桥英语及英语音标，每天接受他父亲的效果检查。然而，我在 30 天内
成功地完成了原计划 45 天才能完成的任务，并得到了 200 元的额外奖励。

曾在学校的暑期辅导班当教师。

200×年国庆期间到北京参加了"美国口语"培训班。

课余喜欢去旁听其他系的课程，特别是中文系老师的课。

在暑期做过家教中介、产品推销工作。

联系方式：

联系地址：××大学××信箱

邮编：×××××××××

电话：×××××××× 　　手机：××××××××××××

Email：×××××@yahoo.com.cn

附：证明材料复印件

评析： 求职信一般都随信附上有关证明材料。如求职人是应届大学毕业生，则需附上毕业生就业推荐表、毕业生学习成绩表以及相关获奖证书、荣誉证书、技能证书和相关社会实践证明等的复印件；如求职人是另谋职业，则需附上身份证、毕业证、任职资格证、简历表、有关技术论文、专利证书、发表作品等的复印件，用以证明自己的资历和能力。

以上简历写明了自己的学业、特长、成绩，并附上有关证明材料，使招聘者掌握了选择应聘对象的相关信息。

【思考与练习】

一、填空题

1. 求职信的内容主要由_____、_____、_____三个方面组成。

2. 求 职 信 的 结 构 由 _____、_____、_____、_____和_____组成。

3. 个人简历基本项目设置包括_____、_____、_____、_____和_____等。

4. 求 职 信 的 礼 仪 用 语 主 要 体 现 在 _____、_____、_____ 和_____ 上。

二、写作题

为自己将来毕业就业设计一份求职信。

第二节　请柬与邀请书

一、请柬

（一）请柬的含义

请柬也叫请帖，是为了宴请客人而发出的礼节性的通知或邀请书，是信件、帖子、名片等的总称。

请柬是人们在社会交际和社会活动中经常使用的文书。作为书信的一种，请柬有其特殊的要求：一般的请柬用纸张印刷，外面装上信封；如果是重大的喜庆社交活动，邀请的对象又是比较重要的人物，请柬尤其要印制得精美，还要派专人递送，以示庄重。

（二）请柬的特点

1. 庄重性　请柬可用于一般的会议通知，但也用于主人宴客，或是婚宴，或是生日，请亲朋好友赴宴，因而要真诚邀请，专门制作请柬，以示庄重和诚意。有时请柬也可做入场或报到、领取礼品的凭证。

2. 广泛性　请柬的用途很广，不管是个人的、单位的、酒宴的、开会的、剪彩的，还是重要人物出席的盛会，凡是需要用上请柬的，都可使用请柬。

3. 文学性　请柬的文字要庄重、得体、有文采，切忌硬邦邦的文字。因为客人出席与否是自愿的，所以不能用"特此通知"、"不得缺席"等生硬语言。当然，如果是婚宴，请柬的末尾可写上"恕不介催"这一类字眼，这话同样也是有文学性的。

（三）请柬的类别与适用范围

请柬的用途很广，凡是结婚、生日、乔迁、祝寿、升职、获奖、授勋而私人请客的；或是单位开张、剪彩、复业、更名，校庆、司庆，获得崇高荣誉，艺术节汇报演出，工程奠基，需要请人出席的，都用得上请柬、请帖等。

（四）请柬的结构和写法

1. 请柬的特殊要求　请柬一般分成封面和封里两个部分。

（1）封面。有横式书写和竖式书写两种。不论哪一种形式，封面都要写明社交活动（××活动）和喜庆活动（××喜庆活动）的内容，加上"请柬"两个字。

横写时，第一行写"××××活动"，第二行中间写"请柬"二字，字体要大些，字迹要工整、美观。竖写时，"请柬"二字要写在封面的右方，由上而下写上"请柬"二字。有的还将"请柬"二字单独写成一页，以示庄重，不过，"请柬"二字要写在第一页中间稍靠上一点。

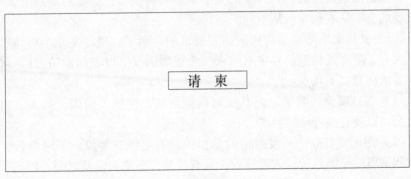

（封面）

（2）封里。封里由称呼、内容、结尾、落款几部分组成。

● 称呼要写明被邀请对象的姓名、职务、职称、亲属关系。如"××

总经理"、"××教授"、"××大伯"。

● 内容要写清楚因何事，何时，在何地，出席何种形式的宴会、酒会、大会、活动，以及邀请对象的范围和人数。如全家宴请的要写"合府统请"，夫妇都请的写"请您偕夫人一同出席"，只写一个人的姓名则表明只邀请一人出席。

● 结尾是请柬的敬语，一般紧接内容后（或另起一行空两格）写上"敬请出席"、"敬请光临指导"、"我俩恭候您的光临"等等。切忌写"不得请假"、"万勿缺席"，否则别人会怀疑你的诚意。

● 落款写上邀请者名称和日期，在横写请柬的右下方或竖写请柬的左下方，写上发送单位全称或个人（夫妇全请），署名下行写上年月日。

××先生（女士）：

《中国山水画联展》定于 2007 年 10 月 1 日在××市第×工人文化宫东展厅举行。

敬请莅临指导！

展出时间：2007 年 10 月 1 日至 10 月 8 日

上午：8 时 30 分至 11 时 30 分

下午：2 时 30 分至 5 时 30 分

中国美术家协会××分会

2007 年 9 月 10 日

（封里）

如果封面是横式的，则封里的文字从左到右横写；如果封面是竖式的，则封里的文字从右到左、从上到下竖写。

2. 请柬的文字要求　请柬的语言要求简洁明了，措辞文雅、得体、热情、大方，要真诚相邀，并带有请求、希望的语气，以表达邀请者的盛情。文字要求注意以下几点：

（1）表达要清楚明了。尤其要写清楚何时、何地、何因、何人、出席何宴会，以及有何特殊的要求。

（2）用词要有分寸。被邀请的单位中，有上级、平级、下级单位，也有不相隶属的兄弟单位；被邀请的个人有长辈、平辈和晚辈之分，因此，用词要有分寸感，尤其是结束语不要用错。例如，"敬请光临"不要写成"请依时出席"。结语可写成"敬请拔冗光临指导"、"我很高兴地恭候您的光临"等等。

（3）要注意视觉美感。请柬要求美观大方，在用纸、色彩、印制等方面都要讲究。设计要热情、庄重、华贵，有的还烫金字。最好请书法家来书写，或用电脑打字印制。书写字体切忌歪歪斜斜，以及文句不通、错（字）漏（内容）百出。

（五）范文评析

[例文一]

请　柬

×××先生伉俪：

谨订于 2000 年 4 月 28 号（星期×），为庆祝本公司成立，特在×××酒店二楼××厅举办开业酒会。敬备薄酒，恭候光临！

下午五时恭候，六时入席

×××公司敬约

二〇〇〇年四月二十日

评析： 这是一则单位开张的请柬。称呼部分可留下被邀请对象的姓名、职务、职称暂不写明，请柬印刷后再行亲笔书写，以示尊重；主体部分写明何时，在何地，出席何种形式的宴会、酒会；结尾是请柬的敬语"敬备薄酒，恭候光临！"以及时间"下午五时恭候，六时入席"。最后加上落款。措辞文雅、真诚，表达了邀请者的盛情。

[例文二]

请　柬

×××先生：

兹定于 10 月×号上午 8 时在本厂（××路××号）会议室召开新产品鉴定会。敬请光临指导。

此致

敬礼

×××市×××酒厂

×××年××月×日

评析： 这是一则邀请专家参加企业新产品鉴定会的请柬，虽言语不多，但表述清楚，说明因何事、何时、在何地、出席何种形式的活动，语言简洁明了，用"请柬"的形式行文，显得大方、诚挚。

二、邀请书

（一）邀请书的含义

邀请书又叫邀请信，它是邀请者为了请他人到约定的某地方，进行某一类活动而发出的礼节性书信。

邀请书是比请柬较为复杂的书信，它是党政军机关、企事业单位、各专业学术团体在召开重大会议或举行盛大活动时经常使用的一种应用文样式。它除了有请柬的作用之外，还向被邀请者交代需要做的有关事情。

（二）邀请书的特点

1. 庄重性　邀请书是通知（或告知）客人参加某项活动的信函，但它实际上比通知和信函都显得庄重。一般性的会议以发通知形式告知相关人员，较重要和较隆重的活动才向客人发邀请信。

从邀请书的作用来看，它是人际交往中一种礼仪形式，表示主办者对客人的尊重。即使是同一个会议的参加者，一般与会者只发通知，而特别重要的嘉宾，即使近在咫尺，也要发邀请书，派专人送去，或发出电报。现邮电部门发行三种精致、新颖、美观、高雅的请柬卡做电报的封面，邀请书的全文则做封里，以表达诚挚、郑重、礼貌之意。

通知一般用"参加"表达；而邀请书则用"光临"、"莅临"、"到会指导"等词语表达。

2. 明达性　邀请书篇幅一般比请柬长，除将内容、时间、地点、参加者、原因、要求等交代清楚之外，还要写清楚参加会议的各项要求，如讲话稿、参与活动内容、研讨范围、出席会议的其他重要贵宾等，都要交代得清清楚楚。语言要求通顺明白，不能含糊其辞。

3. 美观性　邀请书与请柬一样，常常用彩色纸印制，同时讲求字体的大小、美观，讲求式样的变化。信纸还常常用稍厚的纸印刷，外加信封。

（三）邀请书的结构与写法

邀请书的内容比请柬要详细，内容和写法与请柬略有不同。邀请书主要包括标题、称谓、正文、祝福语、落款、回执表几个部分。

1. 标题　邀请书的标题有两种写法：一是写《邀请信》或《邀请函》，写在第一行的正中，字体稍大，也可用隶书或美术字体书写。二是活动的内容加上"邀请书（函）"。如《×××散文创作艺术研讨会邀请书》。

2. 称谓　写上应邀单位负责人或个人姓名，后可加"同志"、"先生"等以示尊敬，位置与书信同，从第二行顶格写，加冒号。

3. 正文　正文包括前言和事项两部分内容。前言部分要简明扼要地说明在什么时间、什么地点，召开什么类型、规格和内容的会议，并邀请对方参加。事项部分则要求分段分项列出，较为详尽具体。这部分如果由于内容丰富，为表达得更明达些，结构可采用条项形式列出，或用分段结构阐述。这种写法与一般书信同。参加会议如有交费和回执要求的，或者有联系人姓名、电话、传真等内容的，同样也要写清楚。

4. 祝福语　邀请书一般不另外写结语。有的可像书信那样写上"此致"、"敬礼"之类的祝福语。

5. 落款　邀请书通常要在右下方署上单位（或个人）名称，写出时间（年月日），还要盖上会议主办单位（即邀请单位）的公章，以示庄重。

6. 回执表　有的邀请书还附有报名回执表，要求收信人在约定的时间填好，寄回或传真回来，以便事前做好安排，使活动能顺利进行。下面是一封回执表样式。

×××××学术研讨会
报名回执表

参加者	姓名	性别	职称（务）	通讯地址		邮编	电话
随行人员	人数	姓名	性别	与参加者关系			
论文题目							

（四）范文评析

［例文］

关于举办市场经济与管理研讨会的邀请函

＿＿＿＿＿＿同志：

为了适应建立社会主义市场经济新体制的需要，总结改革开放以来的现代管理经验，探讨社会主义经济条件下现代管理的系列基本理论和实践问题，促进科学管理水平的提高，我院决定于200×年2月1~4日在×××举办"市场经济与现代管理"研讨会。您发表的论文《×××××××》被确定在本次会议上交流。特邀请您出席，往返路费和住宿、活动费用均由我们负责。

现将有关事宜告知如下：

一、会议内容。（略）

二、会议时间。（略）

三、报到地点。（略）

四、参会程序。（略）

五、会议费用报销办法。（略）

六、联系地址与电话。（略）

请于×月×日前将《回执》寄回或传真给我们，以便做好一切安排。我们热切地恭候您的光临。

联系电话：×××××××
传　真：×××××××

×××××××（印章）
××××年××月×日

附：回执表（略）

评析：

这是一则对与会者发出的邀请函。其正文内容包括前言和事项两部分。前言写明了会议意义和邀请对方参会的原因；事项部分详细地列出了会议的内容、时间、地点及联系方法等，内容详细，事项清楚。

【思考与练习】

简答题

1. 请柬的封里包括哪几个部分？请柬的文字有何特殊要求？
2. 邀请书的结构写法与请柬有何不同？其增加了哪些内容？

第三节　申　请　书

一、申请书的含义

申请书是单位或个人因某种需要，向有关部门、组织、社会团体提出书面请求的专用文书，是人们在日常生活和工作中广泛使用的一种信函文书。

二、申请书的作用

申请书的使用范围非常广泛。个人对党、团组织和其他群众团体表达志愿、理想和希望时，可以使用申请书；个人在学习、工作、生活上对机关、团体、单位领导有所请求时，可以使用申请书；下级在工作、生产、学习、生活等方面对上级有所请求时，也可以使用申请书。

申请书是沟通个人与组织、个人与领导、下级与上级的一种手段。不仅可以把个人或单位的愿望、要求向组织或领导表达出来，让组织和领导加深对自己或下级的了解，争取组织和领导的帮助与批评，而且还可以密切个人与组织、个人与领导、下级与上级的关系，使干群之间、个人与组织之间、个人与领导之间、下级与上级之间形成联系紧密、协调一致的整体，促进社会主义的物质文明和精神文明建设。

申请书是一种专用书信，与一般书信一样，是表情达意的一种工具。但是与一般书信又有区别。一般书信大部分是个人与个人之间互通情况、交流感情、交换意见、研究工作、商量事情时使用的，内容比较广泛，既可以谈公事，也可以谈私事，谈一件或几件事都可以。申请书则是个人或下级对上级或组织、机关、团体、单位有所请求时才使用，一般是一事一信、一事一书，内容比较单纯。

三、申请书的特点

（一）请求性

从写作动机看，申请书的写作带有明显的请求目的。许多申请书是按程序要求必须撰写的。如，想入党、入团、入会，个人必须按程序向有关组织递交申请书，表达加入组织的愿望，然后组织才考虑吸收。又如，开业、调动、分房、留学等个人在生活和工作中的具体问题，需要向组织请求批准的，都必须按程序向有关部门的单位递交申请书，组织依据申请书给予审批。再如，专利申请，商标注册，纳税、减税申请，出口检测，民事诉讼中的种种申请，都是按程序必须递交的书面申请书。单位、机关、社团有事要向有关主管部门或上级提出申请，有时用请示行文，有时也可用申请书行文。

从写作内容看，申请书是以阐述申请原因、申请理由和申请事项为主要内容的信函文书，具有十分明显的请求性。

（二）单一性

申请书的内容单一明确。一份申请书只表达一个愿望或只提出一个请求，一事一函，不能把不同的愿望和请求写在同一份申请书中。

四、申请书的种类

申请书的种类繁多。按申请者分，申请书有个人申请书和单位申请书；按内容分，申请书有入党申请书、入团申请书、入会申请书、开业申请书、调动申请书、专利申请书等；按形式分，申请书有文章式申请和表格式申请书。

大多数申请书采用文章式的写法，也有不少申请书采用表格形式表述。例如，专利申请书，商标注册申请书，注册商标争议裁定申请书，纳税申报表，减税、免税申请书，进口检验申请单，出口检验申请单等。表格申请书（表）都是由审批单位按统一的标准、格式制定打印出来，发给申请人（单位）填写的，申请者一般不自制申请表。

五、申请书的结构与写法

不同内容的申请表有不同的申请事项，申请表的格式可以各种各样，本书主要介绍文章式申请书的写作结构与写法。文章式申请书有比较固定的结构，一般由标题、称呼、正文、结尾和落款构成。

1. 标题　第一行的正中写申请书的标题。申请书的标题有三种写法：一是只写"申请书"三个字。二是"内容＋申请书"构成标题。如《入党申请书》、《开业申请书》。三是"关于＋内容＋申请书"构成标题。如《关于参加第一期电脑培训班的申请书》。申请书的标题字体可以稍大一些，也可以和正文的字体一样。

2．称呼　称呼也叫"抬头"，即在标题下空一行顶格处写出接受申请书的组织、机关、团体、单位的名称或有关负责人的姓名，如"党支部"、"市工商局"、"院长"、"尊敬的先生、女士"等。名称后面加冒号，表示下面有话要说。

3．正文　正文是申请书的主要部分。正文要写清楚申请事项、申请理由、申请态度三项内容。

（1）申请事项。申请书宜开宗明义，先把申请的事项写清楚。开头事项不宜写太长，三言两语，单刀直入。例如，一般这样开头："我是××师范学院中文系的写作老师，愿意加入贵会，成为一名会员。"又如："我是一位待业三年的高中毕业生。为了不再吃闲饭，为了减轻父母经济负担，为了给社会和人民作点贡献，我申请在××路号开办'自立家电维修部'。"

（2）申请理由。申请理由要陈述具体、充分、有条理，如果理由较多，可以考虑分段一个个地写，条分缕析，让人容易明白。不同的申请事项，其申请理由应有所区别。申请加入团体、组织，其理由主要写对团体、组织的认识，本人想加入该团体、组织的动机，本人已具备的条件，等等；申请开业，其理由主要写经营业务的技术水平、营业资金、铺位空间等开业基本条件等；申请调动，其理由应着重写本人目前的困难。总之，申请的理由要针对申请事项，尽量写得充分、有理。

（3）申请态度。申请书一般要表示自己的申请被批准后的态度和决心。这部分的内容可以写得简约一些。例如："我愿意遵守学会章程，履行会员义务，向学会提供教学经验和科研成果，完成学会交给我的任务。"因为这是请求批准的信函，用语应恳切，切不可语气强硬，甚至不讲礼貌。

4．结尾　申请书可以有结尾，也可以没有。结尾一般是写"此致"、"敬礼"之类表示敬意的话，可以在正文完后接着写"此致"，再起一行顶格写"敬礼"；也可以在正文下一行空两格写"此致"，另起一行顶格写"敬礼"。还可以写表示感谢、表示祝颂的话。此外，还有人写"敬祈核准"、"请领导批准"等语。

5．落款　在结尾下一行（没有结尾则在正文下一行）的后半行，写上"申请人"三字后，再签上姓名，或者签上单位名称加盖章，在署名下面写上日期。

六、申请书的写作要求

（1）要把申请的事情和理由写清楚，使接受申请的组织或领导能透彻地了解申请人或申请单位的意愿、要求和具体情况，以便研究处理。

（2）要考虑对象。写申请书就是要让接受申请的组织或领导看的，所以必须从这一特定的读者对象出发来确定申请书的内容和文字。该说的说，不该说的不说，接受申请书的人已经了解的事情可以少说或者干脆不说；对方不太了解而又有必要说明的地方，就要说清楚。如果不是第一次申请，再写申请时就不必重复上次的内容，可以在原有申请的基础上或强调，或补充，或修正。

（3）申请书是一种应用文体，主要使用叙述的方法，语言要准确，文字要朴实，交代要简洁明了，只要能把自己的意思表达准确、清楚、明白、通畅，让人能看懂就可以，切忌浮泛冗长、故弄玄虚、有意渲染，没有实际用处的话说多了，反而会冲淡申请书的主要内容。使用生僻、深奥的语言文字，会造成接受申请的组织或领导理解上的困难，甚至误解。字迹要工整，标点符号使用要正确，否则也会造成阅读、研究、处理上的困难，还可能给人以不严肃、不懂礼貌的印象。

七、范文评析

[例文一]

关于开办维修部的申请书

广州市××区工商局：

我户籍广州，是××职业技术学院毕业的大学生，由于各种各样的原因，大学毕业后已经待业两年。为了不再吃闲饭，为了不再让父母抚养，为了给社会和人民作点贡献，我申请开办"诚信电脑维修部"。

我大学毕业后，根据所学专业和兴趣、爱好，一直以来都刻苦钻研计算机应用知识，到相关的公司拜师，学习电脑修理技术，并且曾在××电脑维修部当实习生一年。现在，我已经掌握了修理各种电脑的技术，考取了电脑修理上岗合格证书。本人已经租××路93号50平方米铺位一间，筹得开业资金25万元，并已有电脑维修工具等设备。为此，本人申请开办个体电脑维修部。请考核我的准备工作，批准我的开业申请，并发给营业执照。

如果我的申请得到批准，我将守法经营，尽最大努力服务社会，服务大众。

此致

敬礼

附：上岗合格证、待业证复印件

申请人：××

2004年9月6日

评析：这是一则开业申请书，格式规范，能够根据个人的具体情况，写明申请项目、经营业务的技术水平、营业资金、铺位等开业的基本情况，还明确了开业的态度。申请条理清楚，语言简洁明了，让有关人员一看便能明白。

[例文二]

入党申请书

敬爱的党组织：

像小苗盼望阳光雨露那样，我殷切期望早日投入您慈母般的温暖怀抱，在您的直接关怀、教育、培养下，成为社会主义祖国和"四化"建设的有用之才。因为，我盼望成为一名中国共产党党员。

敬爱的党，虽然我不能像健康人那样，在学校里系统地学习党的光辉历史，但是，从给我以厚爱的亲朋师友之中，从我自学的课堂上，从二十几年的生活经历中，我同样强烈地领略到党的光荣和伟大。我们的党是中国工人阶级的先锋队，是中国各族人民利益的忠实代表，是中国社会主义事业的领导核心。党的最终目标，是实现共产主义的社会制度。我们的党领导全国各族人民，经过长期的反对帝国主义、封建主义、官僚资本主义的革命斗争，取得了新民主主义革命的胜利，建立了人民民主专政的中华人民共和国。"没有共产党就没有新中国"的歌声，唱出了人民的心声，也道出了一个伟大的历史事实。新中国成立以后，党又领导全国人民顺利地进行了社会主义改造，完成了从新民主主义到社会主义的过渡，确立了社会主义制度，发展了社会主义的经济、政治和文化。特别令人难忘的是，我们的党经受住了十年内乱的严峻考验，在国家和人民最危急的关头，一举粉碎了江青、林彪两个反革命集团，取得了重大的胜利，实现了历史性的伟大转变，规划了"四化"建设的伟大蓝图。党的十二大以来，随着社会主义建设新局面的开创，各族人民意气风发，同心同德奔向未来。历史证明，我们的党不愧为伟大、正确的党。

作为一名病残青年，我无时无刻不在感受党的温暖。没有党的关怀，就没有我的生命，更没有我的今天。特别是当我在生活中克服了一点困难、在工作中做出了一点成绩的时候，党又给我以很高的荣誉，使我时时有一种无功受禄之感。我付出的太少了，得到的太多了，纵然献上我的青春和生命，也无法报答党和人民对我的厚爱。

我深知，自己离一名真正共产党员的要求相差太远了，但我决心时时处处以一个党员的标准严格要求自己，战胜困难，刻苦自学，百折不挠，奋力攀登，更多地掌握"四化"建设的本领，为共产主义事业贡献出微薄的力量。敬爱的党，请考验我。

此致

敬礼

申请人：张海迪

××××年×月×日

评析：这篇入党申请书写得情真意切，真挚地表达了作者渴望加入中国共产党组织的迫切心情。正文内容按申请书内容要求，写了申请事项、申请理由和申请态度三项内容。

【思考与练习】

一、填空题

1. 申请书是人们在日常生活和工作中广泛和经常使用的一种_____文书。

2. 申请书的正文由_____、_____和_____三部分组成。

3. 申请书的结尾一般是写"_____"之类表示敬意的话。

4. 入党申请书的特点，一是_____；二是_____。

二、写作题

根据自己的情况，拟写一份申请书。

第四节 演 说 词

一、演说词的概念

演说词又称演讲词、演讲稿，是演说者在公共场合或集会上，就某一问题宣传自己的主张、表达自己的感情或阐说某种事理的讲话文稿。

二、演说词的种类与特点

对一位演讲者来说，演说词首先能起到增强讲话信心的作用；其次，通过写作演说词，对整篇文稿综合进行加工润色，还有利于提高现场发挥的表达能力，增强演说词的说服力与战斗力。

从语言要表达方面来划分，演说词一般分为议论型的演说词、抒情型的演说词和叙事型的演说词三类。

演说词具有以下三个特点。

（一）针对性强

针对某个热点问题，针对不同的听众对象，针对不同的时间场合，去写作，去演绎，以达到提出问题、分析问题、解决问题的目的。

（二）感召力大

出色的演说词应是哲理和情感的结合体，并具有强烈的鼓舞性和号召力。

（三）现场感强

因演讲者与听众是面对面进行宣传的，所以演讲词的语言应平易、优美、通俗、易懂，常用第一人称：我们（并兼用第二人称：你们），使字字句句倾注着演讲者诚挚的感情。

三、演说词的写法

（一）议论型演说词的写法

一般来说，演说词属议论文范畴，通常有论点（的提出）、论据（的使用）和论证（的过程）三个要素。而议论型演说词在整个演说词文种中占的分量最大，也占有最重要的地位。

议论型的演说词主要由标题、称谓、开场白、主体和结束语五个部分组成。

1. 标题　常用发人深省、引人入胜的标题阐明内容、暗示主题、提出问题、形象比喻。

2. 称谓　一般用得体的称呼、称谓，如"各位"、"朋友们"、"在座各位同行"等，使人听后感到亲切，会唤起听众的注意，拉近演说者与听众的距离。

3. 开场白　演讲词的开头十分重要，它对整篇演讲的基调或成效具有关键性的意义。同时，它也是沟通演讲者与听众感情的一座桥梁，好的演讲词的开头往往可以起到交代背景、说明情由、点明题意、提出问题、收拢听众注意力的作用。它使演讲活动能够顺利地开始，转向正题，进入高潮，达到其阐明事理、感召听众、调动情感与行为的目的。

4. 主体　议论型的演说词和议论文一样，都涉及提出问题、分析问题、解决问题这三个环节。一般是在开场白中直截了当地提出相关的问题，之后在主体中对问题作出中肯、深刻的分析，使演讲者的观点顺理成章地传达出来。

撰写主体部分，要安排好结构，组织好论据。常用论证方法有引证法、喻证法、对比法、类比法、例证法等。

5. 结束语　结束语是留给听众最后印象的一句话，它要比开头和主体部分站得更高，内容更新奇有力，方法更巧妙，效果更耐人寻味。结束语常用激励式、含蓄式、总结式等方式，要求做到简洁明快、生动含蓄、言有尽而意无穷，给听众以深刻的印象。

（二）抒情型演说词的写法

抒情型演说词的结构与议论型的相同。此外，撰写这一类演说词的主体部分要注意做到以下几点：

1. 掌握好的抒情方式　一是直抒胸臆，或叫做直接抒情。这种抒情方式有时像打开了感情的闸门，任其宣泄与奔腾。但这种直接抒情方式用得不是很多。二是间接抒情。常借助于叙事、评论等方式来表达演讲者的思想感情，或用充满感情的笔调来叙述事物。

2. 运用优美的语言　抒情型的演说词语言感情浓烈，鼓动性极强，常常运用带有感情色彩的词语，以及排比句、比喻句、设问句、反问句、整

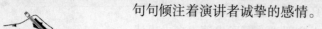

句、散句等句式，使人听起来朗朗上口，又获得情理交融的效果。

3．采用曲折有效的结构　这类演说词的结构要随着演讲者的思维起伏去安排。往往演说者常为某人、某事、某物所感动，获得一种深刻的人生感悟，产生某种创作冲动，由此及彼，勾连起一些动人的人或事来，引导听众去思索、去联想。

（三）叙事型演说词的写法

这类演说词通过叙述演说者亲身经历的事实来说明某个主要哲理。撰写叙事型演说词主体部分应注意以下几点：

（1）精选典型的、带有个性的材料（如演讲者独特的身世、独特的遭遇），给听众以新鲜感。

（2）在适当的时候、适当的地方作画龙点睛式的议论，以简练语言揭示深刻的哲理，加深听众对社会、对人生的认识。

（3）讲究演说词的结构。叙事型演说词的结构一般有两种：一是纵式结构，所叙事实有完整的情节，可按事情的发端、经过、结尾的时间（情节）发展顺序来写；二是横式结构，按事物的性质安排层次，演讲者从生活中提炼出来的某个观点把内容不同、但性质一样的几件事贯串来写，使作者所展示、所宣传的观点得到充分的反映，给听众以突出、深刻的印象。

（4）语言朴素生动。演说词以叙述事件为主，所讲述的故事应娓娓道来，亲切自然，既有概述，又有细节的刻画，还有人物的语言、心理、动作方面的描述，也可加插演说者的抒情和议论。

四、范文评析

［例文］

中国人能够创造奇迹
埃及　侯赛因·伊斯梅尔·侯赛因

亲爱的朋友们：

我想，在座的各位一定与我有着共同的感觉：在短短的几分钟里，表达我对中国的感情，确实是一项艰难的任务。

所以说其艰难，是因为中国具有五千年的文明史，她的天空下生活着世界上1/5的人口，她是绘制21世纪世界蓝图的最大参与者，我说艰难，是因为中华人民共和国的诞生是20世纪后半叶世界上最重要的事件之一；是因为中国在最近20年中取得的成就，是许多国家和民族在这样短的时间内难以实现的；是因为这个世界应该授予中国最伟大的人权勋章。请问有比把占世界1/5的人口从穷困和死亡中拯救出来，使其过上体面的生活更伟大的成就吗？

我真要嫉妒自己，嫉妒任何一位生活在中国，特别是在这一时刻生活在中国的外国人了。因为，我们亲眼目睹了这里目不暇接的发展，身心感受这里惊天动地的变化。如果说我对中国成就的一切是惊叹不已，那并不意味着我诧异不解，因为建筑了万里长城的人们是能够创造奇迹的！拥有如此深厚的文明遗产的人们，绝不会因一次跌倒、一次失足而放弃伟大的征程。

亲爱的朋友们，尽管我的出生地———埃及的金字塔与你们的长城相距万里，但是，我从未觉得自己是中国土地上的陌生客，是中国人中的外国人。每当我离开北京时，心中总怀有深情的眷恋和强烈的回返之感。在我与中国的一切之间、与中国有关的一切之间，出现了一种奇怪的关系，使我于1997年7月1日之前背上行囊，前往香港，已把它的回归深深地镌刻在我的记忆之中；也是这种关系，使我非常珍惜在1999年10月1日与你们同在，置身于你们中间；还是这种关系，会在今年的12月把我带向澳门，目睹其投向中国怀抱的回归。我真诚地希望能在不远的将来，与你们同庆台湾问题的解决，使中国大家庭得以团圆。就是这种关系，使我在谈起中国时，如我们的一些朋友们所说的那样，感情同中国人一样深厚。

亲爱的朋友们，50年前，中国的伟大领袖毛泽东在天安门上庄严宣告：中国人民从此站起来了！1982年，邓小平在中国共产党第十二次全国代表大会的开幕式上果断地宣布：我们坚定不移地实行对外开放政策，在平等互利的基础上积极扩大对外交流。到1997年中国共产党召开第十五次全国代表大会时，江泽民主席又郑重宣布：中国决不放弃改革开放政策。此时此刻，我想起了中国伟大的思想家和哲人孔子曾经说过："吾少也贱，故多能鄙事，吾十有五而志于学，三十而立，四十而不惑，五十而知天命。"今天，中国确确实实地知道上天所欲。

亲爱的朋友们，在中华人民共和国欢庆成立50周年之际，授予我"友谊奖"，是一件意义深远的大事，因为它正式地表明了12亿中国人民的友谊。生活在中国人民中间的人们，都了解中国人民对友谊的崇高和珍视，他们把友谊视为一种生命的价值。作为一个国家，中国将其体现在对和平与发展的呼唤与提倡及其坚持不懈地与其他国家人民建立友好关系上。

再一次在新中国成立50周年之际向你们表示祝贺。我要对你们说，是你们伟大的人民使我热恋这个国家，成为她忠诚的情人。在这个国家里，我感受着中国的温暖，享受着友朋的挚爱。最后，我要对你们说：我爱你们，中国人民！

评析：这篇抒情型的演说词采用直抒胸臆的抒情方式，情真意切，感人肺腑，鼓动性极强。其成功之处主要体现在三个方面：语言真挚，运用排比、反复、设问等修辞手法，表达真挚的情谊；材料取舍精当，紧扣"中国人能够创造奇迹"这一立意，选取真实材料表情达意；独特的结构，跌宕起伏，以三个"亲爱的朋友们"领起几个段落，组成一个并列结构，再用最后一段总结，把演讲者的真情实感全部抒发出来了。

【思考与练习】

一、简答题

1. 工作与生活中，演说词可应用于哪些场合？学习演说词对个人素质的培养与提升有何作用？

2. 演说词有哪几种写法？

二、写作题

请选择演说词的一种写作方式写一篇演说词。

第八章　学术类应用文

【学习目的】本章重点学习学术论文、毕业论文、工作研究实习报告的概念、特点、写作方法和要求，掌握其写作技巧，熟练运用以上各文种。

第一节　学术论文

一、学术论文的概念和特点

（一）学术论文的概念

学术论文也叫科研论文、研究论文、专题论文，简称论文，它是在对研究对象进行研究的基础上，以议论、分析论证的方式提出作者见解、描述科学研究成果的理论性文章。

（二）学术论文的特点

1. 理论性　学术论文的理论性，首先体现在论证的严谨性上。它侧重于从理论高度进行严密的分析论证，从立论或反驳，都力求论点中肯，论据充足，以理服人；从提出问题到解决问题，从论述的展开到观点的归纳，都应环环相扣。论文的理论性还体现在内容的深度上。学术论文不是浅显的经验之谈，而是力求给予理论上的阐述，具有浓厚的理论色彩。

2. 严密性　学术论文不能停留于事实、现象的罗列，必须通过对事实的抽象、概括、分析阐述和严密的逻辑、论证、推理将其上升到理论高度。这是一篇论文所应具备的起码的条件，是作者学术水平的体现，具体体现在论点客观、正确，论据可靠充分，论证周密、严谨上。它要求作者具有科学的研究态度，立论上要求杜绝主观臆造，公正客观地分析问题、解决问题；在论据上，需经过周密的观察、调查、实验和论证，选择最充分、最确凿、最有力的论据作为立论的依据；在论证上，要求作者做周密的思考和严谨的推理。

3. 独创性　论文不仅要进行专业化的研究，而且还要阐述自己对论题的独特的发现或独到的见解。它可体现为对已有结论提出新的见解，自成一家之言和一得之见；可以纠正或补充前人的观点；可以综合前人的研究，或为前人的理论提供新的事实材料或采用新的研究方法，从而具备资料借鉴或应用的价值；也可以对某一个问题提出与众不同的全新的观点。对初学撰写论文者来说，起码要使用别人没有用过的材料，或者采用新的研究方法，从一个新的角度，重新对已有的理论观点加以阐释。学术论文要求有作者的独立见解，有创见，这是论文的生命和价值所在。科学技术报告、学位论文和学术论文的编写格式《中华人民共和国国家标准》规定："学术论文应提供新的科技信息，其内容应有所发现、有所发明、有所创造、有所前进，而不是重复、模仿、抄袭前人的工作。"

二、学术论文的种类

关于学术论文的分类，从不同的角度出发，可有不同的分类方法。从性质和功能上划分，有：① 正面论说型；② 问题争论型；③ 问题综合型。从研究对象上划分，有：① 宏观学术论文；② 微观学术论文。

三、学术论文的选题

（一）选好论题的意义

论题是作者所研究探讨的问题，是学术研究的主攻方向。选题，就是在研究资料（包括实验、观察、调查所得的客观材料）的基础上，提出问题，确定学术论文的研究方向和目标。论题是决定论文价值和写作成败的一个关键性环节，选题是否恰当，决定着论文写作能否顺利进行。有了好的选题，整个学术论文的写作就找到了一个可望成功的出发点，因此是论文写作中不可掉以轻心的第一个步骤。

（二）选题的原则

1. 学术价值的原则　即选题要符合创新的要求，必须有理论价值或实践价值，要充分考虑有无进行理论的分析和综合的价值。学术论文的选题有无学术价值，一般可从以下三方面考虑：

（1）开创性。即选择学术领域亟待解决的前人没有研究、解决的问题，这是最有价值的。

（2）延伸性。一是深化补充已有的观点，在前人的基础上、在某一方面有所突破，形成自己独到的见解；二是批驳、修正前人已有的观点，这类题目是对前人研究成果的发展性的研究。

（3）综合归纳性。具体可分为两种情况：一是对别人的研究成果作历史性的回顾，再综合评析其得失，指出把有关研究继续引向深入的症结所在；另一种则是在基本原理或科学方法上广泛吸收别家别派的长处而自成一家之说。

选题的实践价值，即要求作者要注重理论为实践服务，选择有较强现实针对性和实践指导意义的题目进行写作。

2. 现实可行的原则　即选择主观上有见解的论题，具体应考虑以下几点：

（1）要选择有能力完成的论题。即选择与自己的科研优势相适应、能较好驾驭的问题，作者要对自己知识储备和分析问题、研究问题的能力有一个实事求是的客观评价，量力而行，尽可能选择能发挥自己专长，在工作、学习中有所发现、有所感悟的问题进行研究和探讨。

（2）要选择有兴趣完成的论题。兴趣是完成科研的一种巨大推动力。研究兴趣关系到研究耐力、征服难题的决心、毅力与灵感的涌现，对论题毫无兴趣，是一种极不利于学术研究的心理状态。因此，选择有兴趣完成的论题，是保证学术探讨取得成功的必要条件。

（3）要选择有条件完成的论题。完成一项科研，需要诸多的外在条件，如获取资料的条件、时间条件、导师指导等。选题要在充分了解已有的研究成果和当前的研究动态的基础上进行，所以，资料是学术见解产生的基础。从资料与选题的角度看，大致有两种情况：一种是从掌握的大量资料中引出研究论题；一种是在一般地了解学术信息后确定论题，然后再进一步收集资料。因此，能否全面收集各类资料，是学术研究可否顺利完成的重要保证。确定选题时必须考虑能否收集到相关的文献资料，资料是否齐全、够用。如研究需用到大量的调查资料或实验材料，还需考虑是否具备必要的调查或实验条件。

由此可见，选题一是要注意其科学价值这一客观必要性；二是要注意自身完成论文的现实可能性，从自身的研究能力和获取资料的客观条件出发，选择主观上有见解而又能驾驭的论题。

（三）论题的形式

1. 专题评析式　这是对某一学术现象、学术思想和规律理论性问题进行系统性思考所写的论文，以及对某一专著的代表性和特定的人物现象进行评论和分析的论文。

2. 商榷、探讨式　商榷主要是对有代表性的不同思潮、倾向、观点进行讨论或反驳。探讨式论文则是以提出新的见解和分析为主。

3. 比较、边缘式　比较式论文是将内容或方法上有相似、相承关系的作家、著作、作品进行比较和分析的文章。边缘式是采用或糅合其他学科的理论方法进行研究的论文形式。

4. 综合、资料式　这是对某个专题的研究现状和历史发展过程进行描述和评析的论文，以及对某部著作、作品有关研究资料的综述和评析的论文。

四、收集资料

资料是一切科学研究的基础。资料贫乏，会使研究工作变得困难和棘手；收集资料不典型、不充分，也势必影响整个研究工作的可信性和严谨性。

（一）资料的种类

写作学术论文，一般要收集两类资料：一类是研究对象的原始资料；另一类是别人的有关论述。

原始资料是论文所提出观点的主要来源和依据。收集别人的有关论述，有助于借鉴别人的研究方法，也可引用某些经过别人论证的事实材料作为旁证。收集原始资料应尽可能全面，对原始资料各种不同甚至相互矛盾的说法，应兼收并蓄，然后加以鉴别。引证时应尽量引用原始资料。

在收集资料时，有两种资料要特别注意收集：一是动态资料，如具体事实、事例、调查、抽样结果、统计数字、表格、实验、分析报告等；二是个性资料，它是指自己观察到的、发掘出的关键资料。

（二）收集资料的途径

收集资料常见的途径有观察、实验、调查、利用图书情报机构、上网查阅等。为了能有效利用图书情报机构，提高文献检索的效率，论文作者要注意三点：一是熟悉图书分类法；二是善于使用检索工具；三是选用合理的检索方法。常见的检索方法有以下几种：

1. 追溯法　即以掌握的文献资料后面所附的文献目录为线索，追溯查找其他文献的方法，在缺少检索工具或检索工具不够齐全的情况下，充分利用这一方法，能迅速查找有关资料，但不宜仅依赖这一方法，因其漏检的可能性较大。

2. 常用法　这是一种利用工具书查找文献资料的检索方法，具体可分为顺查法、倒查法和抽查法。

（1）顺查法是从论题的起始年代查起，按时间的先后顺序逐年查找。采用这一方法，既能防止漏检资料，又能摸清问题的来龙去脉。但若问题产生时间已久，研究历史过长，则需花费很多的时间和巨大的精力。

（2）倒查法是利用检索工具，由近及远地查找文献资料的方法，即从近期的文献查起，逐年向前推移查找所需资料。后期的文献资料能够反映论题研究的最新水平，且常包含前期文献资料的内容，能集中体现已有的研究成果，所以有利于提高检索的效率。但漏检的可能性较顺查法大些。

（3）抽查法是在全面了解本学科或某项研究论题研究的发展状况的基础上，选定其中研究最为活跃、文献发表最为集中的年代，进行重点检索的方法。其好处是可在较短的时间内得到较为丰富的资料。

3. 循环法　这是将追溯法和常用法结合起来，循环查找资料的方法，即先利用检索工具——先用常用法找到相关的文献资料，再利用其所附的参考文献目录追溯查找资料。

（三）资料的记录

1. 笔记的种类　在收集过程中要注意储存、记录资料。按记录内容和方式的不同，可采用以下几种笔记方法：

（1）摘录笔记。即把资料中重要的段落和关键的语句，如文献中的论点和结论以及其他具有重要价值或可以直接引证的材料如实地记录下来。

（2）提要笔记。即对文献内容作全面概括，并写成简短的纲要。

（3）提纲笔记。在阅读书籍或篇幅较长的论文时，对全文的总观点、每个部分或层次的观点以及说明观点的主要材料加以概括，并依次排列出来，形成一个基本框架。

（4）心得笔记。专门记录自己在阅读中产生的体会、收获或对读物的批评、质疑意见的笔记。

（5）索引笔记。即把阅读中遇到的与自己研究方向有关，估计以后有可能用到、但暂时又没有条件或必要仔细阅读的文献或其中某些章节，先将书名或篇名、作者、出版单位或出处、出版时间等记录下来。

2. 笔记的形式　一是在文献上做记号（在有特殊意义处标上醒目的符号）、写眉批（在空白处归纳所读内容或心得）；二是使用成册笔记（要注意资料的分类）；三是做卡片和活页纸（要标明出处、分类标题和编号）；四是录入电脑，再作调配整理。

五、学术论文的写作过程

（一）确立论点

学术论文的论点，是作者论述或解决问题所提出的见解和观点。写作学术论文要在收集大量资料并对资料进行分析研究的过程中，逐渐形成自己的见解，从而确立论文的论点。

（二）编定提纲

1. 编写提纲的意义　提纲是学术论文写作的设计图，拟写提纲的好处，一是先从整体考虑搭起全文的框架，以保证整体的和谐与完美；二是保证论文逻辑严密，结构完整，避免前后矛盾、逻辑混乱；三是脉络分明，成竹在胸，写有遵循。因此，把作者初步酝酿成熟的思路、观点等用文字固定下来，明确起来，起疏通思路、安排材料、形成结构的作用，这对初学学术论文写作的人来说尤为重要。

2. 提纲的形式　拟写学术论文的提纲一是要从全局着眼，权衡好各个部分的比例关系；二是要项目齐全，能初步构成文章的轮廓。一般说来，提纲的写法有以下三种形式：

（1）标题提纲。用词语概括内容，用标题的形式标出。这种提纲简单、明了，写作便捷。

（2）句子提纲。用带标点的完整句子概括内容。这种提纲明确、具体，为论文提供了各段落层次的主题句，便于起草成文。

（3）段落提纲。是句子提纲的扩充，常用来编写详细提纲。它是文章全部内容粗线条的描述，实际上它是文章的雏形，是文章的缩写。这种提纲精细、周详，为构思成文提供了坚实的基础。

3. 提纲的项目　提纲的项目包括以下几个方面：

（1）题目（暂拟）。

（2）宗旨、目的。

（3）中心论点所隶属的各个分论点。

（4）各个分论点所隶属的小观点。

（5）各个小观点所隶属的论据材料（理论材料、事实材料）。

（6）每个层次采取哪种论证方法。

（7）结论。

（三）学术论文构成的基本类型

学术论文一般由标题、署名、摘要、关键词、目录、正文（包括绪论、本论和结论）、注释、参考书目等部分组成。

1. 标题　学术论文的标题多采用以下三种形式：

（1）揭示论题的标题。这类标题只反映文章所要论证的问题，而不涉及作者对问题的看法，一般是在标题的前后加上表明文种的词语。如以《……探讨》、《……分析》、《……剖析》、《浅析……》、《试论……》、《……之我见》、《……研究》、《关于……的思考》等形式出现，如：

《我国企业所得税制改革和立法研究》

《国有企业偷漏税现象剖析》

《作文教学的网络资源》

《论社会经济信用环境建设》

（2）揭示论点的标题，这类标题是对文章内容要点的概括，它直接反映作者对问题的看法。如：

《强化税源监控，遏制税收流失》

《实现人机一体——当前税收信息化的主要任务》

（3）正副标题结合。正标题一般标明论点，副标题注重补充提示或阐释研究的内容和范围。如《流浪与救赎——戴望舒前期诗歌的精神内涵》。

2. 作者姓名和单位　即署名，只限于对选定研究论题和制订研究方案、直接参与全部或主要部分研究工作，并作出主要贡献以及参加撰写论文并对内容负责的人，按其贡献大小排列名次。

3. 摘要　摘要是对论文内容不加注释和评论的简短陈述，中文摘要一般不宜超过200～300字，外文摘要不宜超过250个实词。其作用是使阅读者对论文内容有大致的了解，能够从中获得必要的信息。例如《流浪与救赎——戴望舒前期诗歌的精神内涵》（鲍昌宝，见邝邦洪主编：《中文专业论文写作教程》，广东人民出版社2003年版）一文的摘要：

[摘要] 30年代的戴望舒诗歌创作反映了中国现代诗人面对都市文明所经历的精神阵痛，他以流浪的行为方式表现了对世俗生活的反抗，以自我放逐的形式寻求精神上的自我救赎。在他的情绪感伤中，隐藏着深刻的文化救赎内涵。

4. 关键词　是指从论文中选取出来用以标示论文主要内容的名词性术语，一般每篇选取3～8个，以显著的字符另起一行，排在摘要的左下方。

如上文的关键词可写为：

[关键词] 戴望舒 诗歌创作 流浪 救赎

5. 目录 若论文篇幅较长，就需要编出一个简单的目录，以便于读者从总体上把握文章的逻辑体系，也为读者选读论文的有关部分提供方便。论文目录是论文中的各级小标题的依次排列，由各级小标题的序号、小标题和所在页的页码组成。页码序号一般用小括号标出，以便对论文审查阅读。

目　　录

6. 正文（包括绪论、本论、结论） 正文是论文的核心部分，包括以下几个部分：

（1）绪论。绪论又称前言、引论、序言等，这是一篇论文的开头部分，这一部分通常可从下列内容着笔：

● 提出问题。例如《"三个代表"重要思想对马克思主义的继承和发展》（徐崇温，见《干部论文写作通论》，中共中央党校出版社2004年版）的序言部分：

党的十六大报告指出："'三个代表'重要思想是对马克思主义的继承和发展。"这种继承和发展表现在哪些方面？它们又是怎样实现的？对于党的十六大精神的深入学习和贯彻，要求我们深刻理解和牢牢把握这个问题。

● 交代选题的背景、缘由、意义以及研究目的等。例如《素质教育中的作文教学》（何盛秀，见邝邦洪主编：《中文专业论文写作教程》，广东人民出版社2003年版）：

素质教育是以促进学生身心全面发展为目的的，以提高国民思想道德、科学文化、劳动技能、身体素质为宗旨的基础教育，素质教育是语文教学"面向现代化，面向世界，面向未来"的唯一出路。作为语文教学的重要组成部分的作文教学，在大力提倡进行素质教育的今天，该如何迈步呢？参与此问题的讨论、研究的同志很多，报刊上有林林总总的有关此问题的看法与做法的文章，有许多看法和做法都值得广大语文老师参考和借鉴。这里，笔者不揣冒昧，也来谈谈自己的看法，以求教于大方之家。

● 开宗明义，阐明作者对问题的基本看法，提示论证结果。例如《浮

世的悲哀　苍凉的美丽——析张爱玲小说中的爱情传奇》（林云，见《论文史鉴传记实用文写作》，江西人民出版社 2003 年版）。

张爱玲用一种苍凉的笔调书写了众多的爱情传奇。她笔下的爱情与婚姻总是"千疮百孔"的，既不动人，亦没有令人神往的境界，没有什么健全的男性或女性，爱情也是不完美健全的。

• 阐释基本概念。例如《试论政府秘书整体性人才资源开发》（摘自学习录网）一文的结论部分：

所谓政府秘书整体性人才资源开发，是指政府运用科学的开发战略，建立健全一整套开发机制，对各级各类机构的政府秘书管理人才进行系统的培养和评价、选拔和使用、配置和保障等相关的系统过程。

• 指明分析研究方法或论证方法。例如《经济外交面临德才机遇和挑战——经济外交概念研究》（周永生，见《干部论文写作通论》，中共中央党校出版社 2004 年版）一文的结论部分：

经济外交是外交工作的一个重要领域，也是学术研究中面临的一个重大课题。本文从是否应使用经济外交概念并推行经济外交，如何理解经济外交内涵与外延两方面展开对经济外交的讨论，希望有助于学术界深化对"经济外交"的研究，有助于推动我国的经济外交工作。

• 界定论述的范围。例如《我国现行法院体制存在的问题及对策》（刘安荣，见《干部论文写作通论》，中共中央党校出版社 2004 年版）。

司法独立、司法公正是法治的核心命题，也是法治国家必备的条件。在近代民主国家，司法独立、司法公正早已成为一项宪法原则与法治实践。我国现行的法院体制是在经济上实行高度集权的计划经济的特定历史背景下，逐步建立和发展起来的，因而这一体制不可避免地带着那个时代的烙印。随着我国改革开放的深入，落后的法院体制已成为制约和阻碍我国经济发展以及社会主义市场经济建立的桎梏，同时也严重影响着我国法制建设的历史进程。对此，本文通过分析我国法制体制存在的问题，进而探讨法院体制改革的对策。

• 评价对方的主要观点。例如《传统文化是毛泽东思想的主要来源吗?》（熊启珍、朱小兵，载《郧阳师范高等专科学校学报》2002 年第 1 期，第 15～18 页）。

毛泽东思想的来源问题一直是国内外学术界争论的焦点之一。学者由于受各自的立场、观点、所受教育、掌握史料的情况不同等影响，从不同的视角来审视这个问题，得出的结论也截然不同。在国外，存在儒家思想为毛泽东思想主要来源的两源说，这以施拉姆为代表；存在毛泽东思想与传统文化产生的共鸣说；存在传统文化，马克思主义，西方 18、19 世纪学说对毛泽东思想产生的"三源说",也即"有缝隙的马克思主义";存在迈斯纳提出的乌托邦说、民粹主义说;诸如此类,不一而足。在国内,学者们也是仁者见仁、智者见智。近年以来,随着对毛泽东藏书、读书史料的整理、公布,在80年代兴起后又一度沉寂的毛泽东思想主要来源于传统文化的说法又开始出现。有的学者甚至仅凭毛泽东熟读经史便断定毛泽东思想主要来源于传统文化。对此,作者不敢苟同。本文认为,优秀的传统文化是毛泽东思想的来源之一,但不是主要来源。毛泽东思想主要来源于马克思主义。

（2）本论。本论是论文的主体部分,是对问题展开分析、对观点加以论证的部分,是全面、详尽、集中、深入地表述研究结果的部分。

学术论文的本论通常采用递进式、并列式、混合式三种结构形式。

● 递进式结构。又称纵式结构或直线推论式结构,是指论述问题由浅入深,层层深入,环环相扣,各层次之间呈现出层层推进、步步深入的逻辑关系。例如《我国现行法院体制存在的问题及对策》（刘安荣,见《干部论文写作通论》,中共中央党校出版社2004年版）一文的本论部分（提纲）:

一、我国现行法院体制存在的主要问题

（一）市场经济体制的内在要求与现行法院体制的矛盾日益突出。

（二）地方各级人民法院在国家中的地位和权力与形势发展对法院的要求极不适应。

（三）人民法院独立审判原则与现行体制执法体制的矛盾极为突出。

（四）现行的审判组织机构的职权划分,使贯彻高效、司法公正原则越来越难。

二、对我国法院体制改革的几点建议

（一）真正落实宪法规定的人民法院在国家机构的地位和权力。

（二）建立健全司法独立的保障制度。

（三）将地方法院隶属于地方政权的块状结构改为中央统一行使司法权的条状垂直结构。

（四）建立多元化司法体制,以实现司法效率价值取向。

● 并列式结构。又称横式结构或并列分论式结构,是把从属于基本论点的若干个下位论点平行排列,分别从不同角度、不同侧面对中心论点加以分析、论证,使文章内容呈齐头并进的格局。

如《建设社会主义市场经济相适应的道德体系》（罗国杰,见《干部论文写作通论》,中共中央党校出版社2004年版）一文的论点平行排列如下:

研究市场经济的建立与发展给道德提出新的问题:

研究社会主义市场经济条件下道德建设的指导工作和价值导向

研究社会主义市场经济条件下道德建设的核心和原则

加强对社会主义市场经济条件下若干重要道德理论的研究

研究社会主义市场经济条件下"德治"和道德教育

● 混合式结构。把递进式和并列式混合在一起的结构形式。它可以整体呈递进式，局部呈并列式，也可以整体呈并列式，局部呈递进式。例如《关于我国个人所得税流失经济学分析》（刘耘，载《经济问题》2002 年第 3 期）的结构就属于前者：

一、我国个人所得税流失的现状分析
我国个人所得税流失的原因分析
（一）居民个人收入隐性化非常严重
（二）现行个人所得税制模式的特点较易造成税收流失
（三）纳税人权利与义务不对称
（四）代扣代缴单位没有依法履行代扣代缴的职责，导致税收流失
（五）征管手段落后
二、个人所得税流失的治理对策
（一）使个人收入显性化
（二）采用综合所得税课税为主、分类所得税课税为辅的混合所得税模式
（三）尊重、保护纳税人的权利，优化征收机构的服务
（四）抓好申报纳税，强化代扣代缴
（五）建立和健全现代化征管手段

为使本论部分更有条理性，人们常在这一部分的各个层次之间加上一些外在的标志，如序码、小标题、序码加小标题及空行等。

（3）结论。结论是全文的收束部分。

● 提出论证结果。在这一部分，作者可对文章所论证的问题及论证的内容作一个归纳，提出对问题的总体看法、总结性意见。如《意象派诗歌与中国古代诗歌的意象艺术理论认识上的相似性》（陈明华，见邝邦洪主编：《中文专业论文写作教程》，广东人民出版社 2003 年版）：

总之，追求诗歌的具象性、简练性、音乐性，是意象派创作所追求的最终目标，而这些也正是中国古代诗歌创作中所强调的，在这个方面，二者几乎达到了完全认同。意象主义诗歌理论的基本内容体现出与中国古代诗歌中相关理论的近似性。但西方意象派对于中国古代诗歌"意象并置"的概括是未必准确的。目前中国的诗学界奉庞德的"意象"论为圭臬，忘记了中国自身的"意象"论为何物，是遗憾和可悲的。其实意象派诗歌对于中国古代诗歌创作的借鉴和理论认识上虽然体现了共通性的特征，都说明了文学本身的发展过程中的承继关系。但是他们所谓的"意象"（image）只是一般的诗歌语象，不是高级形态的审美理想，也就是说，在三维的文学理想结构中，他们抓住了一维，其他的两维都有待中国文论给予补充。

● 指明进一步的研究的方向。即指出在该论题研究中所存在的不足，提出还有哪些方面的问题值得人们继续探讨，以为论题的后续研究提供一条

线索。如《论高校教师激励系统的构建》［赵蒙成，载《扬州大学学报》（高教研究版）2003 年第 3 期］一文的结论部分：

高等教育是非常庞大的社会事业，其总体改革涉及到诸多利益，必然会遭到重重阻力。作为高校改革的一个重要部分，构建有效的教师激励系统也必然非常艰难。

• 写明对研究成果的推广与应用前景的展望或具体建议。如《关于高等职业教育师资队伍建设的思考》［李苏伦，载《扬州大学学报》（高教研究版）2001 年第 4 期］一文的结论部分：

高职教育师资队伍的建设和完善的管理体制的形成不是一朝一夕就能完成的，需要高职教育所涉及的方方面面经过长期的共同努力才能完成。高职教育的师资作为高职教育发展的首要资源，也是目前我国高等教育中最紧缺的资源之一，在高职教育迅猛发展的今天，必将引起高等教育行政主管部门和高等教育办学机构的高度重视，在今后得到迅速的建设、合理的配置和市场化管理。

• 说明或预测研究成果的意义或其可能产生的影响。如《应用写作中快速成文技巧》（黄弈，载《写作》2004 年第 2 期）的结论部分：

应用写作的快速成文技巧，是以应用文本身的构成规律、文体特点为基础的，它不是主观臆造的东西，而是社会需要、写作实践中分析总结出来的规则。着力研究这些方法技巧，对于普及推广应用写作，培养提高人们的写作能力，必将产生积极的作用。

7. 注释　按其功用的不同，可将论文的注释分为两种：

（1）补充内容的注释。对一些读者不易把握的概念、不易领会的材料以及其他不便在正文中展开论述，但又有必要告诉读者的内容，需予以注释。这样，既不影响正文内容的简明流畅，又便于读者深入理解文章内容，获取更多的学术信息。

（2）注明资料出处的注释。论文引用文献资料，必须注明来源，这样做的目的，一是表示对他人劳动成果的尊重；二是说明根据，增加材料的可信度和说服力，证明作者具有实事求是的学术态度和认真严肃的工作态度；三是便于读者查考。

学术论文引用文献资料的主要来源为专著、论文集、期刊和报纸等，其注释方式与后面将要介绍的参考文献目录相同。

按其形式的不同，学术论文的注释可为四种：

（1）夹注。夹注又称为段中注，在正文需要注释的地方写明注释内容，一律用小括号。如注释的内容较少，采用这种方式；若注释的文字较多，则不宜采用，否则会影响正文的连贯顺畅，使文章支离破碎。

（2）脚注。脚注又称附注，即把注释内容写在注释项所在页的下端，采用这种注释方式，便于读者在阅读中两相对照，有利于保持阅读的连贯性。

（3）章节注。章节注是把注释内容写在注释项所在章节之后，这种注释方式多用于篇幅较长、有章节之分的毕业论文和学位论文。

（4）尾注。尾注又称篇后注，即在论文之后集中加写注释，这是论文写作中最为常见的方式。

正文需加注之处，一律用①②③④……的数码在所注对象的右上方或用符号"＊"标识，再在注释内容的前面加上相同的序码或符号。

注释写法的顺序是：作者、书刊或文章名称、出版单位、版本、页码。作者姓名后用"："，书刊或文章名称用"《》"，出版单位版本页码之间用逗号断开，最后不用"。"号。例如：

① 陈剑编著：《流失的中国——国有资产流失现象透视》，中国城市出版社 1998 年版

② 王韬　朱文娟：《我国个人所得税负担能力的宏观分析》，《涉外税务》1999 年第 10 期

③ 阎坤：《财政改革新论》，中国经济出版社 1999 年版，第 255 页

8. 致谢　谢辞是向对论文写作有过帮助的人，作过指导，提供过资料、图片等方便条件的单位或个人，或给予转载和引用资料、图片文献、研究设想的所有者，提过建议、协助完成研究工作的单位或个人致谢。

谢辞可写在正文结论后专列的一项内容中，也可写入后记中。要求态度诚恳，文字简洁，用词恰当。

9. 参考书目　列出参考书目具有以下作用：一是表现作者言之有据；二是表示对他人研究成果的尊重；三是便于查核；四是有利于读者了解作者所涉猎的材料范围和研究的深度和广度。

著录格式如下：

（1）连续出版物。顺序号　作者. 文章名. 刊名. 出版年份. 卷号（期号），页次

（2）著作。顺序号　作者. 书名. 版次（第 1 版不标注）. 出版地：出版者，出版年. 页次

（四）学术论文的撰写步骤

1. 写作论文初稿　写作论文初稿有两种方法：

（1）按提纲顺序分段写作法。以提纲为蓝图，严格按提纲所安排的顺序，一段一段按部就班地写下去。其优点是保持思路的连贯性，遵循先前的构思，一步步使文章向纵深发展，使文章语言风格前后一致。注意，文章较长时，每次最好写完一个完整的部分，否则隔一段时间，思路中断，内容容易出现疏漏。

（2）先易后难组装法。不按提纲顺序写作，而是先写自己熟悉的部分，

然后再写其他部分，最后再进行零件组装，按提纲的布局加工组合形成全文。其优点是，通过调动主观积极性，以首先完成的部分为突破口，带动其他部分的完成，可以加快写作速度，提高工作效率。

2. 对初稿的写作要求

（1）要放开写。就是尽量把自己所想到的内容都写进去，即使篇幅较长或略有重复也不要紧，初稿的篇幅一定要长于定稿，如果初稿写得很单薄，会给修改带来困难。

（2）要基本成型。初稿既要敢于放开，又要严格按提纲规定的要求和标准进行写作，中心论点、分论点、论据等所有项目都要样样具备，各部分在整体结构中的比例、各部分之间的逻辑关系等也要严格按总体构思进行布局。总之，要使草稿成为基本成型的半成品，为最后的修改调整打下基础。

（3）不在枝节上停留。写初稿的任务在于把自己的见解全部写出来，以便为精加工打下基础。因此，在写初稿时，不应在某些枝节上踌躇不前，如为某一局部问题重翻资料、为某一词语的使用而苦心思虑、停笔不前等。遇到这样的问题，可以留下空白或做上记号，继续写下去，要防止打乱自己的思路，那些遗留的问题，可以在初稿草就后再修改润色解决。

（4）要力求文面工整。文面工整以求修改时的方便。同时，若非使用电脑进行写作，则最好用四周空白较多，中间字数较少的稿纸，以便增、删、添、改。

3. 论文语言表达的特殊要求

（1）要使用学术论文的构段方法。

● 使用单一、完整的规范段。单一，就是一段文字集中表达一个意思。完整，就是一段文字表达的意思要统一，这样的单义段就是规范段。之所以使用这种构段方法，原因有以下几点：

第一，论文是逻辑的构成，从整篇文章看，一篇论文由一个基本论点、若干论据和论证构成；从构成文章的各个部分的局部来看，除单一的论点段、论据段之外，一般是由论点、论据、论证构成的段落，也就是论文应该是一个统一的完整的整体，即使是单一的论点段、论据段，也是一个不可分割的统一完整的独立单位。所以，论文的构段应该把表达一个意见的论点、论据、论证组织在一起，构成统一完整的规范段。

第二，构段规范对作者和读者都有好处。对作者来说，他动笔之前必须把表达的见解想得清清楚楚，而且必须严谨地考虑每一段的安排，这样有助于明确观点并使论证严密。对读者，构段规范便于阅读、理解。

● 充分运用段首主旨句显示段旨。段旨就是段的中心意思，它应位于段首、段中、段尾或兼置于段首和段尾。要写得有概括性，以很短的句子鲜明地把段旨揭示出来，如果一句话很难概括，就先用一句话概括出要点，接着再补充依据，把全段要展开论说的意思说完全。

● 段的容量要适当。分段一般说要长一点，是由它的内容的充实性决定的。段落短小，很难对一个论点做细致、周密的论证，如果用几个小段来论证一个观点，有时又会导致论点、论据和严密的推理的割裂，表达效果不好。当然，也不是一律都写成长段，特别是写过长的段，不便于读者理解。

（2）文字表达要力求准确、平易。

● 要准确地阐述科研成果。要做到准确地表述科研成果，必须做到：① 用词要准确；② 句子要写得严密；③ 一般情况下，不宜使用夸张、拟人、借代、比喻等修辞手法。

● 表达要有平易性。如果一篇论文让人很难理解，就没有达到写作目的。做到平易要解决三个问题：

第一，观点要十分明确。动笔之前要把内容想清楚，观点思考明确，并要用最恰当的语言把观点表达明确。

第二，要精心设计结构。要努力按照读者容易理解的顺序来安排结构。要使文章做到既富有层次、条理，一步步展开，又能引导读者开阔思路，一步步接受你的观点。

第三，语言力求简洁、明快。由于内容的需要，常常使用长句、复句，其间还夹杂着一些专业术语，表达容易呆板、晦涩。怎样克服这一弊病，而达到具有可读性呢？办法是：尽量缩短句子长度，尤其要避免连用一串长句子。不要使用令人费解的词语。对一般读者不太容易理解的术语要做一些解释，也可以使用图、表等直观的表现方法。

● 引文、加注的处理要规范。论文写作中为了更好地说明问题，常要引用文献资料，引用的方法有：

段中引文。如果引的是原文，要对原文加引号；如果仅用文献的大意，在引文前加冒号就可以了。

提行引文。引文较长或需要强调的，采取提行的办法，让它单独成一个段落，并将引文左右两边缩两格。

引用文献资料要准确无误，不可断章取义，任意删改。要尽量少引，做到少而得当。读者难以理解的引文，要加以解释说明。对引文的解释与引文要界限清楚。未正式公布的文献资料不要引用。

论文中的引文要说明出处，一些难懂的词句或其他应解释说明、正文中又不便直接写出的，就要加注，以便于读者理解和查证。加注的方法有段中注、页尾注、章节附注和文尾注。

4. 修改定稿　论文的初稿写成以后，还要再三推敲，反复修改，认真誊清。论文的修改，一般包括观点的订正、材料的增删、结构的调整、语言的润色等几个方面的内容。

六、学术论文的写作要求

（一）论点要鲜明，重点要突出，层次要分明

学术论文是进行科学研究，反映作者新认识、新见解的文章，因此，学术论文的论点一定要鲜明。同时，应将作者与众不同的内容重点突出、层次分明地表述出来，不可面面俱到。因此，条理清楚、层次分明就成为了一篇学术论文成功与否的关键。

（二）语言要畅达、简练、生动

学术论文的语言要求畅达、简练、生动，只有这样，理论性的文章才能读来不让人感到枯燥乏味，并使文章顺理成章，推理自然，不容置疑。

七、范文评析

［例文］

管理创新过程中的风险管理

（北京市经济管理干部学院工商系主任、教授，

管理学博士　王健民　北京　100102）

［摘要］：任何创新都有风险，管理创新也是如此。管理创新风险不仅具有风险的一般特征，而且具有自身的特殊性，只有正确认识管理创新风险的特征及其效应，才能有效地进行管理创新。管理创新风险主要来源于市场的不确定性、管理创新结果的不确定性及管理创新过程的不确定性等方向。对管理创新风险进行管理的基本思路是，加强管理创新全过程的信息管理，优化管理创新决策行为，建立管理创新的风险过滤机制，这样才能使管理创新更好地实现"避害"而"趋利"。

［关键词］　创新　风险　管理

管理创新中机遇与风险并存，机遇中蕴藏着风险，风险中蕴藏着机遇。要创新就必然有风险，惧怕风险就无法创新。但是，人们冒险创新的目的并不是为了冒险本身，而是为了获得风险带来的超额收益。所以在管理创新中，既要提倡冒险精神勇于创新，又要进行有效的风险管理，既不能因存在风险放弃创新，这样则会导致更大的风险；也不能因创新而无谓冒险，这样就失去了创新的意义。只有在积极创新的同时，采取必要的风险防范措施，才能更好地"避害"而"趋利"。

一、管理创新的风险特征

管理创新与风险存在着必然的联系，即管理创新伴随着风险蕴藏在管理创新过程之中。风险会带来损失，但也往往意味着某种机遇。从一般意义上说，"风险是指可以评估的事物发生损失的一种可能性"[1]。对管理创新而

言，风险就是管理创新过程中可能受到的损失与威胁。管理创新风险与其他风险相比，既具有特殊性又具有一般性，说其具有特殊性，是因为管理创新必然产生风险，说其具有一般性，是因为管理创新风险同样具有一般风险的基本特征。从总体来说，管理创新风险具有以下特征：第一，客观性。风险是不以人们的意志为转移的客观存在，它无处不在、无时不有。从根本上说，风险的客观性是由导致风险的各种不确定因素决定的，这些风险因素始终存在于一定的时空状态中，只要条件具备，它们就可能转化为现实的风险。对管理创新来说，不仅管理创新过程的各个环节隐藏着风险，而且管理创新体系本身又是克服风险的最好途径。第二，突发性。风险的暴发往往具有极大的随机性。因此，人们面对风险时，常常会有一种突如其来的感觉。突发性是指风险的实际发生时间很短，以至于人们在尚未意识到时就已处于风险状态中。风险的突发性要求人们在进行管理创新时，要密切关注和识别管理创新风险发生的前兆，及早发现和判断管理创新过程中的风险诱因，以便提前做好防范的准备，减少可能遭受的风险损失。第三，多变性。风险的多变性是指风险不具备稳定的形态，它的种类、大小、性质等内在要素均随着主客观条件的变化而呈现动态的变化。把握风险的多变性特点，要求企业在进行管理创新时，应准备多种不同的应对方案，一旦风险要素发生改变，影响到管理创新活动的正常开展时，及时调整管理创新方案，以避免管理创新活动出现大幅度的波动。（略）

二、管理创新的风险效应

所谓效应，是指事物本身的一种内在机制，正是由于效应机制的存在与作用，才引发了某种形式的行为模式与行为趋向。管理创新的风险效应是由管理创新本身的性质和特征决定的，但又必须与外部环境以及人的观念、动机相联系才得以体现。概括起来，管理创新风险具有以下效应：一是诱惑效应。诱惑效应的形成是风险利益作为一种外部刺激使企业萌发了管理创新动机，进而作出了管理创新决策并产生管理创新行为。但风险利益并不是现实的利益，而是一种潜在的可能利益，只有在实现管理创新目标之后才能获得。诱惑效应的大小不仅仅取决于风险利益这一因素，而且还取决于风险利益与风险代价及其组合方式。风险代价的大小又取决于风险对风险成本的损害能力和风险发生的概率。损害能力大并且发生概率高，则风险代价大。诱惑效应的程度不仅影响管理创新主体对管理创新的态度，而且也影响管理创新的动力及行为。二是约束效应。风险约束是指当管理创新主体受到外界某种危险信号的刺激后，所作出的回避危险的选择以及进而采取的回避行为。风险约束所产生的威慑、抑制和阻碍作用就是风险的约束效应。构成风险约束效应的障碍因素是多元的、多层次的，既有来自企业外部环境的因素，如国际经济政治形势变化、国内社会经济政策变革、市场竞争程度等，也有来自企业内部的因素，如管理的失误、职工情绪的波动、效率的下降等。风险约束效应对管理创新活动具有积极与消极的双重作用。积极作用表现在：管理创新主体在制订管理创新方案时，要考虑风险的威胁，不能只凭主观愿望或一时热情去冒险、蛮干，而应量力而行，加强可行性研究。消极作用主要是：容易使管理创新主体产生恐惧心理，行动上缩手缩脚，失掉管理创新的机会和利益，抑制人的创新潜能释放。三是平衡效应（略）。

三、管理创新的风险来源

管理创新作为一种创造性的实践活动，其收益与创新是成正比的，创新风险越大，创新收益也就越高，这正是企业冒险创新的根本原因。但是，并不是所有的创新都能带来创新利润，只有那些符合社会发展、适应市场需要的创新才能带来超额利润，那些不能满足市场需求而又破坏性很强的创新，不仅不能给企业带来超额利润，反而会给企业造成巨大损失。因而，企业要想获得更好的创新收益，就必须认真研究对待创新风险。一般来说，管理创新的风险主要来源于以下三个方面：

第一，管理创新风险来源于市场的不确定性。（略）

第二，管理创新风险来源于管理创新结果的不确定性。（略）

第三，管理创新风险来源于管理创新过程的不确定性。（略）

四、管理创新的风险评估

人们常常认为，管理创新的风险较小，即使出现失误也不会造成严重的损失，其实管理创新失误才是最大的失误，因为其他失误（投资失误、产品开发失误）造成的损失能够计量，且能够通过管理创新加以弥补；而管理创新失误则带来难以估量的损失，且损失无法用物质加以弥补。可以说，管理创新上的成功能够使企业从弱小走向强大，管理创新上的失败同样能够使企业从兴旺走向衰落。因此，企业不仅要重视投资、产品开发等风险的评估，更要重视管理创新风险的评估。

（一）管理创新风险评估的内容（略）

（二）管理创新风险的评估方法（略）

五、管理创新的风险防范思路

创新是一种摧毁和重建的过程，它具有极大的破坏效应。人们之所以进行创新，其目的在于通过破坏建立起一个更加良性的循环过程。但不可否认，这种破坏也有产生"混乱"的可能性。所以，对管理创新的风险防范绝不是规避风险，更不是消除风险，而是为了更好地发挥"破坏"的积极效应，实现有序—无序—有序的顺利转换。根据管理创新的具体特点，其风险防范思路应该注重抓好以下环节：

第一，加强信息管理。（略）

第二，优化管理创新决策。（略）

第三，建立风险过滤机制。（略）

参考文献

[1] 李宝山. 管理经济学［M］. 大连：东北财经大学出版社，2002.242，

［2］彼得·德鲁克. 管理——任务、责任、实践（下）［M］. 北京：中国社会科学院出版社，1987. 937～974

［3］朱新轩等. 技术创新理论与实践［M］. 上海：远东出版社，1997. 49

［4］赫伯特·A. 西蒙. 管理行为.［M］. 北京：北京经济学院出版社，1998. 3

（选自《管理科学》2005 年第 12 期，第 36～39 页）

评析：《管理创新过程中的风险管理》一文，是一篇切合实际、选题对路、观点新颖的论文。其优点体现在：① 文章内容体现系统性。作者就"管理创新的风险特征"、"风险效应"、"风险来源"、"风险评估"、"风险的防范思路"五个问题入论，形成了一篇结构完整、思路清晰的论文。② 材料充实，论证严密。全文内涵丰富，结构严谨，行文思路清晰。如作者在展开论述时，先用下定义法界定概念或解释概念；然后在概念内涵、外延规定的范围内分析论证。这样做，既防止离开论题，又能环环相扣，把观点、论证引向深入。③ 在理论与实际的结合上求深度。该文运用了管理科学的理论对风险管理这一具体问题进行了深入的探讨，既有理论上关于"风险特征"、"风险效应"、"风险来源"的阐述，又有"风险评估"、"风险防范"等具体如何操作的分析，有很强的针对性和可行性。

【思考与练习】

一、填空题

学术论文选题的原则一般是_____ 、_____ 、_____ 和_____。

二、判断题

1. 学术论文选题应把理论价值和学术价值结合起来考虑。（　　）

2. 学术论文主题内容的表述要有严密的逻辑性和明晰的条理性。（　　）

3. 学术论文一般由前言、主体和结尾三部分组成。（　　）

4. 确立了学术论文的选题，也就是确立了研究的任务和方向。（　　）

三、多项选择题

1. 学术论文写作中，常见的资料引用方法有（　　）。

A. 分析引用　　　B. 完整引用　　　C. 摘要引用

D. 情节引用　　　E. 概括引用

2. 学术论文常见的论题形式有（　　）。

A. 专题评析式　　　B. 并列掘进式　　　C. 综合资料式

D. 比较边缘式　　　E. 商榷探讨式

四、简答题

1. 学术论文应怎样选择有价值的选题目标？

2. 学术论文的提纲应包括哪些内容？

3. 学术论文写作需要搜集哪些方面的材料？

第二节　毕业论文

一、毕业论文概说

毕业论文是高等院校的应届毕业生对所学专业某个领域的问题进行深入研究、探讨，表达自己研究成果的文章。它是学生在校期间学习成果的总结，初步反映了学生运用所学知识，分析和解决本学科内某一问题的学术水平和能力。

《中华人民共和国学位条例》和《中华人民共和国学位条例暂行实施办法》等文件规定："高等学校本科毕业完成教学计划的各项要求，经审核准予毕业，其课程学习和毕业论文（毕业设计或其他毕业实践环节）的成绩，表明确已较好地掌握本门学科的基础理论、专业知识和技能，并且有从事科学研究工作或担负专门技术工作的初步能力的，授予学士学位。"

高等院校毕业生的论文与学位认定密切相关，学位申请者必须提交毕业论文，以便有关方面考察与评定其科研能力和理论水平是否已达到所要求的程度。

根据学位层次，毕业论文可分学士论文、硕士论文和博士论文。

（1）学士论文是大学本科毕业生撰写的毕业论文，它要求对课题要有一定的研究和发现，能反映出作者已具有从事科学研究工作或担负专门技术工作的初步能力。

（2）硕士论文是攻读硕士学位研究生论文，它必须反映出作者掌握知识的深度，有作者自己的见解。《中华人民共和国学位条例》第五条规定，高等院校和科学研究机构的研究生，或具有研究生毕业同等学力的人员，只有在本学科上掌握坚实的基础理论和比较系统的专门知识、具有从事科研工作和专门技术的独立能力者，才可通过论文答辩，取得硕士学位。这就是说，硕士论文强调作者在学术问题上应有自己的较新见解和独创性，其篇幅一般要长一些，撰写前应阅读较多的有关重要文献。

（3）博士论文是攻读博士学位研究生的毕业论文，它要求作者必须在某一学科领域中具有坚实而深广的知识基础，必须有独创性的成果；它应有较高的学术水平和学术价值，或在专业技术上做出创造性的成果，能够对别人进行同类性质问题的研究和其他问题的探讨有明显的启发性、引导性，在某一学科领域中起先导、开拓的作用；必须反映出作者渊博的知识和相当熟练的科学研究能力。

二、毕业论文的写作与整理

毕业论文的写作既有学术论文写作的共性，也有自身的特点。

（一）选题

1. 应以专业课的内容为主

2. 要充分考虑主客观条件

（1）研究题目大小适合。若研究的问题太小，则难有展开的余地；若题目过大，而作者的研究能力及研究经验不够，则无法把问题研究得深入、透彻，写出的论文常会流于浮浅、空泛，给人一种"大题小作"之感。

对大学生来说，以小见大，通过对课题的限定，把所要解决的问题谈清、谈透，有利于深入分析，广征博引，把文章写得更有深度。

（2）考虑时间条件。很多学校把大学生的毕业论文安排在最后一个学期，而且仅给10周左右的时间，如果从选题到写作的全部工作都在这段时间完成，是难以保证质量的，因此要在时间上留出余地。

（二）开题报告的主要内容

大学生和硕士生所撰写的开题报告通常要包括以下项目：① 作者姓名；② 学科门类、研究方向及年度；③ 导师的姓名和职称；④ 研究题目；⑤ 选题的缘由、目的和意义；⑥ 选题及研究背景（包括课题研究的历史和现状及相关课题的研究情况）；⑦ 研究方法、措施和步骤（如需调查或实验，要写出调查或实验设计方案）；⑧ 准备情况（主要为资料的准备情况）；⑨ 预期目标；⑩ 具体进度和完成时间。

开题报告一经通过，论文写作程序就可以正式开始了。

（三）毕业论文的构成项目

一份完整、规范的毕业论文应当包括以下项目：① 封面 [主要包含标题、学校、专业（系科）、指导教师姓名、申请学位级别、论文提交日期]；② 标题；③ 摘要；④ 关键词；⑤ 目录；⑥ 正文；⑦ 致谢；⑧ 注释；⑨ 参考文献目录。

参考文献目录是评定论文作者阅读资料的广度和研究深度的一个重要依据，也是尊重他人研究成果的表现，同时也便于研究相同课题的读者查阅资料。

三、毕业论文的答辩

毕业论文的答辩，是审查论文并考查论文作者对课题的把握程度及综合研究水平的重要方式。它通过答辩形式，以论文写作者提交的论文中涉及的问题为切入点，全面考核毕业论文作者相应的知识水平和技能，并对作者的知识水平做出相应评估。答辩包括"答"和"辩"两个层次，"答"是被动意义上回答提问者的问题，"辩"是对质询和诘难的主动反驳，因此也是锻炼学生的快速反应能力和独立处理问题能力的有效手段。

为顺利通过答辩，论文作者在提交论文后，必须马上开始答辩的准备工作。答辩准备工作主要从以下几个方面进行：

1. 物质准备　答辩者在答辩前，要准备好记录用的纸和笔；毕业论文；答辩提纲；主要参考资料。需在答辩中进行具体演示的复杂的图表、模型、影音资料等，应做好幻灯片演示内容。

2. 心理准备　在答辩时，要调整好心态，以自信的态度、清醒的意识、饱满的激情、从容的心态参加答辩。

3. 内容准备

（1）撰写答辩提纲。毕业论文答辩是围绕毕业论文而展开的，它涉及整个学科的基本知识和现状、论文写作过程、论文中运用的方法、论文的理论价值和社会价值、论文的语言表达等环节，应做精心准备。一般应围绕以下问题做准备：① 为什么选择毕业论文中的选题？它在整个学科体系中处于什么地位？这个问题涉及学科发展的历史和现状及论文的价值，对此应有清晰的认识。② 论文中一些概念和范畴的界定。必要时应作词源考证。③ 论文中的资料来源和参考文献。④ 论文中的理论基础和主要观点。⑤ 论文的逻辑结构。⑥ 简述论文的写作过程、花费的时间、修改的次数、得到的帮助。⑦ 论文的价值，重要的创新，其理论意义和实践价值。⑧ 论文中还有什么不足和需要解决的问题。简述论文不足和没有解决的主客观原因。⑨ 对论文写作中给予帮助的有关单位和个人表示感谢。

答辩者应围绕上述问题准备好论文答辩提纲，以理清思路，防止自己在答辩中跑题或谈不清问题，同时将其熟记于心，在答辩时尽量脱稿，时间控制在 30 分钟之内。

在论文答辩开始时，论文作者首先要简要地陈述自己的研究情况，陈述的内容主要包括：选题的缘由和动机；课题研究的意义和价值；已有的研究状况及自己的研究有所创新、有所突破的地方；比较重要或独到之处的研究方法；论文的基本观点；论文的缺陷之处或需要进一步研究的问题；等等。

（2）在通读论文的过程中，认真思考论文的薄弱环节在哪里，观点是否有值得推敲的地方，所用材料是否有可疑之处，如果提问者提出这些问题，自己应当如何应对。

（3）重新整理一下用过的资料，以便更加清楚地掌握资料的全貌。参加答辩时，应当携带论文底稿和主要资料，以备临时查阅。回答问题时，要力求自信流畅、简洁明了。遇到自己无法回答的问题，要以坦诚的态度实事求是地说明，而不应刻意回避或极力辩解。答辩结束时，要对答辩委员会富有启发性的提问表示感谢，最后要有礼貌地退场。

[例文]

试论政府秘书整体性人才资源开发
宋　斌

所谓政府秘书整体性人才资源开发，是指政府运用科学的开发战略，建立健全一整套开发机制，对各级各类机构的政府秘书管理人才进行系统的培养和评价、选拔和使用、配置和保障等相关的系统过程。政府秘书整体性人才资源开发所涵盖的内容是一个硕大的系统。从宏观上看，涉及毛泽东、邓小平、江泽民三代领导人的有关理论指针，确立政府秘书整体性人才资源开发是当代人事行政管理的核心职能，树立政府秘书管理人才是资源、是资本、是经济增长点、是系统的观念；从中观上看，涉及人事行政管理的政策制定、建章立法、体制创新；从微观上看，涉及人事行政管理部门的各项管理业务活动的一体化等诸多问题。政府秘书整体性人才资源开发，从横向上看，大大突破了地区所有制、部门所有制的限制，而把视野和触角投向全社会各领域，并囊括了政府秘书人才资源的各个系列，如行政秘书、业务行政秘书等；从纵向上看，主要包括政府秘书整体性人才资源开发的教育、培训、发现、评价、使用、流动、二次开发等；从点上看，侧重在对政府秘书整体性人才资源开发的一系列动态管理活动等。我们不仅要树立政府秘书整体性人才资源开发是长期性工程的战略思想，而且亟待把其纳入国民经济和社会发展的轨道上。工业经济时代向知识经济时代转轨的重要时刻，充分显示了"人才资源是第一资源"的重要性。我们只有努力做好政府秘书整体性人才资源开发的工作，真正提高政府秘书管理人才的素质，使社会资源得到有效配置，才能超前地为社会经济发展提供政府秘书管理人才的储备和保障。

政府秘书整体性人才资源开发堪称为一个系统工程，欲使之行而有效，则莫过于"七营造"：

一、营造政府秘书管理人才是资源、是资本、是经济的氛围。"人力资本"（Human Capital）一词最早是由美国著名经济学家西奥多·舒尔茨（T. W. Schultz）在 1960 年就任美国经济学会主席时的演讲中提出的。在此次演讲中，舒尔茨提出，"人们获取得了有用的技能和知识……这些技能和知识是一种资本形态，这种资本在很大程度上是慎重投资的结果。……用于教育、保健支出和旨在获得较好工作出路的国内迁移的直接开支就是（人力资本投资的）明显例证"。但是，舒尔茨在此未能给出关于"人力资本"的一个明确定义。后来，加里·贝克尔（Gary Becker）在《人力资本》（1964）一书中提出：所有用于增加人的资源并影响其未来货币收入和消费的投资为人力资本投资，并指出："对于人力的投资是多方面的，其中主要是教育支出、保健支出、劳动力国内流动的支出或用于移民入境的支出等形成的人力资本。"实际上，此处的"保健支出"应该是指"保障支出"。特别是对于国家政府秘书管理人才这样一个层次较高的特定的人才群体来说，保障支出就是政府用于对他们的社会保障和有效激励等的投资部分。

政府秘书管理人才不仅是再生型资源，又是可持续型资源，而且还是资本型资源。政府秘书管理人才既是资源，又是资本，作为管理人才，是经济增长点，是按市场机制中项目要素加以认定的，并以项目的投入、产出和政府秘书管理人才的成本、收益为依据的。鉴于此，在开发、投资及配置时，首要的则莫过于把其成本、收益一并纳入政府管理活动之中，并进行效益的量化分析。

二、营造政府秘书整体性人才资源开发的重点是政策开发、立法开发的氛围。关于政府秘书整体性人才资源开发的重中之重，乃是政策和立法。在政策的制定和颁行中，人事行政管理部门的中心任务是制定行之有效且配套的赖以使政府秘书整体性人才资源开发有效实施的政策，为政府秘书整体性人才资源开发创造长期性动态管理的环境和条件。建章立法中，应结合依法治国、加快政府秘书整体性人才资源开发的立法步伐，强化和健全有关法律规章体系的意识。主要政策法规有：人才资源开发的资本投入，人才资源的科学发掘、任用，人才的教育与培训，人才的评价考核体系，人才的激励与保护，人才的配置与流动，人才的社会保障机制，等等。

三、营造政府秘书整体性人才资源开发的系统氛围。政府秘书整体性人才资源是一个多门类、多层次、多维性系统，因此其开发过程必定是一个复杂、动态的过程。它不仅要求人事行政管理各项业务间的彼此互动，而且要求着重考虑政府秘书整体性人才资源开发过程中，应统筹兼顾，纳入开发的"一盘棋"中，切忌顾此失彼。其中政府秘书管理人才应主要包括行政秘书、业务行政秘书、人民团体行政秘书、专业技术秘书、行政事务秘书等。

四、营造构建政府秘书整体性人才资源开发有效管理机制的氛围。机制是政府秘书整体性人才资源开发的重要内容。正如《1996—2010 年全国人力资源的开发规划纲要》中指出的："在开发内容上，包括人才的培养和评价、选拔和使用、配置和调控、激励和保障等一整套开发机制。"有的学者指出，在决定企业发展和成长的五个"M"（Money，货币；Men，人；Market，市场；Manager，经营管理者或企业家；Mechanism，机制）中，经营管理者或企业家当然是最重要的要素，但决定企业家健康成长的机制、制度更为重要，它是约束、激励企业家成长的前提条件。因此，在政府秘书整体性人才资源开发的管理过程中，必须建立"六大机制"：一是教育培训机制；二是竞争择优机制；三是分配和激励机制；四是考核机制；五是评价机制；六是政府秘书管理人才资源配置的市场化机制。

五、营造继续教育是推动政府秘书整体性人才资源开发重要途径的氛围。政府秘书管理人才的继续教育是指对其知识和技能的更新、拓展、提高和完善高素质结构的训练方式，它是推动政府秘书整体性人才资源开发和进行动态管理的重要组成部分及其主要环节。政府秘书管理人才的继续教育应紧紧围绕跨世纪实现生产者兴国及可持续发展战略目标而展开，要真正实现经济体制和经济增长方式的两个根本性转变，要真正提高加入世界贸易组织后在国际上的竞争力，要真正产生在西部大开发中的支撑作用，并提高经济和科技的含金量及其综合国力。

六、营造政府秘书的"第二次人才"资源开发的氛围。所谓第二次人才资源，是指政府秘书整体性人力资源的群体、个人中，已为政府和社会作出业绩、贡献，因达到规定退休年龄而退出工作岗位，但仍具有较强的为政府和社会服务技能的秘书管理人才。对政府秘书的第二次人才资源，开发有着特定的目的、特征、原则、途径和方法。其主要目的，围绕经济体制改革中人事行政管理适应"两个转变"，适应经济发展需要人力资源有效过渡而出现的对各种人才的必然需求。其特性，乃是为了推动政府秘书整体性人才资源开发进程，并满足政府政策的延续性，把仍具备为政府和社会服务的经验、知识、技能，并愿意再次工作的秘书管理人才再次利用。其原则主要有四：一是遵循社会需求与个人自愿结合的原则；二是遵循解决好第二次人才开发与社会就业压力矛盾的原则；三是遵循面向社会而不是针对个人的原则；四是遵循一专与多能结合的原则。其有效途径有四：一是以人事行政部门牵头进行政府秘书第二次人才资源开发的途径；二是以政府老龄委、老干部处等为途径；三是以社会民间团体，如退休教协、科协、工作等为途径；四是以政府老年人群体或个人为途径。其方法有四：一是组织其著书立说的方法，可将其秘书管理中的经验、创造，进行多方位、多层次总结，并进行理性升华；二是组织其参加政府和社会的智囊团、咨询团、顾问团、督导团、评估团的方法，为政府和经济发展，发挥其智力整体优势的"软件"作用；三是组织其参加专家组、培训机构的方法，充分调动其专业技能、学术水平的优势，培养和指导政府秘书后备人才，为新老更替打下坚实的基础。四是组织其投身经济建设的前沿阵地的方法，让那些具有特长的秘书人才，利用国家所给予的优惠政策自办经济实体，直接为政府经济建设服务。

（《秘书工作》2001 年第 6 期）

评析：《试论政府秘书整体性人才资源开发》是一篇成功地运用秘书学理论和人力资源开发理论，探讨秘书工作实践新问题的学术论文。

1. 选题有很强的实践意义。本论文从提高政府秘书管理人才素质的目的出发，对做好政府秘书整体性人才开发的做法进行了深入的剖析和总结，对实践有很大的指导意义。

2. 以理论为支柱，观点富有新意和可操作性。本论文在总结实践经验的基础上，以人力资源开发理论为指导所提出的"七营造"的观点，具有创新性和可操作性。

3. 结构明晰，层次清楚。全文结构条理清楚，标识清晰，论文照应标题，分成两个部分：一是阐明概念和指出探讨该问题的重要意义；二是讲做法，体现为总分式的结构关系。

4．文字简练，专业术语准确、规范，引用恰当。本论文文字简明扼要，所运用的人力资源开发的专业术语和相关理论规范、严谨，符合学术论文的语言表达要求。

【思考与练习】

一、填空题

根据学生的层次及申请学位的高低，毕业论文有＿＿＿＿＿＿＿＿、
＿＿＿＿＿＿、＿＿＿＿＿＿＿＿、＿＿＿＿＿＿＿＿。

二、写作题

结合所学专业知识写一篇 3000 字左右的毕业论文。

第三节　工 作 研 究

一、工作研究概说

（一）什么是工作研究

工作研究是研究和探讨工作中的重要问题、提出对策和意见的一种理论性文章。工作研究是近年来新兴的一种科研应用文体，它是各部门的工作者在自己的工作岗位上，对实际工作中突出的、带有普遍意义的新问题、新情况，在调查研究的基础上，运用马列主义的基本原理和党的方针政策进行分析研究，评论得失，探讨成败，揭示规律，向有关部门提出有科学根据的、有可行性措施的一种文书，是机关工作中和报刊上常使用的文章体裁。

工作研究是对工作中的问题进行分析研究、揭示规律、提出对策的文体，因此写法上与学术论文相类似，故一些教科书将其列入议论文的范畴。但工作研究与学术论文还是有所区别的。

从内容的表述来看，学术论文侧重于理论问题的探讨，工作研究侧重于现实问题的分析。从表达的方式来看，学术论文一般是运用形式逻辑的概念、判断、推理的方式和各种论证方法，来证明、确立一个观点或一种理论；而工作研究则通过对问题的具体分析，探索工作中的成败得失，揭示事物的发展规律，寻求问题的症结和解决问题的可行性对策。

工作研究对问题的提出、分析和最后的建议措施，都是立足于调查研究的基础上的，所以工作研究也类似于调查报告，尤其是研究问题的调查报告，其在表述方式和功能上几乎是相同的。但这两者还是有所区别的。

从内容上看，调查报告侧重于反映问题，总结经验，用事实说话，夹叙夹议；而工作研究则侧重于分析、解剖问题，理论色彩较强。从目的上看，调查报告可供领导干部了解下情，为决策提供依据；工作研究可供人们正确

认识问题，对领导的决策更具参谋作用。

（二）工作研究的特点

1. 论题的针对性　工作研究要针对实际工作中重要的亟须解决的、带有普遍意义的热点问题进行分析研究，提出措施办法，解决实际问题。所以，针对现实是工作研究的首要特点，其论题必须紧密联系实际，选择社会上最迫切、最敏感的问题来研究或分析。从国家大计乃至人民群众的衣食住行，只要是对国家经济建设，对市场经济、人民群众有益的问题，都可有针对性地进行研究，提出建议。

2. 分析的科学性　工作研究对现实问题的分析应该是科学的、客观的。要在提出问题的基础上，通过大量的调查研究，将调查得来的材料加以分析论证，探求问题的底蕴与趋势，从而提出切实可行的措施和建议。通过分析，弄清问题的真相，揭示事物的本质；通过分析，分清主次，判别是非，找出问题的症结所在；通过分析，提出解决问题的行之有效的方法。

3. 建议的独创性　工作研究是研究工作中的新情况、新问题，它要从现实中发现潜在的问题，探索规律，发前人所未发，创前人所未创，勇于探讨，独树己见。这就要求将大胆、求实的创新精神与一丝不苟的科学态度结合起来，努力从实际出发，提出行之有效的建议，以供领导机关决策参考，为各项工作顺利开展创造良好的条件。

4. 实施的可行性　工作研究提出的建议、对策是要在工作中付诸实施的，它不但要求在理论上有科学根据和政策依据，而且在实践中需具有独创性、可行性。

（三）工作研究的作用

工作研究由于具有上面的四个特点，因而它对于我们国家在经济建设中具有很大的推动作用，具体表现在以下几个方面：

1. 认识启发作用　在我们实行改革开放、建设社会主义现代化的伟大实践中，新情况、新事物层出不穷，工作研究针对这些不断涌现的新的事物进行分析、探索，透过现象看本质，作出准确的判断，帮助我们正确认识这些新情况、新事物和新问题。

2. 借鉴指导作用　我国的改革开放是史无前例的，既没有现成的经验供我们学习，又没有固定的模式供我们选用。为了避免走弯路，必须借鉴人们在实践中创造的经验。工作研究常常对改革中出现的新经验、新做法加以剖析，肯定其成功之处，指出其不完善之处，并提出解决问题的建议和办法，自觉地指导工作。

3. 辅助决策作用　工作研究通过对事物的分析探讨，摸索事物的发展规律，找出主要矛盾，提出解决问题的方法和途径。因此，它可以帮助有关部门进行决策，明确目的性，减少盲目性，当好参谋与助手。

（四）工作研究的分类

根据不同的分类标准和不同的分类方法，工作研究可分为不同的类型。

按内容分，可分为政府工作研究、思想工作研究、科技文化工作研究、社会工作研究、教育工作研究、经济工作研究、城市建设研究、安全工作研究、农村工作研究等。按写作方式分，常见的有以下三种：

1. 调查报告式的工作研究　这种工作研究常常运用调查得来的大量事实（典型事例和确凿的统计数字）来说明问题，它通过分析情况，揭示本质，反映规律，提出对策。与调查报告相似，着重于叙述分析，以事议理，着眼点不只是揭示问题，而且针对问题提出相应的措施、对策。

2. 经验总结式的工作研究　这种工作研究常从借鉴他人的经验入手，检查自身实践，总结经验，反映规律，提出进一步开展工作的设想。这与总结类的文书相似，着重于总结经验教训，从自身实践中寻找规律，寻找对策。

3. 学术论文式的工作研究　这种工作研究在写法上通常采用学术论文的论证方式，通过概括情况提出论题或中心论点，然后围绕中心论点进行论证，最后做出结论和对策。这种工作研究着重于分析论证，其结论和对策有较强的理论性与政策性。

二、工作研究的写作

（一）工作研究的选题

由于工作研究的现实性、政策性很强，所以它的选题最好选在一个问题的现实性与理论性的交汇点上，这是选题必须掌握的一个基本原则，这样，既针对了现实的迫切需要，又能从理论上、政策上展开论述。工作研究的选题一般有以下几种：

1. 具有普遍意义的新问题　在当前的改革开放中，有很多问题需要我们去反映、去认识，工作研究就要抓住这些当前重要的、具有普遍意义的新问题，立足现实，深入挖掘，寻求解决问题的突破口。如企业发展战略的问题，市场管理的问题，如何参与国际市场竞争的问题，如何调整产业结构的问题，等等。

2. 新政策的实践与探索　工作研究的选题要紧紧扣住党和国家当前的方针政策，为贯彻政策、完善政策而出谋划策。譬如，关心民众生活、建立和谐社会、深化国有企业改革、发展农村经济等，党中央国务院出台了一系列的政策，如何实现这些改革和抓住工作重点，完善相关政策，针对这些问题而进行的工作研究，就是抓住了主要矛盾，选准了研究的论题。深入调查、大胆探索和实践，将做法、体会、建议撰写成文，就是具有较高参考价值和借鉴作用的工作研究。

3. 工作失误的总结　工作研究要研究实际工作中的问题。但所研究的问题如果没有普遍意义，缺乏指导作用，则该工作研究将毫无意义，没有价值。因此，确立选题时应注意从全局着眼，抓住那些虽发生在一时一地的失误，但对全局具有影响的问题进行研究，这才会产生较好的社会效果。例如城市土地资源的炒卖、一些政府官员的腐败、青少年犯罪问题等，虽然这些问题可能发生在一时一地，但其教训是深刻的，因分析和解决问题的设想具有科学性、系统性、规律性，所以，其工作研究同样具有借鉴意义和指导作用。

（二）工作研究的结构

工作研究内容不同，其写法也无一定格式，但基本结构一般包括以下三个方面：

1. 标题　标题是文章的标志、文章的眉目。标题好，就能吸引读者，诱发读者的阅读兴趣。工作研究的标题固然受文体特色的限制，但还是可以做到鲜明、醒目、具体、简洁的。

首先要注意一事一论，突出问题。每份工作研究集中一个问题，标题也只反映一个问题，这样才鲜明醒目。其次是要注意文体特色。工作研究是议理类文体，所以标题中常见"关于……的思考"、"……的对策"、"论……"、"浅谈……"、"……的探索"等。最后是要注意标题的概括性、针对性，不可题大于文，太过笼统一般，也不可缺乏针对性，一定要简洁明了，有的放矢。

工作研究的标题类型，常见的有下面三种：

一是揭示论点的标题。如《积极开拓市场，解脱企业困难处境》、《加强中小学教学常规管理》等。

二是揭示内容的标题。如《对珠江三角洲经济区农业发展的几点思考》、《发展汕尾海洋经济的几个问题》、《当前农村改革与发展若干问题探讨》。

三是正副标题。如《加强客观调控，控制物价上涨——对广东省当前物价问题的看法》、《治山治水，综合开发是山区脱贫致富之路——梅州市扶贫工作的实践和启示》。

2. 正文　工作研究是以议事说理为主，运用逻辑思维形式来论证问题、揭示事物的本质和规律、寻求解决问题的方法和对策的一种文体。毛泽东同志说过："一篇文章或一篇演说，如果是重要的带指导性质的，总得要提出一个问题，接着加以分析，然后综合起来，指明问题的实质，给以解决的办法。"（《反对党八股》）这是工作研究写作必须遵循的结构原则，即按提出问题—分析问题—解决问题这三个步骤来安排正文，这个三部分也称为绪论、本论和结论。

（1）绪论部分。是文章的开头，也是提出问题的部分，一般是简要地谈谈问题提出的背景和意义；或概括介绍全文的基本内容和中心论点。

（2）结论部分。是解决问题部分，即是提出措施、建议部分。这是工作研究写作的最终目的和落脚点。这部分的完善程度是决定工作研究效果大小、能否被采纳的重要因素。因此，无论提出的是办法、措施、建议或意见，都要有科学根据，要切实可行，行文有效。

工作研究正文这三部分，其篇幅和排列常常是灵活多变的。"写作有法，但无定法"，作者可以根据工作研究的内容、特点和具体情况来组织结构，既可按绪论、本论、结论这种顺序写出，各占一定分量；也可以第三部分为主，即以解决问题的措施、建议为纲，直截了当地分几类写出几条建议，把分析研究融进各建议之中；亦可以第一、第三部分为主，提出问题后，接着写解决问题的办法，不专门写分析研究，但这种情况较少。

三、工作研究的写作要求

（一）掌握方针政策

工作研究是一种具有鲜明的现实性和政策性的文体，所以掌握政策是写好工作研究的先决条件。无论是论题的选择、情况的分析、建议和措施的提出，都必须依据政策，紧扣政策。作者要认真学习马列主义的基本原理和党的方针政策，特别是要深刻理解邓小平同志建设有中国特色的社会主义理论，认识社会主义市场经济条件下搞现代化建设的新形势，在写作中贯彻党的政策。

（二）深入调查探索

工作研究要解决现实的新问题，提出具有独创性的见解和建议，这就要深入实际亲自调查研究，掌握第一手资料。因此，调查研究是工作研究写作的主要阶段，只有通过认真细致地调查研究，才能得到典型性、代表性的材料，分析探索出问题的症结，提出解决问题的有效措施。没有调查，也就谈不上分析探索。只有掌握了大量的资料，才能着眼全局，细致分析，深入探索，上升到理论高度。

（三）表述严谨周密

工作研究反映的是社会上各行各业各部门的情况，表述各方面各层次的看法和意见，为各项建设出谋献策的一种方式，这就要求表述要严谨、周密。它的表达方式以议论为主，同时也运用叙述、说明等方式；它既要提出明确的观点，又要以充分的事实为保证；它的结论应明确，但又要允许商榷；它的建议要有可行性，但又要放到实践中加以检验。

四、范文评析

[例文]

当前民营医药企业文化建设中存在的问题及对策

刘顺吉

（通化师范学院政法系副教授　吉林通化　134002）

[摘要] 民营企业已成为医药行业异军突起的"新生代"，是推动国民经济发展的重要力量。问题在于，很多民营医药企业在竞争日趋激烈的市场

经济大环境下，逐渐显露出了许多的"先天不足"。为此，民营医药企业应提高对"企业文化"这一新型管理模式的认识，加强企业文化建设。本文着意从分析民营企业文化的现状、不足入手，阐述了民营医药企业加强企业文化建设的对策，目的是培育出具有外部竞争力的企业文化，提高市场竞争力。

[关键词] 民营　医药企业　文化建设　问题及对策

经过20多年的发展，民营经济天下三分有其一，为国民经济的健康快速发展立下了卓越的功勋，民营医药的发展同样为国民经济的发展作出了重要的贡献。"入世"以后，我国的民营医药企业在享有巨大发展机遇的同时，也面临着国有企业、外资企业及外国企业的严峻挑战，因此，培养和增强核心竞争力是我国民营医药企业的当务之急，而企业文化作为核心竞争力的重要组成部分，在企业发展中发挥至关重要的作用。

目前，我国的医药企业呈现出国有、民营、外资企业三足鼎立的局面，三种性质的企业在制度管理方面呈现不同的特色。大多数民营企业经历了创业的艰苦，企业开始扩张发展，但民营医药企业并没有形成完整有效的企业文化，很多民营医药企业仍保留着创业时的家族式管理方式，这种管理制度文化限制了人才的发挥，甚至威胁和阻碍企业的生存和发展。因此，分析当前我国民营医药企业文化建设的现状、不足并探讨相应的对策，对民营医药企业的发展壮大有着重要的现实意义。

一、民营医药企业文化的现状

经历了多年的发展，民营医药企业得到了快速发展。第一，企业数量增多，规模增大。（略）第二，民营企业的经济力增强，民营医药企业有三家进入了民营前50名。（略）第三，从事人员急剧增加。（略）

在民营企业经济的发展为社会带来了良好的经济效益和社会效益的同时，其企业文化也经历了以个体为主的"家族文化"到以家庭厂商为主体的"家族文化"，再到介于家庭厂商与公司之间的"家庭文化"的发展过程，综观民营医药企业文化建设，是有其闪亮点的，主要表现在以下几方面：

（一）亲和力和凝聚力是其家族文化的主要特色。（略）

（二）在管理模式上开始由独裁式控制式向参与式转化。（略）

（三）企业外层文化逐渐强化。（略）

（四）职业道德教育日渐突出。（略）

（五）中药文化呈现新的生命力。（略）

二、民营医药企业文化存在的不足

综观我国现有的民营医药企业，仍有许多企业还没有建立一个真正适合于自身发展的企业文化，对企业文化的认识存在曲解和偏见，仅限于形式上的表面文化。

（一）重形式轻内涵，缺乏实质内容。（略）

（二）重亲情、轻规则，企业管理制度形同虚设。（略）

（三）缺乏社会责任感，功利性浓厚。（略）

（四）企业文化雷同化，缺乏独特的企业文化。（略）

（五）家族企业文化排外，难以留住人才。（略）

三、加强民营医药企业文化建设的对策

企业文化是企业的灵魂和支柱，是组织和协调员工有力的手段，是企业内部凝聚力和外部竞争力的源泉，培育健康向上的企业文化就是增强企业的核心竞争力。因此，鉴于当前我国民营医药企业文化建设存在的不足，民营医药企业应采取适当措施来促进企业文化的塑造。

（一）改变重形式、轻内涵的有害理念，注重企业灵魂的塑造，突出个性特点。（略）

（二）改变家族式的管理模式，建立现代管理制度的文化模式。（略）

（三）树立以人为本的企业文化理念。（略）

（四）克服功利性文化，树立强烈的社会责任感。（略）

（五）民营企业家要善于营造企业文化。企业家不仅要善于认识和引导企业文化，还要将企业文化贯彻到企业日常经营管理之中。

1. 积极宣传，反复倡导。企业领导要以身作则，意识到自己在文化建设中的主导地位，加大宣传力度，用精练的话语提炼企业文化精髓，通过举办各种活动，使之深入人心。

2. 建立企业具体的制度，使企业文化规范化。企业文化是一种导向，规范员工的思想意识，本身具有强制性。企业的灵魂要深入人心，就必须有一套企业文化管理制度来强化和引导员工的行为。

3. 对员工进行职业道德教育和企业伦理管理。企业领导要善于引导和启发员工建立以企业伦理为核心的共同价值观，对职工进行教育培养培训，使职工对伦理价值观的认识由外部强加的空洞的口号变成内心的信念和自觉的行动，增强荣誉感和责任感，形成积极健康的职业道德观和良好的风气，使企业文化贯彻到经营决策的制定和日常的企业行为中，并在此过程中得到进一步强化和提升。

除了上述需要强化和注重的方面外，建设一个优秀的医药企业文化，还有企业信用、企业业绩、员工薪酬、企业家素质等方面也会影响到企业的文化建设。总而言之，创造一个良好的适合企业发展的企业文化，必将推动企业的进一步发展，这需要民营医药企业不断的努力和创新，甚至付出无数的心血和汗水。

参考文献

[1] 甘德安. 中国家族企业研究. 北京：中国社会科学出版社，2002

[2] 周永亮. 中国企业前沿问题报告. 北京：中国社会科学出版社，2001

[3] 胡成中. 企业文化与品牌战略. 北京：经济日报出版社. 2002

（原载《通化师范学院学报》2005 年第 3 期，第 69～71 页）

评析：此文是一篇研究和探讨工作中的重要问题、提出对策和意见的典型的工作研究。本论部分是文章的主体，它反映出论文作者发现问题、分析问题和解决问题的能力。作者按现状—不足—对策的思路逐步深入，从三个方面展开论述，各个部分环环相扣；而每个方面又都从几个不同的角度加以分析说明。总体采用递进式分析方法，局部采用并列式写法，文中用例证法来阐明自己的观点，如列举数字、指出普遍现象等，令人信服。

作者能运用有关理论知识和专业知识，对实际工作进行研究，从中发现带规律性的问题，提出较全面和切合实际、具体可操作性的建议和意见。

【思考与练习】

一、简答题

试分析工作研究与学术论文、调查报告在写作方法上的异同。

二、写作题

1. 选择一个自己关心的社会问题或自己单位工作上亟待解决的问题，拟定一份 1000 字左右的工作研究。

2. 下面是一篇短小精悍的工作研究，读后请按工作研究的绪论、本论、结论的模式，分析它的结构。

推进区域经济集团化

发展广州外贸，建成全国性外贸中心，必须要有新思路，由数量增长型为主转向以效益增长型为主，增创广州外贸新优势。

为此，要积极推进区域经济集团化的发展。在珠江三角洲经济区的建设和发展过程中，以广州为龙头，以珠三角各市县为依托，打破行政界限，按不同的产业性质，组建产权联结和出口经营为纽带，贸工、农、商、技、金相结合的实业化、规模化、国际化的珠三角区域型的外贸企业集团。

为了顺利推进区域经济集团化，建议采取如下对策：

1. 以国际市场为导向，以高科技产业为龙头，营造以出口拳头产品为主体的跨国外贸集团。80 年代以来，世界贸易产品结构正在从初级产品向高技术和服务产品转化。为适应这一新变化，广州应优化出口产品结构，抢占高技术产业和服务产业的制高点，打破行业和地区界限，联合珠三角各市县，通过兼并、投资、参股、控股等形式，组建以出口拳头产品为核心的外贸集团，实行贸工、贸技结合，共同引进和消化吸收国内外先进技术，联合开发出口新产品，以质取胜，大力拓展海外市场。广州应利用贸易、财政、金融、外汇等手段和政策上的侧重等强有力措施，扶持本市的跨国公司的形成和发展，以增强广州外贸的国际竞争力。

2. 注重发挥广州口岸在我国外贸出口格局中的优势地位，为我国各地的商贸企业提供便捷的出口通道，提供"借船出海"的机会。为此，要加快广州枢纽港、广州保税区、南沙自由贸易区、国际机场、国际博览中心、外贸中心区等大型设施建设；大力发展保、商检、运输、仓储，以及审计、报关、信息、咨询、广告等中介机构，按国际惯例，推广无纸贸易方式，建立外贸发展基金，营造出口商品基地，加快培养高级外贸人才。

3. 积极发展横向联合，开拓多元化的国际市场。广州要充分发挥中心城市的功能，积极推进珠三角"团体冠军"的大经贸优势；集中资金和人力，设立境外广州商贸中心，借用国外和境外跨国集团力量，多渠道地拓展周边国家、欧洲、美洲市场等，加速广州经济国际化。

第四节 实习报告

一、实习报告的概念和特点

（一）实习报告的概念

实习是学生在学习过程中或学习结束后运用所学理论知识指导实习、实训的实践过程，而实习报告是实习学生向实习指导教师和学校用书面形式报告自己实习的情况，反映自己将专业理论知识运用到工作实际中的过程、结果、体会的文字材料。

（二）实习报告的特点

实习报告的主要撰写目的，是通过这种形式让教师掌握学生理论学习的情况和动手能力，对学生的学习获取客观的评价。也为有针对性地改进教学内容和方法，纠正学生在实习过程中出现的错误提供依据。因此，实习报告总的特点是客观叙述与理论分析相结合。

二、实习报告的种类

（1）按实习任务划分，有课题实习报告、毕业实习报告等。
（2）按性质划分，有综合实习报告、专题实习报告等。
（3）按范围划分，有个人实习报告、小组实习报告等。

三、实习报告的写作方法

实习报告的结构由标题、正文、落款三部分组成。

（一）标题

实习报告的标题写法一般有三种：
1. 直接写"实习报告"　如《实习报告》。
2. 标明实习的性质、任务和范围　如《××小组实习专题报告》、《个人××学科毕业实习报告》等。

3. 在"实习报告"后加副标题 如《实习报告——利用价值工程降低WG340客车门成本》。

（二）正文

实习报告的正文由实习工作概况、实习过程和体会、小结（结尾）三部分组成。

1. 实习工作概况 要写明在什么时间内在何单位何部门实习，具体在什么工作岗位上工作，完成了实习单位交办的哪些工作任务，实习单位对自己所完成工作任务的评价如何。

2. 实习过程和体会 这是实习报告的主体部分。先简要介绍实习单位或部门的基本情况，要写得简略概括。然后以主要篇幅写自己是怎样实习的，即怎样以书本理论知识作指导来做具体工作的，重点说明以下几点：

（1）实习中运用了专业书本理论中的哪一个（或哪一些）知识点去做哪一项或几项实际工作，具体是怎样做的。即用所学过的书本知识解决了实习工作中的什么问题，成效如何，自己有哪些提高。要密切联系工作实际，运用专业理论加以分析论述，反映出自己专业知识达到的水平。

（2）实习单位（或部门）工作中有哪些实际做法与书本理论上讲的不一致，不一致的做法有好的也有不好的。不一致的做法中，好的是指：实习单位实际工作中有些做法是针对新的发展情况采用的新的做法，而书本理论在这方面还滞后于实际情况的发展变化。书本理论并不可能包罗万象，实际中某单位某项工作的做法有可能会有独到之处，从而能弥补书本理论的的做法中而获得的新知识和专业知识面得以拓宽的情况则应在实习报告中得以阐述。不一致的做法中不好的是指：实习单位实际工作中有些做法明显违背书本理论所阐明的正确原则，实习报告中应反映出实习者在自己的工作岗位上对此采取了怎样的纠正办法，还应该运用书本理论知识指出这些错误做法的弊端，分析其产生的原因，提出预防措施。

（3）就实习中接触到的某个问题作较深入的分析探讨，提出对财经活动实践有实际应用价值的看法和意见。

3. 结尾 正文的小结部分，结合实习单位对自己完成实习工作任务的评价，简要地、实事求是地归纳此次实习取得的成绩和不足之处，对实习作出客观正确的评价。总结自己的实习体会，分析实习的成功经验和失败教训，对自己今后的实践活动提出指导方向。

（三）落款

落款写在正文的右下方，写明实习者的班级、姓名和写作实习报告的日期。

四、实习报告的写作思路

实习报告的主体部分要完整地叙述实习内容及过程，运用理论分析实习中遇到的情况、问题、经验及教训、实习的收获及体会。

按照性质不同，实习报告组织材料的形式有以下几种：

1. 以逻辑联系为序组织材料　适用于综合实习如毕业实习，此类实习报告组织材料时可结合实习任务，将实习内容分类、材料分类组织后，即可进行写作。写作中既要注意叙述实习情况，又要用所学理论分析实习过程，如《师范学生毕业实习报告》，可将实习报告划分为"教学实习"、"班主任工作实习"等，而教学活动实习又可分为"备课"、"课堂教学"、"课外辅导"、"教学研讨"等。"班主任工作实习"又可分为"组织班集体"、"组织课外活动"、"家访及学生个人谈心"等，这样写显得层次清楚，报告全面，理论和实践可以得到有机结合。

2. 以实习过程为序组织材料　适用于专题实习，根据实习目的要求，按照实习过程，以时间为序组织材料。如《产品营销实习报告》，可按实习过程叙述及理论分析，分为"市场预测调查"、"产品准备"、"产品宣传及销售"、"售后跟踪服务"、"销售状况、财务结算"等过程，这样写可以让读者完整把握学生实习过程，考察其实习效果。

五、写作实习报告的注意事项

（一）材料充实、客观、全面

为了让读者（教学组织单位、教师）全面了解实习者（学生）的实习情况，实习报告应全面记录和整理，然后如实报告自己的实习过程、理论指导实践的情况和结果成绩和不足，以及从中得出的规律性认识。因此，有关实习目的、过程、结果的材料要充实、全面。要避免以下两种情况：一是抄袭别人的实习结论，缺乏或更改自己的实习过程；二是只谈甚至夸大自己的实习成果。报告中要用科学的数据、经科学统计的事实材料进行汇报，不能使用虚假、道听途说或偶然单一的实践材料。

（二）条理清楚

实践是一个有目标指向、有时间规律、有成功或失败结果的完整过程，在撰写实习报告时，或按逻辑联系分类整理，或按实习的时间为序，都应把整个实习过程或实习各部分的过程整理清楚，做到有头有尾、有主有次、有先有后。实习报告反映的是科学理论对实践的指导，其形式也必须有科学理论的严谨和务实。

（三）理论与实践相结合

实习报告撰写的目的和主要内容是反映自己的实践实习过程及结果，但其实质是检验和实际运用科学理论，因此写作实习报告要结合实习的理论指导，写作时分析对照理论和实际情况及结果，在反复检验确认无误时，要敢于对理论的不足、对与实际的脱节提出质疑。最后还要对自己的实习用理论的方式加以回顾、总结，提出规律认识。

[例文]

实 习 报 告

按照学校的实习要求，我和班上的几名同学一起到××市第二机床厂进行了为期一个半月的实习。在这次实习过程中，我在师傅们的热情关怀、指导下，完成了许多会计核算的工作，例如制证、登账、制表等。并在此通过自己的实际操作，学到了许多书本上没有学到的东西，获益匪浅，同时使以前所学的书本知识也得到了巩固，这对我今后参加工作会有很大的帮助。

实习过程中，我在师傅们的耐心帮助下，充分运用自己所学的专业知识，较好地配合师傅们完成许多工作，能够及时发现工作中所出现的差错并予以纠正。如：在计算工资表时，我在编制记账凭证的工作中找到了书本知识同实际工作操作之间的差距。以前在课堂上练习编制记账凭证，是根据课本上假定的原始凭证来编制的，这些原始凭证都是符合规范要求的，所以记账凭证填写起来就简单容易。但实习中见到的各种各样的原始凭证五花八门，做起记账凭证来就不那么容易，而需要对这些各种原始凭证进行分析审核，根据财务制度按原始凭证所属的类别来编制记账凭证，有时一笔业务有几十张原始凭证，这样编制记账凭证的工作就比较复杂，工作量也大。通过完成编制记账凭证这一会计基础工作，使我体会到，照书本上的题目一套一套地做练习与实际工作中按一笔一笔业务活动去编制会计资料是有不同的。实习中，师傅还给我们讲解会计报表，使我们认识到会计报表在企业的生产经营活动中所处的重要地位。它对于分析评价企业的实力、经营状况，以及今后如何制订改进办法都有较大的用处。我还了解了该企业交纳税费的方式与别的企业不一样。该企业实行的是"价税分流"，其含义是：当企业购进一批材料，用购进的价格乘以税务局规定的一个比率，再用企业的整体税减去以上所求出的数额，余下的就是企业应交纳的税金数额。采用这种方法可避免重复增税，但其计算过程较为复杂，这是书本上没有提到的知识，是一个全新的内容，目前，××市也只有少数几家企业采用这种方式交纳税金。

从实际工作中我了解到，光靠所学的书本知识是不够的，因为书本上的理论知识与实际工作中的做法并不是完全一致的，甚至有些偏离，如果你死搬硬套，不懂得灵活运用，在实际工作中是行不通的。这就要求我们在实习工作中做到理论联系实际，灵活运用，"虚心求教，不耻下问"。只有这样，才能有较大的收获，达到实习的最终目的，为今后的工作积累经验，打好基础。

在实习期间，通过师傅们的介绍和实际工作中的接触，我从中发现该企业生产经营过程中的一些经验和弊病，在此提出来作为今后工作中的借鉴。

经验一：该企业属于小型企业，但各项会计制度十分健全。会计机构的设置也十分完善，人员编制合理。各会计人员的分工明确，各司其职，这有利于企业会计的核算工作。会计制度各方面的基础工作如何，是衡量一个企业经营能力的标准之一，要想取得好的经济效益，必须建立健全的会计机构，制定健全的会计制度。因此，这点经验是值得我们学习的。

经验二：从该企业的会计报表中的资金平衡表可以看出，该企业的资金来源无国家拨给的流动基金，企业仅有自有流动基金十几万元，再加上一些借入资金、专项资金和结算资金，资金来源方的数额不大，反映出该企业的流动基金不足且筹集资金十分困难。但从该企业1992年度的利润表上可以看到，该企业去年尚有60多万元的利润。该企业的负债数额较大，同时每年付出的利息数额也大。但该企业没有自暴自弃，全厂职工和领导团结一致，会计人员精打细算，维持了企业的生存，交纳了本企业所应交纳的税金，并能取得一定的利润。这一点也是值得我们在今后的工作中学习的。

问题一：企业的专用基金——职工福利基金反映出来的是负数，而且数额较大。师傅说，这个问题现在在各个企业中普遍存在，主要是由于近年来医院乱收药费，也由于物价上涨，药费有较大幅度提高造成的，职工看一次病少则百元多则千元，大大超过了职工福利基金规定的支出数目和范围。企业提取专用基金必须遵守国家规定，按照规定比例提取，并按照规定支用，不能擅自提高提取标准，改变提取办法，否则就会造成职工福利基金"提得少，用得多"的局面。企业为了不挫伤职工的生产积极性，保证生产的正常进行，于是只有从流动基金中垫支。按财务制度规定，这种做法是不允许的；它表面上是为了提高生产积极性，提高经济效益，实际上是拆东墙补西墙，只是一时之计。我个人认为企业应进一步深化改革，提高企业经济效益，积累资金。同时还需尽快推行社会保险制度，完善社会各方面的配套改革措施，以减轻企业的负担。

问题二：该企业的可比产品成本降低任务基本上都没有完成。9种产品只有3种完成了降低任务，完成率仅为33.3%。成本的高低，最终将会直接影响到企业的财务成果——利润。其主要原因是因为原材料价格的不断上涨，其他费用开支较多，浪费情况严重等。作为其生产产品的主要原材料——钢材的价格不断上涨，而企业又不能不买，另外，企业生产过程中各项开支都很大，这些情况都不利于企业产品成品降价任务的完成。部分原材料涨价和产品降价虽然是摆在工业企业面前的一个突出问题，但应认识到，物价调整是整个经济体制改革的一个组成部分，是理顺经济的必然发展趋势。企业要想降低产品成本，提高经济效益，就应做到：努力降低消耗，减少费用，增加产量，提高产品质量，增强企业自身消化能力。

这次实习不仅使我认识到会计工作的重要性，还使我深深体会到要做一个合格的财会人员，必须有扎实的基本技能，光有书本知识是远远不够的。这次实习，我主要是完成了一些会计日常性工作，并从中体会到做好会计工作还需要过硬的专业知识技能、工作上的耐心和工作上的细致态度。过硬的专业知识技能和工作上的耐心细致结合起来，我相信我一定能够成为一名优秀的财会人员。

实习人：××专业××班×××

2006 年 6 月 25 日

　　评析： 这是一篇会计专业毕业生的实习报告。报告的正文由实习工作概况、实习过程及体会、小结三部分组成，概况部分写明在什么时间内在何单位何部门实习，具体在什么工作岗位上工作，并对完成了实习单位交办的哪些工作任务和体会作了概括介绍。实习报告的主体部分先简要介绍实习单位或部门的基本情况，然后总结了自己实习的经验和发现的问题。运用学习掌握的理论指导、分析实践的情况和结果，从中寻找规律性认识。全文的特点是客观叙述及理论分析相结合，实习的目的明确，其过程、结果的材料充实、全面。

【思考与练习】

　　一、填空题

　　1. 实习报告是实习学生向实习指导教师和学校用＿＿＿＿＿报告自己实习的情况，反映自己将＿＿＿＿＿运用到＿＿＿＿＿中去的过程、结果、体会的文字材料。

　　2. 实习报告的主体部分由＿＿＿＿＿、＿＿＿＿＿、小结三部分组成。

　　二、写作题

　　1. ××专题实习报告

　　2. ××学科毕业实习报告

后　记

　　为了使教育与社会实践紧密结合，高校教学重在训练学生的动手能力，《新编应用文写作》接受使用者的意见和要求，组织了相关有教学经验的教师进行了修订。本版除了介绍规范性行政公文的定义、特点和写作方法之外，还联系市场经济的新要求、新特点，选编了一些使用频率较高的其他应用文种，以满足大学生踏足社会时的基本写作需求。

　　本书修订分工执笔如下：

　　邱平：第一章绪论，第二章行政公文基础知识，第三章行政公文（一），第四章行政公文（二），第六章财经应用文之市场营销策划书，第八章学术类应用文之工作研究。

　　唐小玲：第五章其他通用公文之总结、述职报告、调查报告，第六章财经应用文之经济合同、市场调查报告、经济活动分析报告，第八章学术类应用文之学术论文、毕业论文、实习报告。

　　崔芳：第七章公关应用文之求职信、请柬与邀请书、申请书、演说词。

　　冯亮：第六章财经应用文之劳动合同。

　　唐竹君：第五章其他通用公文之计划、竞聘报告。

　　全书由邱平统稿。

　　本书尚有许多不足之处，敬请读者提出批评意见，以便于我们今后改正。